中国专业作家
纪实文学典藏文库

中国专业作家
纪实文学典藏文库

美丽的蝴蝶

郭晓晔 著

中国文史出版社

目 录

她们从天空摘来桂冠

每一位漂亮的姑娘都有故事。如果漂亮姑娘从事的恰好又是惊险刺激的职业,她的故事也许就更加浪漫。

空军跳伞队的姑娘们拥有漂亮,也拥有惊险刺激的职业,却唯独缺少浪漫。

当贴近她们的生活,你会看到真实的月球同在远处看到的月亮完全是两码事。你会看到,她们最初的梦幻情怀怎样破碎而终日跋涉在荒凉、凸凹不平和云雾茫茫的征途上。她们满脸是汗,汗水里掺杂着尘土和泪水。她们中的许多人手腕和脚踝骨折,颈椎、腰椎挫伤,皮肉撕裂以致露出骨骼,鲜血浸染了征衣。她们焦虑如焚,有时感到无助、沮丧、苦闷。她们承受着同龄女孩难以面对的艰难和危险,承受着同龄女孩无法忍受的单调、枯燥和寂寞。

她们年轻,自信,身负重荷艰难跋涉。每一步踩下去,都是那样坚定、疼痛,充满意志和力量。她们小小年纪远离父母,加入了另一个温暖而又严苛的家庭。她们在如影随形的生存危机的沉重阴影下,以永不服输的性格和坚韧不拔的努力,不断征服难关,战胜自我,登上了一个又一个成功的阶梯,获得了一项又一项荣誉的桂冠。她们为军旗和国旗增添了光彩，从而为自己和集体争得了生存与发展的权利，实现着自身的人生价值。

伴随着成功的好心情就像节日，
是一个结果，而孕育结果的过程却充满了迷茫、
辛辣和痛苦，而且漫长

今年三十一岁的肖茜荣，十五年前是湖北荆州幼师的一年级学生。她能进入空军跳伞队，是因为她抓住了一次偶然的机会。

这年冬季的一个上午，校长领着两个穿军装的人走进教室，全班同学随教师的口令站立起来。穿军装的人在课桌间的过道里边转悠边打量身边的学生，经过肖茜荣身边时，刻意地多停留了一下才走过去。肖茜荣忍不住扑哧一笑，悄声对身边的同学说，怎么像是相马的？

肖茜荣被叫到教室外的走廊上。来人自我介绍是八一跳伞队的教练和医生，是来招收新队员的。肖茜荣被要求做了一些测试。她用左手捏住自己的右耳朵，右手从左臂间穿过伸直，以食指触地为圆心，埋着脑袋旋转了十来圈，然后站直身子，往正前方走了十来步。她走得稳当、笔直，这说明她的前庭功能良好，否则就会像拐子加瞎子。随后做的几项测试也都令人满意。实际上，她的身材也已目测过关，比如头尖、颈长、肩平、背直、腰短、肢长、臀垂，她都符合条件，当然五官也是端正漂亮的。说到女队员的形貌，肖茜荣说，那是因为跳伞运动除了对抗性，还有一定的演展性，但容貌也只是演出时才用得着的面具。跳伞是综合体能、技能与智能的

运动，要求运动员的素质也是综合型的，而身体的协调性、耐力和良好的心理素质这些内在的力量则更为重要。体格过于高大健壮反而是不利条件，招十三四岁的小队员时，要特意了解其父母的身高，父母高大的还不能收。

军人问，你想不想去当兵跳伞？

肖茜荣望着军人头上的帽徽，似乎是迫不及待地说，我想！当然想啦！

肖茜荣自小就觉得军人很神气、很豪气，还有点崇高，但没有认真地想过自己今后要去当兵，因为这在当时对像她这样普通家庭的所有女孩来说是个奢望。面对突然落到头上的机会，她都感到有点不真实。但因为是跳伞的兵，父母开始并不支持。回到家，她故意问父亲，部队招我当兵去不去？父亲没有当真，说，去就去呗。父亲是市工业局的司机，出车回来很累，说完就躺到了床上。肖茜荣说，我要去当的兵是跳伞的兵。没想到父亲一下从床上蹦了起来，父亲说跳伞太危险，不能去。湖北跳伞队离他们家只有十分钟路，前两年一名女队员跳偏落到居民区，蹬倒一堵危腐院墙，被砸死了。母亲也不让去，理由是当时社会上挺乱，假冒军人以招兵为幌子诈骗女青年的传闻满天飞，被骗走钱财算是走运，最惨的是被逼着到地下性交易场所去做皮肉生意，被拐卖到穷得娶不起媳妇的地方给人当媳妇。母亲为父亲帮腔，真正的原因是担心女儿长得瘦弱，经不住天上地下地折腾。

当兵有多美气呀，更不要说当跳伞的兵，那多好玩呀！肖茜荣很任性，认准了的事无论是火攻水渗，都要往前拱到底。她不理解父母为什么老是要和她作对。有一年暑假她到省体校集训队打羽毛

3

球，被视为有潜质的好苗子，体校想让她留下上学，但父母就是不同意，说是你的班主任说你学习成绩好，荒废了学业可惜。你们干吗老是跟我作对呀，是我当兵还是你们当兵啊？跳伞死人那是事故，是不是假冒军人你可以去问嘛！她犯倔了，又哭又嚷晚饭不吃，还掼门摔东西地发泄。父母的房间一直保持着沉默。第二天，肖茜荣自作主张也为父母做主报名，填表，检查身体。其实，头天晚上父母关在房间里窃语，等于是相互做工作，最后一致认为，女儿大了，她的前程还得由她自己拿主意，上体校的事就挺对不住孩子的。与肖茜荣前后脚，父亲也找到招兵点，支持女儿入伍当跳伞运动员。

跳伞队招人必须经过家长的同意，肖茜荣是知道的，所以自报名后，她心里一直在打鼓，怕人家不要。父母一是生气，二是想给女儿一个惊喜，也不揭底。直到临走的那天，姐姐忍不住悄悄告诉了她，说，待会儿妈要出去给你买日用品。肖茜荣一下就像从干滩上回到水里的鱼泼剌欢跃起来。她耐不住性子，眉飞色舞地跑去对母亲说，这次走不成就算了，我也挺舍不得离开家的。母亲说，这话可是你说的。母亲还有不了解女儿的？一看女儿的样就知道女儿心中有底了。女儿就这么个脾性，一张脸比四川的变脸表演来得还要快，一转身一张笑脸，一转身一张仇脸，全凭着风云变幻的情绪。跳伞队大队长冯国斌说，肖茜荣倔强、情绪化、性格鲜明，她的挫折与成功都同她的性格有关，是性格决定命运这种说法的典型例证。

母亲买回东西跨进家门，肖茜荣直愣愣地对着她笑。笑着笑着就哭了起来。

那年被招到跳伞队的老乡还有左燕妮、吴丽虹和谭俊，全市就四人。肖茜荣很庆幸能把握住这次机会。她后来知道，此前招收人员已到原定地点天津和河北，由于有砍掉女队的动议，招收人员被通知返回。后又确定保留女队，因全队此时正在湖北境内外训，队里临时决定就近在荆州市招。不要说机会落在谁的头上，这次机会本身就是从有变无，又从无变有。用冯队长的话说，这几个队员是捞稻草捞来的。

元旦前一天，全班同学都在早自习时给肖茜荣写贺年卡，写了厚厚一摞子，平时闹别扭不说话的同学也写了贺卡，让她感动得流泪。离开学校时，全校师生夹道欢送，可谓走得辉煌。

到了空军跳伞队，一切都是新鲜的。大锅饭，同一个屋顶下的大梦，生活细节的差异与融渗，藏在透明中的隐私、简洁、力量、忠诚，还有责任的重量和对光荣的向往，一切都是那么的迷人。然而，随着生活的延伸，新鲜感像朝霞一样融化在越来越强烈炙热的阳光里，一切都不再像当初想象的那样抒情、浪漫。伴随着成功的好心情就像节日，是一个结果，而孕育结果的过程却充满了迷茫、辛辣和痛苦，而且漫长。

第一次重大挫折是在1992年。为了备战次年的全国运动会，全队移师河南某基地搞战前封闭训练。不巧的是肖茜荣患鼻炎刚动过手术，空中呼吸不畅，没让去，让她在家带新兵。

队里招她们入队时说得很清楚，就是要让她们参加这届全运会，为女子跳伞项目打翻身仗。为此，肖茜荣埋头苦练，付出的往往比别人更多。地面训练时，由于身体瘦弱，体质不如人，跑步、俯卧撑、拔单杠都落在别人后头，她不服输，在正课训练之外悄悄给自己加码，每晚不做完不睡觉，硬是把成绩一点一点提了上来。空中训练跳伞，别人都陆续换成可控性更强的翼伞，而她跳圆伞总过不了关，在空中动作总是做不对称，不对称就像螺旋桨转着往下坠，急得她吃不香、睡不着。她请一位男队员同她一起跳，帮她观察问题究竟出在什么地方。落到地面，男队员问，你看到我了？她说，没有哇。男队员说，你刚才眼睛瞪得老大对着我，我还打了你一下，你怎么没反应？你的问题主要是老想做好，精神太过紧张，导致动作变形。把准了脉，就狠练。由于胆子大不怯阵，还得了一个"肖大胆"的绰号。安全开伞高度是八百米，有一次空中气流大，人在空中翻了几个跟头，一时找不到拉环，直到离地四百米伞才打开，大地飞速猛扑过来，她都闻到了浓烈的草腥味。这是惊心一刻，但她落地后平静如初，仔细叠好伞登上了飞机。当然，这是一个事故苗头，她随之被停训一周进行反思。

可不让参加集训和比赛，拿什么证明自己？新队员之间的竞争十分激烈，几年不出成绩，就面临着被淘汰。而今，用几年的生命堆积起来的希望仿佛一下子就灰飞烟灭了，几年茹苦含辛、披星戴月的努力就像一场误会，前程捉摸不定，为军队争荣誉的志向更成了对自己的嘲弄。肖茜荣骂自己的鼻子，骂与自己作对的命运，边骂边哭。一肚子的邪火还排泄不掉，她就迁怒于别人，就把火撒在新兵身上。新兵在训练中稍有差池，她就大喊大叫，带着讽刺和挖苦。当时队里正好搞营建，她们每天用半天清理施工垃圾、筛土、植草种树。她近乎自虐地拼命干活，也要新兵拼命干，新兵以怠工反抗，她就以更加狂热的激情把他们和自己更紧地绑在一起，干得忘掉吃饭，忘掉天黑收工。

这不是自暴自弃，这是在同别人叫板，在同她认为是阻挡她的力量对抗。她倾听着内心冲动的呼唤。她用自己的所作所为在高喊：

6

我就不信！她充满了自信。她绝不服输。她不断地往河南打电话，了解训练课目和进度，一点不落地飙着练。她不信最后测验时自己就不行。

但最终她还是落选了。

全运会没让参加，接下来一路走背字。

1994 年备战亚大锦标赛，全体队员分成男队、女队和混合队进行训练。肖茜荣被分在混合队，也就是非主力队。她心里不服，是金子就不怕火炼，她猛加柴加煤加油，她坚信是金子总会发光。选拔赛如期举行，她的成绩跻身于前五名之内，出征参赛每队是五人，她应是五人之一，但她终于还是没能去成，原因是技术不稳定，主要是心态不对。接下来，1995 年在意大利举行的第一届世界军人运动会又没让她去，理由还是心态问题，再就是没有大赛经验。当时跳伞队面临生存危机，能否保命，全看这次能否拿到金牌，队里只定状态正健的左燕妮和吴丽虹出征，另从地方请了三名队员加盟，这就使得落到肖茜荣心上的石头格外沉重。1996 年参加在斯洛文尼亚举行的单项锦标赛，这回该不成问题了吧，因为有一个强有力的竞争对手准备放弃了，谁知事到临头风云突变，在选拔时，那个队员不留神跳了个第二名，又重萌竞技欲望。队里慎重行事，让她俩再做一争，肖茜荣输了，输得又服又不服。原本要放弃的人情绪能有多稳定呢，为什么就不能给我一次机会呢？

失败的情绪像大雾一样笼罩着她。队长和教练找她谈，指出她技术和心态上存在的问题，指出首要的是要战胜自我。她听不进去，她只注意到失败是成功的基石这类的话。晚上，她独自来到停机坪边的草地上。她揪了一把草叶，轻轻地捻着，捻得手指上满是芳香苦涩的汁液。小草依偎着泥土，承接着雨露，生活得多么无忧无虑呀！天上的星星也一样，她们在自己的位置上宁静安详地闪着光芒，没有谁去剥夺她们发光的权利。人的生活中为什么就有那么多的不平事呢？我比别人笨吗？我吃的苦比别人少吗？别人就真的很强吗？她们的技术和心态就真的那么稳定吗？为什么偏偏就是我的付出没有得到应有的回报呢？为什么命运老是要和自己作对呢？她越想越委屈，越想越沮丧。她感到自己的渺小与虚弱、孤独与无助，需要有一个结实的肩膀靠一靠。就这样，一位向她频发感情信息的小伙子正式进入了她的感情视野。

1996年秋，本队的两位队员，肖茜荣的好朋友谭俊同翟四海的好朋友李成结婚了，肖茜荣与翟四海理所当然地参加了婚礼。喝了喜酒，闹了洞房，肖茜荣叫翟四海陪她去小卖部打电话，电话被人占着，他们就闲溜达、瞎聊天，聊着聊着就在一块草地上坐下了。跳伞队就这么大，谁对谁都有所了解，何况1992年在家带新兵搞基建时还同甘共苦过。翟四海办事和思考问题实在，不在乎吃亏，所以有一个绰号叫"老五"，意思是五大傻，排行在队里另外四个大傻之后。在肖茜荣心目中，老五稳重、宽和，有男子汉的气度和内涵，值得信赖。她也知道老五钟情于自己，但同所有的花季女孩一样，她更愿意把感情投射到远离现实的幻影上去。酒后话多，肖茜荣自然就谈起自己的伤心事，越说越激动，后来差不多是用吵架的嗓门儿进行发泄和控诉了。而老五则不温不火地说宽心话。老五说，你呀，就是刀子嘴，豆腐心。说得肖茜荣的眼泪唰地就涌了出来。这情形就像一个点火，一个灭火。在他们后来的共同生活中也多有这种情形，所以老五后来又得一"灭火队员"的绰号。机场哨兵发现有动静，就端枪走了过来。这成全了老五，当肖茜荣慌急地想站起来时，老五当着哨兵从容而自信地一把将肖茜荣拉到了怀里。

此后，肖茜荣一有事就找老五，对老五有了很大的依赖性，但两人的关系并没有定下来。有一次，老五的一个老乡请他和肖茜荣吃饭，要给肖茜荣介绍个飞行员。这顿饭让老五备受煎熬。肖茜荣与那位老飞来往了几次后，忽一天怒气冲冲地找到老五，说老飞感到跳伞队对他不友好，还把他的自行车脚蹬给卸了，是不是你干的。老五的确没干，但听了心里高兴，心想干这事的哥们儿够意思。还有一次，肖茜荣结识了北京一个搞装修的小老板，是北京队一位世界跳伞冠军的弟弟，小老板开着面包车来，车上的反光镜又不知被谁给扳了。肖茜荣又审查老五，老五说，我不知道，就是知道我能告诉你吗？肖茜荣同机场机关的一个什么人也谈了几天，他们在那儿谈，老五趴在地上帮肖茜荣叠伞，李成在一边大声喊，肖茜荣！你在那儿闲聊，让你爱人在这儿帮你叠伞，你倒是挺会偷懒的。反正自从与老五有了爱情之约后，短短数月时间，肖茜荣东找西谈动作挺大。冯大队长看了着急。他对老五说，阿米尔，上！又对肖茜荣说，你脾气太暴，老五性子太柔，我看你们俩倒是可以优势互补。肖茜荣属鼠，老五属狗，所以肖茜荣说，我要他补？那不成了狗拿耗子多管闲事啦？其实犯不上着急，事情的反常正说明事情进展正常。女孩子表达感情的方式往往是曲折的，她欺骗着你去爱你，抵抗着你去深入你。1997年除夕，老五千里单骑闯到了肖家，开始两天滞着个脸不言不语，到了第三天突然云开雾散又说又笑又开怀喝酒。第三天他有资格说这样的话了：我如果不来就打动不了你的心。

翟四海更加关心肖茜荣了，主要是在训练中，比如帮着叠伞，

9

观察和纠正技术动作，帮着化解浮躁情绪。肖茜荣在空中开伞前，两腿的间隙比较大，老五发现后对她说，这种姿势虽稳，但空气对身体的阻力小，不利于发挥技术动作。肖茜荣总也纠正不了，老五就让她用绳子把两腿捆上练。肖茜荣落地时往往两脚同时着地，在比赛中这是不能算成绩的，老五告诉她，人要放松，视野要放开，不能只想着最终要踩的那个点，而是每时每刻都要把精力放在处理技术动作上。老五是队里的参谋，经常出差在外，每逢出差都是一天一个电话，问训练情况，讲技术要领，还在电话里玩爱情游戏，还接吻，话费没少付。为能参加1997年的法国公开赛，肖茜荣训练得非常刻苦努力，遇到技术难点，她就白天黑夜地同自己较劲，不信就修正不过来。

法国公开赛的参赛人员名单是在饭堂宣布的。肖茜荣想这回轮也该轮到我了。饭堂里静得能听到呼吸声，外面过去一辆汽车，像是滚过了一阵沉雷。冯队长念的名单中，有与她同期入伍的，还有比她晚入伍的，当念完最后一个人的名字，却没有她。肖茜荣的克制达到了极限，她猛地站起冲出了饭堂，满腹的委屈夺眶而出，边走边哭，洒一路泪水跑到宿舍。她感到这次是真的完了，真的要崩溃了，她支撑不住了，也不想挺着了，她心灰意懒了。爱怎么地就怎么地吧，争取了那么多年，能跳出来早跳出来了，跳不出来再怎么拼还是练不出来。一次又一次发高烧似的拼命，一次又一次被兜头泼下的冷水打成了落汤鸡，冷冷热热，反反复复。这是疼痛之后的疼痛，受伤之后的受伤。太悲壮了，也太可笑了，十年了，每天一本正经地从天上跳下来，再从天上跳下来，可是这有什么意义吗？真实的生活在哪里呢？真实的自己在哪里呢？她的情绪坏到了极点。

队长来了又走了。教练来了又走了。她只见他们的嘴在动，不知他们都说了些什么。老五来了。老五同队里是站在同一条战线上的，一下子做不通的工作，就让老五当二传手。队里是理解肖茜荣的，她意志品质好，进取欲望强，能吃苦善动脑，但她有个很糟糕的脾气，身体里像伏着一头小豹子，说蹿一下子就蹿得老高，跟人开玩笑不知触到了哪根神经，说翻脸就翻脸，有时陪上面来的领导喝酒，她喝了人家没喝，她就再也不搭理人家，再不同人家喝一口酒。为了这个臭脾气，她没少吃亏，往往不为人理解，但从另一个角度讲，因为透明率真，又容易让人理解。其实，就像她长得纤巧而内心刚强一样，刚强背后也有柔弱的一面，她跳伞时叫肖大胆，但她不敢独自走夜路，见到地上受伤的小鸟都要捧起来替它伤心。但不管怎么说，这个臭脾气容易引起情绪波动，平时影响训练效果，比赛时影响正常发挥，而它反映出的过于自信，不能正确对待自己的心态，是跳伞的大忌。一个人的痼疾不是不能治愈，但得用文火慢慢地炖。

见是老五，肖茜荣说，我不干了，我就不信天下没有我吃饭的地方。老五说，你冷静点，这次不用你不等于以后总不用你。她说，我就是要干，我要去告他们处事不公。老五说，要多拿镜子照照自己，我就是你的镜子。她说，我太不容易了，吃了那么多苦没有回报。老五说，你攒了那么多资本，将来取出来还不得买一块金牌加一座房子。肖茜荣泪渍麻花地扑哧一下笑了。老五刚想笑，肖茜荣的脸忽地一变，一脚踹在塑料桶上，说，你穷唠叨个什么呀，打水去！打来水肖茜荣嫌搁的不是地方，又嚷。老五以沉默相对，就像一泓深潭，再大的石头扔进去都波澜不兴。

性格的逻辑使得一个结局往往是前一个结局的翻版。汹涌的浪潮退去，坚硬的礁石又显露出来。肖茜荣的火气和怨气消了，不服输的倔劲儿又上来了，火气和怨气成了燃料和动力，她又全力投入了训练。不同的是经过多次的打磨，尤其是这一次的冲击，她的心态变得平和从容起来，如同激流从狭窄的河道进入了宽阔的河床。她开始琢磨领导、教练和队友的话，开始注重过程，把每一天的训练和生活看作实现自身价值的过程，把实现自身价值的过程看作战胜自我的过程。她说只要努力了，是你的你总会得到，不是你的你追求了，该得到的你也能得到。她的自信里多了一层理性。1998年元旦，她同老五结婚了。婚后老五去上海学习，肖茜荣利用五一节假日去探望，七天时间全都当成欢乐抛洒在了南京路上。十年来，这是她第一次跨出跳伞生涯的狭小空间。

　　对肖茜荣的变化，大家看了高兴，但并没有放松对她的砥砺。有一次参加国内优秀选手选拔赛，肖茜荣在第五轮没跳好，冯队长帮她找原因，她用纱巾蒙着脸，把腿翘在伞包上，待理不理。冯队长说，就凭你这种态度，你出问题是正常的，今后还得出问题，你只强调客观因素，而不从主观上找问题，像这样你永远也别想参加大赛。当着二十多名队员、教练的面，冯队长批得很严厉，把肖茜荣说哭了。婚后老五对肖茜荣百般疼爱，但不宠惯。一天晚上，肖茜荣犯老脾气甩手要走，老五说，我今天非得拧拧你的这个劲，他把肖茜荣倒剪双手按在床上，从晚上9点按到次日凌晨2点，肖茜荣扯着嗓子直喊老五疯啦救命啊。老五好不容易尝试了一把大男子主义，结果被责成当众向肖茜荣道歉。可事到临头，肖茜荣不忍心了，说，家丑不外扬，冯队长你们就放他一马吧。

对于跳伞队来说，世纪之交在克罗地亚举行的第二届世界军人运动会又是一个生死存亡的关口，同上届一样，要想保住队伍必须拿一块金牌。为此，队里提出了"为集体求生存，为个人求发展，只有奋斗一条路"的口号，备战训练的每一天都像是比赛，强度大、标准高，艰苦异常。吃苦算不了什么，肖茜荣的意志就像钢牙铁胃，什么样的苦都能嚼碎消化，问题是命运好像专门同她作对，她偏偏在这个节骨眼上患了皮肤过敏症，发了满身的疹子，又大又红像熟桃似的，表面还有一层薄膜样的水泡，痒起来像猫爪抓心，忍不住去抠去挠，结果弄得又是水又是血又是脓，浑身感染发炎，被强行送到了医院。她边坚持体能训练边治疗，熬到出院，即随队到四川训练。7月的四川盆地，潮湿、闷热，草地屋角到处都嗡嗡着黑蚊子。一是嫌身上的疤痕难看，二是怕被蚊子咬了再感染，肖茜荣不敢穿短衫短裤，整日捂着不透气的连体拉锁运动服。她换了新伞，这种伞用料和构造都很先进，理论上讲有更强的可操作性。而同时每种伞甚至每幅伞都有自己的伞性，你不熟悉它，它就跟你捣蛋。只有多跳多交流才能摸透这位新对手新朋友的脾性，肖茜荣尽可能地多跳，最多的时候一天跳了十八次，这在当时是全国最高纪录。

确定出征人员名单之前，冯队长问肖茜荣，你感到这次有没有把握？

肖茜荣反问，你要听真话还是要听假话？

冯队长说，当然要听真话。

肖茜荣说，我没把握。

肖茜荣的回答出乎冯队长的意料。这也是自信，不是对于某件事表现出的自信，而是作为一个人的自信。肖茜荣成熟了。

人员定下来了，肖茜荣名列其中。

第二届世界军人运动会在盛夏的克罗地亚首都萨格勒布如期举行。

第一天比的是空中造型。第二天，中国队死死盯了四年的定点争夺大战打响了。

肖茜荣开始有点紧张，第一跳航线设计不太好，接近地面时已没有调整余地，拉飘着陆，踩了三厘米。第二跳也不理想，气流紊乱，没处理好，踩了四厘米。

争夺是紧张激烈甚至是残酷的。这是由于来自四十二个国家的三百二十七名运动员中强手如云。曾代表国家队出征世界大赛的陈莉等人见到了许多熟面孔，原来这些国家队的队员同自己一样，也是军中巾帼。尤其是来自美国、法国、俄罗斯等国的运动员，在许多方面有着强大的优势。他们有当今世界上最先进的伞具，而我们用的伞具最好的也是上一代的产品，尤其是在平日训练，规定用五百次的进口伞我们用了一千二百多次，破了绽了缝补好接着用。他们的飞机好，用直升机训练，升空只需五分钟，而我们的运五飞机爬高慢，升空需半小时。他们在训练中采用了高科技手段，用电脑做技术分析，还有像两间房那么大的风洞，底下鼓风把人悬顶在两米高处做动作，而我们基本是用在水中学游泳的办法练动作。外军还有金字塔一样的运动员结构，如法国有四十多个航空俱乐部，美国跳伞的更多，据说在街上问五个人，起码就有一个跳过伞；就连亚洲也是如此，韩国跳伞采用会员制，有十多万会员，泰国单是军队就有二十多支跳伞队，新加坡的特警队队员全都会跳伞，而跳伞在我国还属稀罕运动，军队跳伞队只有这独一无二的一支。

当然，我们有我们的优势，否则硬件与软件都不行，我们凭什么同人家比？肖茜荣平心静气地做放松运动，思考技术要领和对策，把精力都倾注到比赛中，凝聚到操纵棒把握、气象变化、心理波动和地面的靶心上。后面的几轮都跳出了水平，就像一只盘旋俯冲的鹰捕捉一只野兔，她的一只脚像锐利的鹰啄一次次准确地啄击着靶心。

她的精彩表演博得热烈的掌声和喝彩声。这不单单是为她个人鼓掌和喝彩。一个队员、一支队伍是代表自己的军队和国家参赛的，他们在赛场上展示的不单是个人的技能，还展示着一支军队和一个国家的精神和形象。

最后一天的决赛开始了。黄昏时分，前三名中、法、俄队登上了同一架飞机。按比赛章程，成绩最差的俄罗斯队先跳，然后依次是法国队与中国队。真正的对手是后两队，法国队一直紧紧地咬住中国队，前九轮赛完只屈中国队两分。在最后时刻，法国队又玩了个花招，当飞机进入伞降空域时，该队充分利用章程规定，突然要求复飞一次，等第二次进入空域才跳下去。轮到中国队跳时，太阳已贴近了地平线，这无疑给目测带来了困难，增加了心理压力。这丝毫也没有动摇中国姑娘必胜的信念。五位姑娘鱼贯跳出机舱，哗哗哗地同时打开了伞翼。她们的脑子里只有控制伞速、卡切角度、着陆踩点等动作要领。她们不能有半点差错，否则就真正是一失足而成千古恨了。

恰在此时，地面风速骤然增大到了七至八米，由于丘陵环抱，赛场的低空气流变得相当紊乱。稳定适度的气象能帮你，诡谲多变的气象能毁你，而五米不同风，十米不同雷，气象的瞬息万变是你无法掌握的。这就是为什么说定点比赛有很大的偶然性。然而，必然性就寓于偶然性之中，成功不在于路，而在自己的脚下。

在金红色的夕照中，姑娘们沿着预设的航线，像沿着一条透明的旋转滑梯的滑道，曲线优美地盘旋而下……

肖茜荣和姐妹们终于站到了冠军领奖席上。当沉甸甸的金牌挂在她们前胸的时候，当雄壮而急促的《义勇军进行曲》在萨格勒布机场上空回荡的时候，当五星红旗在各国军人的致礼下冉冉升起的时候，姑娘们的血液沸腾了。姑娘们的血液沸腾在奔腾的大江大河里，沸腾在浩渺无垠的大海大洋里。

此后，肖茜荣作为骨干又参加了在斯洛伐克举行的第二十八届世界军事跳伞锦标赛，一举夺得个人定点冠军，并与姐妹们夺得了女子集体定点冠军。

肖茜荣感到自己像张开翅膀的鸟，像春天怒放的花，像水里的鱼，在阳光流溢的辽阔天空自由自在地飞。

无论什么时候，这疼痛的历史都在创造着新的历史

雁过留声，人过留名，张宏如今早已是空军某研究所的参谋，但目前处于巅峰状态的队员无一例外地都提到了她。当初她练我们练得特狠，甚至可用冷酷无情来形容，当初我们真受不了，恨她恨得咬牙切齿。队员们说，现在我们从内心里感激她，要不是当初她把我们往死里练，我们难说有一天能登上冠军的领奖台。

张宏常常自嘲地说，我就是吃苦的命。她曾有过一个绰号，叫"假小子"，意思是在她的性格中有一种男孩子的猴性和男子汉的刚

16

性，闲着就发慌，干起事来就玩命，好像永远要同自己过不去。她跳伞只练了一年，就参加全国比赛，并破两项定点全国纪录。下队到新单位后，硬是靠自学拿到了英语学士学位，去年美国退役老兵跳伞队来访，她还回队当了一把翻译。而今四十出头了，她每天还要跑到操场上大头朝下地拿大顶。这一切都刻在她饱经风雨的脸上和燃烧着进取欲望的表情中。

张宏是1990年从军事体育学院毕业重返教练岗位的。知识给了她智慧和力量，她雄心勃勃，要用全新的理论指导训练，把队员打造成世界冠军。她认为猫做不出老虎的吼、扑、剪，身体素质是技术的物质基础，身体弱技术不可能精，身体疲劳技术也会疲劳。所以在加强空中训练的同时，她特别注重体能训练，对新兵如此，对老兵也是如此。

一般的安排是上午跳伞，早晨和下午搞体能训练。万米跑、俯卧撑、拔单杠、仰卧起坐、兔跳蛙跳团身跳、侧身跑倒跑鸭子步，一个下午不停地折腾，队员们累得快趴下了，张宏就是不让休息。跑步跑不动了，让男队员脱下外套牵着，你也得像当年红军过雪山似的挣扎着练。拔单杠满手起了厚厚的血泡，后来磨破流出血水，再后来撕开死皮露出嫩肉，你也得缠上纱布不停地练。胖队员负担大，训练得加码，大夏天让你穿上棉衣练。练得恶心呕吐、浑身酸痛、双腿肿胀，如厕难以下蹲，你也得坚持练。有的队员出现尿血，到门诊部去检查，没大问题还得接着练。队员最怕的也是强度最大的要算挺凳子，就是用两个巴掌大的凳面撑住腹部，身体和四肢张开挺直，练习在空中的平衡力量和姿势，练得人先流汗，后流泪，再流下一摊鼻涕哈喇子，直到练得眼睛发乌，身体僵硬麻木，一段时间下来，每个人的肚脐周围都磨出了厚厚的老茧。我采访过现在队里的几个小队员，最小的李缓娟刚入队时才十三岁，说起训练的艰苦，她们告诉我一些数据，她们开始只能做七八个俯卧撑、二三十个仰卧起坐，单杠一个也拔不上去，而仅仅训练了一个月，一般俯卧撑能做到一百五十个左右，单杠能拔二十个，而仰卧起坐能从下午一点钟一直做到晚上开饭，中间不带停的。这样的进度包含着怎样的训练强度和艰辛，是可想而知的，回到宿舍有时想在床上先躺会儿，可一躺下就睡着了，连衣服都没脱，等到在哨声中睁开眼睛，第二天的训练又开始了。就是这样，这茬新队员体能训练的强度比起当年张宏执教时还差了一块。

张宏在领着队员锤炼体质、把握技术的同时，无疑还传授着更为重要的东西。

1983 年，我军第一次组队参加世界军事跳伞锦标赛。当时不分男女队，只出一支混合队，身为教练兼运动员的张宏参加了竞争。全队二十来名男女队员只参赛五人，竞争很激烈，共跳了十轮，张宏是唯一跳入前五名的女队员。落在第六名的男队员不服气，咬破手指写下"血战到底"的血书，并向上级告状说张宏作弊受到包庇。上级派来专门工作组调查，结果澄清了事实。6 月 25 日去北京，25 日最后一次训练时意外发生了，她第一跳就摔折了脚踝骨。她听到一声脆响，腿脚立马像灌满了铅。队医走过来问，你怎么了，为什么坐着不起来？她说，脚扭筋了。她咬牙站了起来，背上几十斤重的伞具回到宿舍，把衬衣撕成布条绑住伤脚。到了北京，队医见她脚肿得厉害，怀疑是骨折，让她拍片检查，她死活不从。队医没办法，要向队里负责，就让她从桌子上跳下试试，她当真就若无其事地从桌上跳了下来，她颤抖的心死死扼住剧烈的疼痛，脸上却平静如水。晚上，她在招待所的房间打开布条一看，肿起的腿脚从膝盖到趾甲都是黑色的瘀血。同屋不相识的两个阿姨都哭了，说，孩子你才多大呀，怎么能受得起这么大的罪哇，你的腿都肿成这样了还能参加什么比赛呀？张宏说，我死也要死在赛场上！见说不动她，两个好心的阿姨找来绷带帮她重新绑好了伤腿。

她乘飞机昏昏沉沉地飞到了德国。在比赛地巴伐利亚州空降学校，她同除她之外整个赛事唯一的一个女队员同住。这个美国女队员见状请来一个大胡子医生，大胡子检查后把她骨折的伤情告诉了团里。团长傻了，问张宏，你受伤时知道不知道是骨折？张宏说，知道。团长说，你知道为什么要占这个名额？张宏说，我敢来就敢跳！团长说，你能行吗？队长在一旁说她能行。大胡子医生清理了她腿上的血泡和死皮，抹上防过敏的药，又打上一个很先进的富有弹力的绷带。她以顽强的毅力参加了比赛，她拖着一条伤腿，但没有拖全队的后腿。比了二十多天，回国后去医院拍片子，骨刺已长了老大。队长说，这不是个一般的孩子。

后来，她到解放军体育学院去上学，再后来回八一跳伞队当教练，无论什么时候，这疼痛的历史都在创造着新的历史。这历史也通过她向队员们传递，传递坚强的意志品质，传递吃大苦耐大劳的精神。

但她性子太急，恨不能今天栽树，明天就结果，今天教你，明天你就得拿世界冠军，这使得队员们的承受力达到了极限，她们也许能想到你教练是恪尽职守，甚至可能会想到这最终是对她们好，但她们从本能上却积压着一种反抗的情绪。每天早晨，大家都盼着

19

下雨，好绕过晨练，可老天偏不作美，有一天她们干脆就打开屋外的水龙头，赖在床上能蹭一会儿就蹭一会儿，当张宏敲开门，她们就指着水龙头说以为是下雨了。这还了得，张宏反其道而行之，罚姑娘们冲坡，她领着她们一次次冲上二百米的大斜坡，冲得姑娘们心跳加速、嘴唇发紫、呼吸困难，而她体内像是有一台加足了油的发动机还往上冲，有一个队员累得趴在了地上，她硬逼着她爬上了山坡。还有一次绕着机场跑道跑万米，张宏没有跟跑，姑娘们就趁机钻进一间厕所里喘了会气，然后把自来水抹到脸上冒充汗水，当嬉笑着拥出厕所时，她们一下傻了，张宏正推着辆自行车堵在门口呢，这次她罚她们跑了一万四千米。

由于性子急躁，往往说话生硬冷厉，办事简单粗暴，使得张宏跟领导同事的关系时而紧张，同队员之间的关系更像是绷紧的弦索。队员见到她像耗子见到了猫，除了晚上睡觉，与她同住一个宿舍的队员平时老跟她玩捉迷藏，你回宿舍我们就开溜，你出去我们就钻进屋。有的队员在空中跳伞时，忍不住要对着在地面观察的她大声骂上几句出出气。

这种紧张的关系每年都有爆发期。那是在每年都要开的民主生活会上，队员们你一句我一句地争着给她提意见，说她没有人情味，说她训练第一，说她变着法子整人，说她不顾实际情况主观蛮干……别的教练都坦然坐在那里，就她成了靶子，所有的子弹都射向她，一顶顶帽子往她头上扣，民主生活会仿佛开成了对她的批斗会。

太不公了，太刺激了！张宏感到委屈之极，沮丧之极。我安排训练是以运动理论和十几年的跳伞经验为依据的，按不同的生物周期、肌肉类型甚至是血型气质因人施教，运动量也以脉跳次数和血液中的肌乳酸指数为依据实行大中小搭配，从不盲目加量，并结合营养学恢复体力和强健体格，你们中间有谁因运动过量受伤的呢？这能说是主观蛮干吗？我罚起人来是狠，但你们想过罚的目的是什么吗？要是为了整人我为什么从没让你们停训呢？我每天不管有多疲劳，都要坚持写训练日记，及时总结经验，发现问题，也要求你们写，帮你们改，连错别字都一笔一画地帮着改，对你们在技术上出现的问题我费尽心机地纠正，你们之间发生矛盾我苦口婆心地调解，我没有人情味吗？也许我是没有人情味，我脚踝受过伤，第四、第五腰椎曾骨折，达到了三等残废军人的标准，不客气地讲我也算是三等残废军人了，可我却不顾死活跟你们这些半大孩子一道跑一道跳一道流汗；我也有家庭有孩子，可外训一弄就是半年不着家，我的孩子生下五个月后我就从来没管过，他第一次叫妈我还是在磁带里听到的，丈夫一个人又当爹又当妈，还有人说我是爹他是妈，要不是他，任何一个男人早就和我劳燕分飞了。我真的感到很累，有时感到心力交瘁浑身不适，说真的，我都以为自己快得癌症了。我干吗这么拼死拼活地干？不就是为了你们尽快出成绩，早日为军队争光，为国家争光吗？我扪心自问对得起你们这些孩子，对得起你们的父母，你们为什么就不理解呢？

骂我的队员多，感激我的也多。今天骂我的，明天会感激我。提意见是正常的，不提是不正常的。有意见是暂时的，训练成效是长久的。一次次，张宏在痛苦中最终看到的是希望。一次次从委屈和沮丧中爬起来，她还是那样执着，还是那样玩命，还是那样严格，还是那样急躁，一切都没有改变。她要让时间来证明一切。

一头绵羊能把一群狮子带成一群绵羊，而一头狮子能把一群绵羊带成一群狮子。而今，她的弟子们跨入了世界冠军的行列。她们拎着水果去她现在的单位看望她，谈起她执教的那几年漫长而又短暂的岁月，都感慨万端。她们说，最艰苦的是那段岁月，最充实的是那段岁月，最记恨的是那段岁月，最怀念的是那段岁月，付出最多的是那段岁月，收获最大的也是那段岁月。

怎么上天又怎么回到地面，如同懦夫做破勇敢者之梦，被视为最大的耻辱

　　采访左燕妮，她的谈话是从备战第二届世界军运会切入的。她说，我们当时全都憋足了劲，一定要以自己的实力组队。她是同外请队员一道参加了上届世界军运会的。那样就是取得成绩也不是真的，左燕妮说，而且，外请队员还得像姑奶奶似的供着，抽烟你得供摩尔，要回家你得买好车票，说患有低血糖你得备着巧克力，大赛时说有肺结核病你得每天给她打针，这都是在骂我们自己是窝囊废。

　　左燕妮对外请队员气不忿，还因为内心的隐痛。1993年七运会前夕，队里计划由左燕妮等五人出赛，队服、运动鞋和二百元的营养费都已发到她们的手里，但宣布名单时，左燕妮被换了下来。主事的教练是从地方队请的，他认为左燕妮在测验时作弊，而让一个与他过从甚密的老乡顶替了她。左燕妮质疑，冯大队长出差回来，让她俩再比一次，谁赢算谁。连比三轮，每轮八跳，左燕妮全胜。冯队长说，你抓紧训练，你赢了就得你去。可出发前一天，冯队长

找到她，说，很遗憾你去不成了，吴绍祖说为预防舞弊行为，已报上去的名单一个月内不得更换。听到这个结果，她一连哭了好几天，感觉是哭了一个世纪。那次队里拿了集体第二名，冯队长回来后左燕妮对他说，我没去真是队里的遗憾，我要是去了一定会拿冠军！参赛队员每人几千元奖金，为了安慰她，也特地发给她两千元，会上宣布的时候她委屈得哽咽住了。好像是要拿钱煞气，她跑到大栅栏给母亲定做了皮衣，给父亲买了太阳神营养液，把奖金花得精光。左燕妮的性格就像弹簧，怎么按下去的就怎么弹起来。她小的时候，脾气暴躁的父亲打起她来下手很重，有一次她带着妹妹玩到很晚才回家，父亲用皮带抽，还用菜刀吓唬，她憋着劲就是不认错，以致在肚腹上憋出了一个大包，最后是母亲抚着女儿肚腹上的大包劝住了父亲。

备战训练第二届世界军运会是在河北山沟里的某机场进行的。为了赶进度，也为了磨炼意志和耐力，以适应出国比赛时差的变化，队里要求把每天的训练都当作比赛。她们早上五点钟就起床，用十分钟洗漱吃饭，接着进场做地面准备，六点开飞，一遍一遍从早上六点一直跳到晚上六点，中间只有半小时吃饭喘气的间隙，晚饭后接着还要用地面练习器练踩点。训练是异常艰苦的。在空中，考虑技术的处理，考虑安全，精神高度紧张；落地后，要抢时间把铺展开来有三十多平方米的伞具叠好，跳几次就要叠几次；等飞机一落地，又背上重达四五十斤的伞具登上飞机。不仅时间长、强度大，而且空中与地面的温差大，当时是伏暑天，穿着用尼龙布做的不透气的特技服，在地面捂出一身热汗，升空成了一身冷汗，上上下下地熬炼，对体力的消耗也非常厉害。此外，在开伞的一瞬间如同急刹车，呈自由落体高速下坠的人体要被狠狠拽起，而落地时双腿要猛蹲一下，每一次负荷受力，腰椎和颈椎都会造成微量的破碎，多年的积累，都落下了严重的颈椎病和腰椎间盘突出症；叠伞时，手在伞布上使劲地蹭，在伞绳上使劲地勒，时间一长掌面都长满了倒肉刺，加上女孩子生理上的特殊情况，因此在训练中她们还要同皮肉肌骨的老伤新痛与不适搏斗。所以，一天下来就感到累，彻里彻外地累，回到宿舍就想往床上躺，连切好了蒙着一层白霜的西瓜都不想吃。三个月下来，几乎每个人都掉了五六斤肉。

我在四川训练基地的半个多月，每天都在训练现场全程跟踪采访，我不跳伞，不叠伞，也不需背着几十斤重的伞具登飞机，我只是在上晒下蒸的场地上待得久一些，至多是跟着上飞机在天上转了几圈，就感到神弛体乏，晚上一改失眠的老毛病，倒在床上就酣然入睡。这么艰苦的训练，她们能挺下来，是长期磨炼的结果。

由于有坚实的底子，尽管备战世界军运会的训练密度大、强度高，左燕妮还是有精力感到生活的单调。机场在四面环山的山沟里，生活条件很简陋，最难受的是供水不足，一身汗污常常没法洗澡；再就是收不到电视信号，整天周而复始地跳伞、吃饭、睡觉，生活极其单调乏味，这后一条恐怕更难忍受。于是，左燕妮从黑山口集市上买回两只小兔子，每天训练归来，就用草喂它们，逗它们玩。时间一长，她对兔子有了感情，有人开玩笑说养得这么肥杀了吃算了，她就当真跟人家急；有人说养兔子不如养狗，狗通人性，她说，兔子也通人性，我唤它它就来，你就不行，不信你试试。两只兔子买来时像小老鼠，养到后来站起来有床那么高。姑娘们想着招来调剂重复单调的训练生活，如在训练中赌点，几个人对某一跳做出预

24

测，预测偏差最大的人要掏钱买饮料请客。夜里的风声和山里的狼嗥，在她们听来也像是音乐。

训练不仅艰苦单调，还时时隐藏着危险，不要说不注意在技术上出闪失，就是百倍小心，也不能保证不会因气象等方面的不确定因素发生危险。在地理条件复杂低空气流极不稳定的山沟里尤其危险。

一次，左燕妮落到离地还有七八米时，突然遇到一股向下的涡流，就像毫无防备地掉进了陷阱，摔得她躺在地上半天不能动弹。战备动员时，队里一再强调，此时你的身体已不仅仅是属于你个人的了。这时要绝对保证安全，连在地面上带有对抗性质的活动全都取消。要求得没错，但天空就像大海，宁静躁动温柔粗暴反复无常变幻不定的大海，这里有看不到却摸得着的激流、浪涛、旋涡、暗涌，伞翼不定什么时候就变成了欲倾欲覆漂泊无依的小帆船。几乎每个队员都有过遭遇忽上忽下的冷暖气流被猝不及防拽起摔下的经历。肖茜荣就曾因遇到强劲的高空气流，落在了距训练场地几公里的一个山坡坟地上，搭乘一辆摩托车回的营地。过去还曾发生过这么一件事，有一个表演七仙女下凡的队员被强气流推了很远，正好落在一个在地里拔棉花秆的老太太眼前，老太太冷不丁看到一个云髻高耸彩裙缤纷的古代仕女从天而降，把假仙女当成了真仙女，惊得扑通跪到了地上。英国还发生过一件奇事，一个运动员跳出机舱，伞还没打开，就遇到了一股接着一股强劲上升的暖气流，他像神话中的人物一样越飞越高，以至身上都结满了冰凌。这些都是轻松的故事，事实上，遇到莫测的强气流是极其危险的，队里在八十年代就曾摔死过人，美国跳伞俱乐部每年罹难的人都不下五六十，当然这其中有的是因技术故障而发生意外的。不论什么原因，跳伞时时都存在着危险。

跳伞历来被称作勇敢者的运动。对女孩子来说，这项运动无疑具有天然的挑战性。左燕妮第一次上飞机实跳时很兴奋，和几个队友叽叽喳喳说个没完，当黄灯闪烁舱门大开时，她迎着猛往里灌的强劲气流愣住了。教练命令她跳，她没动弹，教练再一次发出命令，她横下心眼一闭跳了出去。第二次比第一次还要胆怯，但容不得你不跳，怎么上天又怎么回到地面，如同做破勇敢者之梦的懦夫，被视为最大的耻辱，你一次不跳有第二次，二次不跳你就卷铺盖回家。队里说跳伞第一是要有胆量，否则你就别吃这碗饭，知道人类最早跳伞的是谁吗？是身怀大勇的舜，是秦始皇。据史料记载，人类第一个跳伞者是五帝时的舜，说舜的母亲死后，其父瞽叟听信后妻的谗言要杀舜，逼舜爬到高高的粮仓上，然后纵火焚烧粮仓，情急中舜抓起两顶斗笠从粮仓上跳下逃生。另一人是秦始皇，说万里长城竣工时秦始皇豪兴大发，凭借一顶巨大的丝伞从长城上飞跃而下。

那次左燕妮躺在地上动不了，心想坏了，要是摔到哪儿没法参加比赛就坏了。在这方面，她有过两次惨痛的经历。前次是1992年参加全国冠军赛，接近地面时突遇下降冷空气，自三至五米的高度猛地掉了下来，她本能地用双手撑地，造成双腕舟骨骨折。当时她只感到剧烈的疼痛，并不知已骨折，教练问她还能不能比赛，她咬着牙说能比，于是打了两针封闭止住痛，绑上绷带坚持比赛。比赛共十轮，加上气象的原因，赛时拉得很长，等比赛结束到医院拍片检查时，骨折处已错位愈合，医生说如果要纠正，需把骨头敲断重新接拢，她怕疗程长影响训练，没有答应，这造成她的双腕至今活动不灵便，不能干重活，一到阴天就隐隐地疼。后一次是在1997

年，她试跳新型的海盗式进口伞，用的伞原是一个男队员的，那个男队员用这具伞摔成了腰脊粉碎性骨折，别人劝她不要用这具伞，她偏要用。跳伞队有很多忌讳，如有人问你有没有用过备份伞，队里有没有出事死过人，都忌讳回答，但左燕妮从不在乎。还真是邪门了，那次跳得好好的，在以每秒五六米的速度接近地面时，操纵绳不知怎么就脱手了，落地时失去了控制，一下扑到粗糙的混凝土跑道上，被伞凭着大速度的惯性拖了七八米，顿时，她的眼眶蹭裂了，鼻梁被风镜磕破了，裤子和鞋子磨烂了，膝盖上的肉被水泥地狠狠咬掉一大块，露出了白花花的骨头，脚趾骨也露了出来，浑身上下像个血人。那次在医院疗养了小半年，伤口刚愈合，她又抻直了弹簧重返训练场。

一阵惧怕，左燕妮躺在跑道上哭了起来。队领导、教练、队友呼啦围到了她身边，吴队医东揾揾西捏捏，又帮她弯弯腿屈屈臂，说，不碍事，是摔背了气，没伤到筋骨。就好像没伤着是队医的功劳，左燕妮的脸一下子由阴转晴，对着队医一连声地说，谢谢！谢谢你！

姑娘们凭着顽强的意志和勇敢精神，把蹒跚的伞翼练成了矫健的鹰翅，把诡谲的天空练成了相知的朋友。河北训练结束，又移师四川，在不同的地理和气候条件下练。世界军运会前夕，全队状态极佳，圆满实现了自己组队的愿望。

历史不是一个人创造的，
一个人的历史也不是一个人创造的

刚生完孩子，陈莉有些发福。她今年三十二岁，我找到她时她正在北京休产假。在八一队现有的女队员中，她第一个当上了妈妈。

陈莉1984年进陕西队。她性格敞亮、粗糙，悟性高，有运动天赋，入队后跳的次数不多，水平却噌噌地上台阶。六运会陕西队垫底，队员先后离队，她是留下做种子的四名骨干之一，由于境况窘迫，队里已不具训练条件，其他三人不久全部离队。陈莉坚持不走，她酷爱跳伞。跳伞是人对自然的一种挑战，是人在不断征服自然中去把握和超越自身的一种努力；或者，是大自然母亲承诺儿女们的一种游戏，让他们在游戏中探索存在的秘密，开拓胆略和智慧，增强生存的能力。对于生性富于冒险性和挑战性的人来说，在大实若虚变幻不定的天空冒险闯荡，跳伞有着无穷的魅力，比什么蹦极、过山车、海盗船一类惊险刺激的小玩闹要大气多了。

拳不离手，曲不离口，老不训练人就会退板生锈。陈莉焦虑地对教练说，我要去训练。跳伞训练不像许多别的运动，有场地和简单的器械就行，跳伞没有飞机不行，而且，就像在岸上学不会游泳一样，只有在空中实际的训练中反复摸索和领会，才能掌握和提高跳伞技能。队里没有条件跳伞，她就千方百计与兄弟队联系，跟在人家后边蹭饭吃。她前胸后背搭着两个包，前面装的是洗漱用具换洗衣服等日用品，后面背着五十来斤重的伞具，风风火火奔跑于各省队之间。广东、河南、湖南、四川，这一年她孤身一人来来往往坐了十一趟火车。有时没买到坐票，车上拥挤，就站在厕所旁的过道上或车厢连接处，一站就是一夜。最难熬的是大夏天，闷热得像桑拿浴室的车厢里，刺鼻的汗泥、脚丫、烟草、酒精、小孩屎尿和垃圾发酵的气味灌满了鼻孔和肺叶，憋得人透不过气来。机会争来不易，训练中她抓得很紧，每一跳都倾心尽力，力求有所收获，成

28

绩自然是出类拔萃。各队教练为她的精神所打动，非但不把她当外人看，还给予特别的照顾。有的教练私下跟她说，要是陕西队不参加七运会，你就到我这里来，代表我们队比赛。

当陕西决定不参加七运会跳伞项目时，许多队都跑来洽谈借用陈莉，她一时成了抢手的香饽饽。经过慎重考虑，她选择了八一队，但不想被临时借用，要来就入伍穿军装当一名八一队正式队员。她对冯大队长说，八一队气氛好，斗志旺，有前途。冯队长说，到我们队要吃大苦。她说，我吃的苦你知道，我不怕吃苦。冯队长说，好，我给你办。他们谈得很投缘，她感到心里踏实，认为冯队长是干事业的人。但省体委却想把她借给四川队，好在经济上有所补偿。陈莉就反复找省体委的领导磨，省体委主任被磨恼了，生气地说，不拿十一万元钱就别想走人。而进八一队也非易事，也存在无法把握的变数。但办理手续却是要在一切都悬而未决时进行。陈莉陷入了矛盾的旋涡。她又在乎陕西队的培育之恩，又担忧自己的前程；既怕丢了陕西队的饭碗，又怕跨不进八一队的门槛。但如果一个运动员的运动生命停止了，还能有什么报恩之举，还有什么饭碗可捧？思来想去只有一条路可走。她横下心对冯队长说，我铁了心进八一队，如果办不成，我无非是摔了手中的饭碗。冯队长于是也横下心上下疏通，左右斡旋，最终把事办成了。

如同遥遥观月，陈莉对八一队还缺乏了解，对到八一队后的生活心理准备并不充分。她喜欢由着性子自由行事，不愿受管束，在地方队时，自己的时间自己管着，她喜欢吆五喝六地同朋友们扎堆聊天。八一队是连队式的管理，干什么都得统一行动，一天二十四小时连几点铺被子、几点睡觉、几点起床，甚至你心里想些什么都要被管着。队里为强化她的集体意识，让她当班长，这就不仅要管自己，还要管别人，不管还不行。有一次，队里向她了解两个队员吵架的事，她说，我不知道，我当时不在现场。队里说，这不行，你要知道她们为什么吵架，你还要负责解决问题。这叫什么事儿呀，不知道的事怎么知道要去知道？我为什么要知道？她感到很委屈。在训练中也一样，有些动作她自以为不错，教练说不合理，要她纠正。我过去就这么跳的，我干吗要听你的？你不纠正教练就不停地说，跳一次说一次。她在队员中年龄最大，技术也拔尖，感到这样受人管教太栽面子。每天的训练计划也不像地方队那样透明，地方队员按计划该跳几轮就跳几轮，跳完就走人，而这儿的训练量弹性大，多由队里随机而定，队员只有被动接受的份儿。最压抑的是业余时间也被拘着，不像在地方，你爱干什么干什么，想去哪儿就去哪儿，没听说还要请销假的。同队里无处不在的紧张关系，无不影响训练质量，她的成绩无可避免地直线下滑。参加七运会她与队友们奋力拼搏，拿了集体定点亚军，但她的个人成绩并不突出。

真正的危机是在 1995 年，这一年举行的世界军人运动会没让她参加。她起初都不相信这是真的。我在队里资格最老，技术领先，怎么就被打入了另册？更何况还在地方队借了三名队员，真是把人埋汰到家了。仿佛在一夜之间，她从骄傲的公主变成了灰姑娘，从白天鹅沦为丑小鸭。突如其来的打击是最锐利的打击，她自觉自尊心受到了极大伤害。她的内心一下子失去平衡，陷入了迷乱。

管理就像铁箍子把自己勒得透不过气来，既然自己已经没头没脸摔得鼻青脸肿，那就狠狠地摔吧，连同铁箍子一道摔碎它。陈莉心里的不满做到了面上：不按时起床，不按时就寝，逃避集体活动。

出征队伍临行前，不满行动做得更加激烈，她和遭遇相同的肖茜荣同气相求，弄了些青菜、蘑菇、豆腐、罐装午餐肉，在宿舍里涮火锅开起了小灶。对此，冯队长异常恼火，责令她们写出深刻检查，并让她们到食堂去帮一段时间厨。冯队长说，回来我再找你们算账！

陈莉的心情冷到了冰点。看谁谁不顺眼，好像每一个人、好像整个队都在同自己作对，她感到没意思透了，萌生了下队的念头。她拒绝写检查，对择菜、洗菜、揉面、包饺子一类的厨活倒是有点兴趣。这是一种逃避，而越是想逃避现实，就越是生活在现实中。没过几天，她感到生活得不实在，心里恍惚空落。她同肖茜荣在一起抱怨、发泄，最后一致认为，既然想下队了，何必同队里闹得那么僵呢，写检讨就写检讨吧。

当八一队在世界军运会上拿了集体定点冠军载誉而归时，陈莉找到冯队长。她说，我要求下队，我成绩不稳定，该给人家让位了，而且我年龄也不小了，想要个孩子了。

这不是赌气话。这次借用的队员中，有一位与她是同期的，在世界军运会上拿了个人冠军，对她刺激很大。要孩子的事也不是托词，她于当年三月结婚后，家里就一直在讨论要孩子的事，特别是她母亲总嘀咕，说，你们俩都不小了，再说我和你父亲也老了，趁现在身体还可以，有了孩子还可以给你们带。但要说她说的全是真话也不确切。对于跳伞，她有很好的潜质，练了那么多年也打下了良好的基础，年龄也正值出成绩的当口，更重要的是她天性酷爱这项运动。而要继续跳伞，她知道，八一队对于任何一个有事业心的运动员也许有着最强的磁力：跳伞在使用飞机、地面保障等方面耗资很大，削减经费后各队在财力上都陷入了困境，有的队已塌了摊

31

子，有的队在苦苦支撑，而这在八一队却有着雄厚的依托；伙食也是，八一队跳伞队员的标准比飞行员还要高，管理调剂也数一流；训练也是最严格的，地方队每天一般跳六次，撑死八次，而部队一天最少八到十次，最多是地方的两至三倍，这是出成绩的最根本的保证；比赛的机会也是地方队不能比的，军队的、军地的、国内的、国际的，能参加的都不落下；还有团结友爱的气氛，跳伞队就像一个大家庭，大家在一起像是兄弟姐妹，什么事都有人替你想着，如同关心自己一样。还有一点也很关键，就是依她现在的状况，不跳伞能干什么呢？何去何从，她并没有想清楚，她是跟着感受走；而她的感受是混沌的、宿命的。因此，她的话也说得不硬气。

冯队长想了一下，说，你下队不下队，一时定不了，但我可以同意你生孩子，马上就可以给你生育指标。

陈莉像是被电击似的冲口就说，要孩子的事我并不着急，我才二十六岁，我不急。

冯队长克制住冲到嗓子眼的笑意。他知道，生孩子一般要中断两年运动生命。运动员吃的是青春饭，没出成绩时急着出成绩，出了成绩又趁势头盯住更高的目标，成与不成就这么十年八年的工夫。对于许多运动员来说，生孩子对运动生涯是一种毁灭性的冲击。

冯队长说，你要下队？你要生孩子？你认真想过你为什么会走到今天这个地步吗？训练中不服教练管，你是常有理，生活中不愿受制度管，喜欢自行其是。没有规矩，不成方圆；没有压力，哪来动力？哪个运动员是从土里钻出来的？我们是军人，听从命令，遵守纪律，是军人的天职，是出战斗力出成绩的法宝。你怎么就特殊，你怎么就有那么大能耐？你的问题是什么，你的问题是心态不对，根本就在于不能摆正自己的位置！

好好想想吧，冯队长说，想起你当时腻腻歪歪的样，真恨不得给你两脚！

陈莉沉默了，几天都没怎么说话，这在她是少有的。她在思考。实际上，从组队落选后她就在疼痛地思考，她的反抗和消沉，都是在思考，促进她思考的是深深的危机感。人的意识是做两极运动的，有时消极面若不暴露出来，积极面也不会凸显出来。通过失去机会，她懂得了该怎样去珍惜机会。

当然，严格的管理还是令她不舒服，但她找到了一味消解这种不舒服的药，那就是其他一切都不重要，重要的是结果，是拿冠军。她从自己做起，加快了适应和融入跳伞队大家庭的脚步。她学会了尊重和服从，还学会了做别人的工作，她向取得点成绩就翘尾巴的人泼冷水，说其实没有什么，你只不过是比别人多下了点苦功夫；为失去参赛资格的人化解心中块垒，说你平时练得不扎实，你凭什么参加比赛？在一次比赛中她跳砸了，情绪十分恶劣，为了不影响别的队员，她硬撑着装笑脸。她丈夫是北京跳伞队的教练，两人除了元旦春节同时休假，就是偶尔在比赛场碰面，相聚的日子，无论是买菜、逛街、与朋友聚会，可以说是形影不离地黏在一起，而平时即使同在北京，她也从不违反队规回家。也有同队里拧劲的时候，在备战法国公开赛的一次训练中，眼看就要稳稳当当着陆了，她用朗诵诗的语调说，哇，我是那么的轻。没想到一股上升气流把伞猛地掀起两米多高，然后将她仰面朝天地平拍下来，她由老练从容瞬间变得狼狈不堪使队友们忍俊不禁。后来发现她胸椎受了伤，队里让她停训治疗，但她不服从，在接受了按摩、拔火罐的简便处理后，

33

又登上了飞机。她练得很投入，1997年和1998年两次不期怀孕，她都不顾老人的反对，毅然做了流产。

摆正了自身的位置，对自身蕴藏的挖掘也就有了准头，良好的潜质被充分地发挥了出来。1997年到1999年的三年中，陈莉在全国、亚洲、世界军人跳伞锦标赛和世界军人运动会等大赛的定点与特技项目中，共夺得二十多个集体和个人冠军。一块块金牌像成串的金苹果大放异彩。

历史不是一个人创造的，一个人的历史也不是一个人创造的，金苹果挂在她高挑的枝头上，而同时也属于集体的粗壮挺拔的树干。她最难忘1999年参加世界杯赛的经历。那年为备战世界杯组成国家集训队时，八一队正在为备战世界军人运动会进行封闭式强化训练，陈莉是国内全能冠军，但如果不参加国家集训队并通过测验，便放弃了出赛世界杯的资格，而国家队也已内定了其他人选。让不让陈莉去国家队呢？如果去，势必会影响本队的通盘规划，而上级已下军令状，此次世界军运会是本队的生死存亡之战；不去吧，此次世界杯单项中国只派男女各一名队员，论陈莉目前的实力完全有把握争得机会，不去对她来说无疑将是终身憾事，而且代表国家出征是大局，各队应鼎力支持。队里权衡再三，最后决定，以国家大局为重，从公平对待队员的机会出发，让陈莉去国家集训队！一个运动员梦寐以求的是什么？当冯队长把队里的决定告诉她，泪水一下就模糊了她的眼睛。

世界军运会8月底在克罗地亚举行，比赛加路程要十天时间，而在匈牙利举办的世界杯是9月中旬，为了赶时间，队里想法为陈莉破例办了两个护照，保证她如期参加了比赛。她没有白去，在世界杯上，她取得了个人特技第三、个人全能第三和个人定点第五的佳绩。

一个运动员最大的幸福莫过于能充分发挥和施展自己的力量和才能。陈莉说，不是所有的花都能结果，我很幸运，我得到了我可能得到的，这里面有我自己的付出，也有我们队这个温暖的大家庭中每一个人的心血和智慧。

一个人一辈子只能干好一件事，往往也只能在一种环境里生活而失去在别的环境里生活的机会

如按照所谓的气质类型划分，叶晓莉应属多血质。她反应敏捷，动作灵巧，掌握技术要领快捷准确，所以，在训练中她老是踩点，也就是打靶老是打十环，踢足球总射进门框，姐妹们不无嫉妒地称她踩点机器。而这类气质的人注意力不易集中的弱点，在她身上表现得同样也很突出，由于比赛时干扰因素多，她一上赛场就走神，成绩自然大打折扣。屡屡如此，所以她又被说成是训练型运动员，而不是比赛型运动员。

干打雷不下雨，一比赛就拉稀就什么都不是。1995 年没让她参加世界军人运动会，叶晓莉一度怀疑自己是不是跳伞这块料。队里说，你肯定是这块料，还不是杉木泡桐的，而是栎木花梨木的。队里说，你的问题是注意力不集中，你有一只有力的拳头，但你不能抅攥着手指，伞一打开，你的五指得攥紧。叶晓莉好在心态放松，三练两调整，很快就能在该握拳头的时候握紧了拳头。在第二年的泰国国际邀请赛上，她一举夺得个人第二名。此后又在国内国际大

赛中连创佳绩，走出了低谷。

就当她调整好姿势和航线飞向事业的靶心时，一股蒙头扑来的强大气流把她冲得晕头转向。

叶晓莉的姐姐早些年去新加坡学医，后与一个在一家电脑公司当总经理的美国人结了婚。姐姐修完大学课程，谋得一份教书的职业，拿到了在美国定居的绿卡。自己的事安排妥当后，姐姐就张罗着把叶晓莉接到美国去。在许多同龄女孩子心目中，美国是一个充满诱惑的国度，叶晓莉也不能例外，姐姐的邀请在她心中激起了持续的冲动。她把有关自己的资料寄给了姐姐。

跳伞队的生活是极为艰苦、单调的，尤其是对正处花季的女孩子，跳伞生涯删减和限制了许多本应属于她们的东西。女孩子爱美，漂亮的女孩子更爱美，可无论是春夏秋冬，她们的肌肤终日都要受到风吹日晒和汗水的浸渍，她们在脸上蒙上丝帕抹上防晒霜，其实际作用更多的是在心理上得到一点安慰；她们都有漂亮衣裙，可她们整天都穿着膝上肘上蹭着泥土的训练服，而把漂亮的衣裙压在箱底，她们会在晚上躲在宿舍里一件件拿出来穿上开开心，在队里偶尔举行的时装表演中，她们会为自己的美丽笑出眼泪，但这时的快乐却是一种疼痛的快乐；她们也有女孩子的虚荣，渴望人们尤其是异性把赞许的目光投向自己，可只有在装扮成七仙女从天上飘落时才有机会把自己的美展现在众人的面前，但那些半真半假的掌声是给神话中的人物的，与她们的美基本无关。女孩子要恋爱，可她们的生活限于一个狭小的圈子，肯定就失去了许多机缘，有的把绣球掷给跳伞队的男孩子，但由于一些不言而喻的原因，她和他不能在花前月下相偎相拥、爱语缠绵，而只能像地下工作者靠递纸条子传

36

眼神来交流信息，只能体验到拘谨的爱情。女孩子爱逛街，女孩子爱撒娇，女孩子爱倾诉……在某种程度上，这一切成了她们为跳伞事业付出的必要代价。

从女孩子的天性来讲，到美国去的生活与在跳伞队的生活的巨大反差，使得去美国看起来有着更大的诱惑力。

然而，满足天性是唯一的或是最重要的吗？而且有些诱惑看起来很迷人，充满了浪漫情调，但要让你把一生托付给它，你会因陌生和悬虚而感到心中没底。叶晓莉告诉我，她憧憬外面的世界，但真正要打报告下队，改变人生走向，又感到这不真实，感到跨不出这一步。

面临着艰难的选择，一向开朗活泼、甚至有点马大哈的叶晓莉在床上翻来覆去地失眠了。她的精力又分散了，不要说在赛场上，就是在训练和生活中，她也是心浮气躁的。

自己想不清楚，她就向父母讨教。父母是不赞同她去美国的。父亲说，你的专长是跳伞，你姐姐说了，要是你拿过国际大赛的冠军，交三千美元，半年之内就可拿到绿卡，但你也说了，你不是邓亚萍，你取得的成绩还够不上档次。再说，美国社会竞争非常残酷，你姐夫固然有能耐，但他的能耐不是你的能耐，你姐姐月薪两千多美元，她说要负担你在美国的全部费用，你光是上几年学少说也要十万美元，你算算她能不能负担得起？而且就凭你的底子，难说能学出个样来，到时候恐怕连生存都是个问题。我和你妈去美国时，看到你姐姐动不动就发火，性格越来越怪僻，大概就同生活压力太大有关。往好里想，就算她能负担你，你也不会过得舒心，美国看重人的自主性，你不能自立就不会有社会地位。我和你妈想，你还是留国内的好，踏踏实实跳伞，多为军队和国家争光。

她也常和梁勇谈这件事。梁勇是男队队员，生得浓眉大眼。提起这事，梁勇总是默不作声，急得叶晓莉骂，你怎么这么肉呀？逼得急了，梁勇磨磨叽叽地说有机会出去闯闯也好，但脸上却满是忧郁伤感的神情。看到梁勇这个蔫瓜样，就加重了她心里的矛盾。她是一到北京就喜欢上梁勇的，那次梁勇到火车站接她，俩人头一眼就都感到对方面熟，都感到有点不自在。相处了几年，她感到梁勇为人热情诚恳，干什么事情都很认真，人也很机灵。他们在训练中相互切磋技艺，在训练中一颗心与另一颗心相遇，他们也在训练中争吵，越吵成绩越好。梁勇常帮她干些叠伞之类的力气活，她则通过为他缝扣子这类细小的事来体味生活的温馨。一个女孩子心中能有一个值得为他缝扣子的人是幸福的。对叶晓莉是否去美国的事，梁勇虽然闷着不说，但他带着忧郁更加关切叶晓莉的行为，已经表露出了明确的态度。叶晓莉想，如果去了美国，我还能拥有他吗？队里曾有一对相恋的队员，由于男队员通过海外关系去了美国，他们的事最终成了一场悲剧。

这事是叶晓莉个人的事，也是队里的事，她与队里自然谈得更多。冯大队长说，从队里的角度讲，我们不希望你去，你是一个有实力的队员，现在处于上升期，我们还指望你出成绩；就你个人而言，我们也不赞成你去，在国内，你有自己热爱的跳伞事业，你全家包括你姐姐对你也抱以厚望，当初就是你姐姐把你送来的，而到了美国你能干什么呢？当然，生活条件会好一些，但这是相对的，你知道当鸡头和当凤尾的道理，人活的就是一个心态，如果你连凤尾都不是，你是个边缘人，你能感受到好的生活条件吗？你父母去了一趟美国，对两边的情况都有了解，我跟他们谈了，他们也跟你谈了，我觉得他们的看法是透彻的。冯队长说，一个人生活得有劲没劲，主要在于他能不能在事业中汲取动能，而要干好一个事业，他的生活就要受到限制，他就要付出许多必要的牺牲，谁也不能例外，你看你们周教练，为了事业，都四十的人了还没成家。现在摆在你面前的选择，或者是放弃艰苦的事业到美国去追求优裕的生活，或者是抛掉虚幻的梦想留在队里追求你热爱的事业，两利相权择其重，谁轻谁重，你自己掂量。

冯队长提到的周教练叫周蜀延，一口四川话，让人一接触就感到他厚道。他做叶晓莉的工作，话不多，也没什么高明之处，但他谈话时的专注劲儿如同他整个生活的缩影，让她感动。正如冯队长说的，他的头发已谢顶，可至今还没成家。他父母着急，他也不是不急，对象也谈过一大把，可谈一个崩一个，究其原因，都与他的职业有关，他的长处就是他的短处。他谈过一个成都姑娘，是公司出纳，两人都购置了电器香烟之类，准备办喜事了，但事到临头起了变故，原因是姑娘来训练地看他，他忙得跟什么似的，同这个姑娘谈跳伞，同那个姑娘谈训练，就是不同人家姑娘谈恋爱，生生把人家挤对跑了，临走丢下一句话，说，我不是要找一个工作狂，而是要找一个懂得爱我的人。还有一个姑娘，是北京海关的教员，谈得热乎时，她专程跑到四川去了他家，两家老人也挺满意，但最终还是没成，原因是他常年在外地训练，一年难得见上几面，现在的姑娘很看重这个。谈崩就谈崩了，周蜀延的乐观还是周蜀延的乐观，周蜀延的焦虑还是周蜀延的焦虑：叶晓莉比赛时注意力不集中，肖茜荣情绪不稳定，陈莉盯着技术的细节而容易忘了大过程，左燕妮在低空的处理上还欠火候，吴丽虹接受起东西来要慢一些……他心里装着每个队员的问题，在训练中较起真来让姑娘们直掉眼泪，气恨得她们暗地诅咒说，凭你的凶相你一辈子也找不到老婆。周蜀延就是听到了也不生气，他就是这么个性情豁达的人，而且他知道，善良的姑娘们都在为他的事着急，还悄悄地张罗着在杂志上给他登了征婚广告呢。

实际上，从一进跳伞队，准确地讲是自从爱上跳伞，就意味着付出与奉献。小小年纪，不能像同龄的孩子那样在舒适安逸的环境里尝嘴贪玩、撒娇纵性，享受父母的呵护；后来无缘晋学深造，无缘经受清新浪漫的校园气息的熏陶；谈恋爱的季节被推迟，三四十岁成了家、有了孩子，却又不能同家人厮守，在氤氲着人间烟火的生活细节中去享受天伦之乐……付出是全方位的，甚至也是无条件的。正是由于这种付出，使得他们对跳伞事业的爱是源自血液的爱，使得他们把自己的命运同跳伞队紧紧地联系在一起。

人是自由的，又是不自由的。一个人一辈子只能干好一件事，也只能在一种环境里生活而失去在别的环境里生活的机会。生活本身的启示是最强有力的。将近一年时间，叶晓莉与姐姐一直保持着电话联系，姐姐固执地要让她去美国。就当姐姐把她去美国的事安排得差不多时，她同梁勇结婚了，她以此了断了去美国的念头。结婚的当天，她给姐姐打了电话，姐姐并不知道她要结婚的事，接到电话很伤心，也很恼火。叶晓莉的心情很复杂，她流着泪说，姐姐，我对不起你，我想你早晚是会理解我的。

叶晓莉又握拢五指，调整好了飞向事业靶心的姿势和航线。

昨天是今天的昨天，今天是明天的昨天，为昨天负责，也就是为明天负责

　　空军跳伞队曾是中国跳伞运动的先驱，有过骄人历史。但二十世纪八十年代末，由于班子搞窝里斗，相互捅刀子把状告到了中央军委，闹得人心涣散，训练荒弛，全队状况跌到了谷底。冯国斌就在这个时候接任了队长。他在就职演讲时发誓说，党交给我这个舞台，我就要当好主角，把一台戏唱响演活，否则我就回东北穷老家赶大车去！

　　改组班子的同时，上级还决定结束跳伞队吉卜赛似的居无定所漂泊游训的历史，让跳伞队定居京郊。初到北京，六十多人居住、办公都在一座大棚式的堪用房里，外面下大雨屋里下小雨，冬天飕飕往里灌风，睡觉时要戴棉帽捂口罩。冯国斌要求队员亲属不要来队，怕来了心疼孩子动摇军心。上级拨发的建设经费迟迟不到，冯国斌一次次跑到有关部门催要。某领导答应给了，可第二天又变卦了。冯国斌几乎是哀求地说，你可怜可怜我们吧，我们的孩子写信都是跪在地上伏着床板写。领导慢腾腾地说，我昨天是怎么说的呀？油爆脾气的冯国斌一听火了，把帽子往桌上一掼。给就给，不给就算，我豁出这个芝麻官不当了，我就不信讲不出这个理去！大队综合楼终于在 1992 年竣工，队员住进了带卫生间的新居。

　　冯国斌善动脑子，每个举措都是对症下药。为了稳定人心，争取亲属的配合，1992 年春节前夕，他决定走访队员家庭。火车临开动时，司机还把一位老队员的离队申请转给了他，他拆开烟盒写了

几句话，让那位队员慎重考虑。他走访了石家庄、武汉、荆州、郑州等地的十多个队员家庭，向队员父母介绍了孩子的情况、队里的困难和前景、军事跳伞事业的意义。父母们为真情所动，说从你们身上看到了部队的好传统，看到了孩子的希望。队员们随后回家过年，等于去了一趟加油站，归队后精神面貌大变，那位老队员也主动收回了离队申请。

从 1989 年到 1991 年，六次全国性比赛队里无一例外地吃了光头，冯国斌把教练招到一块儿，分析本队的优劣之处，认为特技、造型和定点这三个跳伞项目，前两项与各队差距较大，且对队员身体的自然条件如爆发力、协调性要求甚高，我们的队员有先天不足之虞，而定点更多地依赖经验，成绩是用训练次数堆出来的，这点我们有优势，我们动用飞机比地方队便利，我们还有铁打的纪律和训练时间。经反复论证，决定把定点作为主攻方向，锤炼成拳头项目。1992 年一年，全队就狠嚼定点，每个队员都跳了七八百次。七运会前夕，又竞标夺得了全国冠军赛和亚洲跳伞邀请赛承办权，这一举措的好处，一是承办者可出两队人马锻炼队伍；二是熟悉场地能增强队员信心；冯国斌还存有一个私心，就是便于引起上级重视，好要点钱完善训练设施。比赛结果，男女队共夺得七项冠军，几个好处也尽收囊中。

经过几年的风雨历练，八一队凋败的伞翼又丰满起来。1993 年七运会上，男队荣膺团体冠军，男女获总分亚军，被视为黑马。次年出征西班牙，又获集体定点亚军，这是自 1989 年后中国军体代表团首征西欧的破冰之旅。全队士气大增，喊响"升国旗，奏国歌，夺金牌，争第一"的口号。

就当此时，国家确立了新的体育战略，一手抓奥运项目，一手抓全民健身，大幅砍削非奥运项目的人员和经费，非奥运项目跳伞队伍顿时陷入危机。军队的跳伞队是否保留，要看在即将举行的第一届世界军人运动会上能否拿一块以上金牌，生死在此一举。

　　冯国斌承受着巨大的压力。他决定采取非常手段，从地方队临时借用几个技术过硬的队员，先过了这个坎。借人并非易事，他得上上下下地磨嘴皮子磕头作揖。他身患糖尿病、肝脾肿大、十二指肠球部溃疡等疾病，他把这些伴着苦酒一股脑儿地往肠胃里灌，还得赔笑脸搜肠刮肚往外掏好听的词。他说，我最见不得人装孙子，可这回我是拼命装孙子。可队员并不理解，我们都是吃干饭的呀？我们都死绝了呀？什么难听的话都有。这使他倍感痛苦。他对教练和队员说，作为队长，我有什么理由不想让自己的队员参赛？为什么要外借队员？为了我们这个队的生存！只要我们队能保留下来，我们大家就都有希望！这条硬汉子说着说着就哭了。队员、教练也都哭了。事后，他在办公桌上看到一封信，信上说，敬爱的冯队长，我们全体队员都非常理解你，非常感谢你，你为我们受了那么多罪，受了那么多委屈，我们心里都清楚，我们一定要好好训练，以自己的实力来争取生存的权利。

　　在 1995 年举行的第一届世界军人运动会上，当中国女队拿到个人定点冠军时，冯国斌立马就瘫了，没有一点兴奋，脑子里唯一的念头，是这个队终于保住了。

　　新一轮大练兵开始了，目标直逼四年一届的世界军运会和每年一届的世界军事锦标赛。要想有地位，就须有作为。冯国斌在全队大会上说，我们队就像个舞台，仗着这个舞台，我们每个人才有可能施展自己的才华，实现自己的价值。现在，这个舞台随时会倒塌，但这个舞台不是钢材水泥建的，这个舞台就在我们每个人的肩上，它会不会倒塌全在我们自己！队里请全体吃了一顿黄辣丁，吃口鲜美无比，却辣得人从头到脚冒汗。跳伞队的每个人都贪这一口，反映出这个队的性格特征。

冯国斌信奉以任务带兵，用目标带兵，爬上一个山头，他早已把旗子插上了更高的山头。他奔走在烈日寒风的训练场上，同时奔走在比训练场更广阔的迷宫般七缠八绕的内心领域。队员从天上落下来了，有的困惑，有的沮丧，有的漠然，有的自信。他走了过去说，跳伞不能光是肢体用劲，还要调动风向风力替你使劲，要多用头脑。他说，跳伞是一门艺术，场面越宏大复杂，越要有表现欲，调动自己的兴奋度，这样才会自信。他说，定点是简单动作、复杂过程，关键要有稳定的心理素质，心态要稳定。他说，一个成功的运动员，最重要的是要看他的综合素质和思想境界，否则就缺乏牢固的基础。他说，每块金牌中凝聚着队里每一个人的汗水，个人目标要以全队的目标为前提。他说，当教练首先要研究人，了解人才能教技术。他对搭档说，我们当领导的，怕的就是搞一团和气或摩擦内耗，看起来是三两个人的事，实际是从根子上坏了全队，我们可以拍屁股走人，但一个队伤了元气就难以恢复了。

他眼里容不得沙子，性子又急，遇事不是总能冷静对待。一次参加重要庆典活动表演，一位领导要求在场内放靶垫，队里没有照办，当时冯国斌因血糖高正在医院打点滴，得到消息拔掉针头就赶回队里，见到家里的一位负责干部就猛剋，说，你是军人不是？你懂不懂服从命令是军人的天职？军令如火，怎么火上房了你还不着忙？还有一次在珠海航展上表演，空中放鞭炮的准备工作做得不规范，冯国斌火冒三丈，对负责的教练说，你这么弄出了事怎么办？是你坐牢还是我坐牢？在训练中，他不能理解有的队员一个别扭动作怎么老是纠正不过来，弄急了，他说我给你出个笨办法，你就大声骂自己是窝囊废，你发誓看不起自己，自己和自己较劲比试比试。不仅是训练，仿佛队里的方方面面都牵连着他的神经，比如小对象吵着要分手，他劝着劝着忽然发现像是自己在求婚，脸一铁，说，分手就分手！

冯国斌只唱黑脸，在队里显得有点霸道。

人们都习惯向前看，而冯国斌的人生哲学是向后看。他说，一个人的未来是由他的历史决定的，我不敢怠慢今天，是不能因为今天否定了我的昨天。为昨天负责，也就是为明天负责。他常在夜深人静时反思刚过去的一天，所以，他对自己的形象是清楚的：大家离不开我，但又不希望我待在身边。这使他矛盾和痛苦。开民主生活会，他真心祈望大家批评，恨不能乱箭飞来扎得满身是血才叫痛快，大家不开口，他就发给每人一张纸条，硬要每人写上五条意见。有一次吃年饭，看着一个个以队为家的小队员，他感到一种莫名的冲动，他站起来说，我这个人话多，言多必有失，有失必伤感情，今天我给大家赔个不是。一仰脖子，他把一大杯绵阳大曲饮尽。

他生命的中轴是跳伞队，多年来，他日日夜夜都围绕着这个中轴转。妻子生病住院顾不上探望，自己身体有病，早年跳伞还摔成腰椎劈裂，弯腰洗碗就酸胀得直不起来，也顾不上去治。尤其是近年，精力严重透支，老病旧伤加重，体重从一百八十六斤直落到一百五十四斤，腰围由三尺缩到二尺六。有时就想，人和人活得不一样，死了都一样，都是一把灰土，人说宁带千军万马，不带背心裤衩，我都五十的人了，还整天没完没了图个什么呀？但这种想法不是他骨子里的东西。他常说，人没有受不了的苦，但有享不了的福，人活的就是一个心态。每当晨晖透过窗帘，他心里总是充满了对新一天的热情期待，哪怕是硬撑着从床上爬起来。

在上级的大力支持下，全队上下卧薪尝胆、顽强拼搏，整体素质有了质的飞跃。逢有国内大赛，一些省队反过来向八一队借用队员，在一次全国冠军赛上，全部由八一队队员组成的上海队还夺得了冠军。

第二届世界军运会临近了。同上届一样，也是关系到全队命运的生死之战，拿到金牌则存，拿不到金牌则亡。有人示意还可以用上届的方式，外请高水平的队员组队。队里多数人也倾向外借几名队员。冯国斌坚决主张依靠自己的力量组队。压力是巨大的，支持他顶住压力和说服别人的根据有三，一是我们队员的技术已不亚于地方老队员；二是我们的队员是背水一战，只有拼力向前；三是上届我们的队员已受到伤害，如再受此沉重打击，即使保住了队伍，这个队伍也会垮掉。上级部门的一位领导不放心，对冯国斌说，这个比赛不是锻炼队伍，去就是要拿金牌，关起门来讲，能不能行？冯国斌说，我们相信自己的实力，但不能打包票，一旦失误我甘愿受罚，但我们会全力去搏。

出征前的誓师会上，冯国斌领着全队三呼："升国旗，奏国歌，夺金牌，争第一！"冯国斌说，拿了冠军，回来我请大家吃黄辣丁，否则就吃兰州拉面。

前途不在于路，而在自己的脚下，
命运的指向其实正是人对命运的祈望

第二届世界军人运动会于 1999 年盛夏在克罗地亚首都萨格勒布举行。8 月 6 日午夜，中国人民解放军跳伞队抵达这座巴尔干半岛上的城市。下了飞机，姑娘们忙着登记、照相、倒腾行李，直到凌晨两点多钟才算安顿下来。

躺在木板床上，吴丽虹怎么也睡不着。她不能回避压力，一是她被指派为女子跳伞项目组组长，她深知肩头担子的分量；二是她在上届军运会上发挥不理想，最后一跳偏偏踩了五厘米，失去了几乎到手的一块奖牌，心头的阴影挥之不去。熬到早晨五点，她索性翻身起床。她把姐妹们叫醒，乘车来到某军用机场比赛场地，检查伞降器材，熟悉地理环境和气象条件，研究比赛方案，为第二天就要开始的大赛做最后准备。姐妹们情绪亢奋，频频击掌，发誓要完全依靠自己的力量夺取足赤的金牌。

吴丽虹无论如何也想不到，比赛头一天自己就发生了意外，全队差点没因为她砸了锅！

第一天比的是空中造型，就是由多人在开伞前组合成各种图案的比赛。这个项目不允许运动员落在中心靶垫上，除此可在任何位置着陆。吴丽虹与姐妹们做了一个四瓣花的美丽造型。开伞后，她看准一片开阔的绿草坪徐徐飘落。她落地很稳，当随着降落伞的惯性往前跑时，忽听到一声骨头的脆响，从左脚倏地传来一阵钻心扎肺的刺痛。她的左脚踩进了一个被绿草掩盖着的鼹鼠洞！她坐在地上，试着动动脚，但左脚踝骨以下像是灌满了铅，只有一阵接一阵的胀感，脚腕肿起老高。我的脚腕是不是骨折了？她的感觉就像天塌下来一样。这可是被称为小奥运的世界大赛呀！这次比赛我们可是等了四年呀！我的脚就是断了也决不放弃比赛！她想先回帐篷再说。她使劲呼喊跟在她身后着陆的叶晓莉。这时，队长、领队、教练、队员都跑来了，许多外国队员也跑来了，赛场的救护车也开了过来。见冯队长脸上混合着心疼、担心和失意的复杂表情，吴丽虹说，队长我没事儿，左脚崴了，我还有右脚。冯队长的眼圈一下子红了。

吴丽虹被抬上了救护车，冯队长让一个略通英语的男队员陪着一块儿上医院。在车上，吴丽虹拼命地责怪自己不争气，怎么偏偏在这个节骨眼上出纰漏，要是因为自己影响了集体拿金牌那就糟了。她知道，接下来的定点比赛是本队势在必得的拳头项目，按照规则，每队参赛人数是五人，每轮取前四名的成绩计分，规则还规定发生骨折等伤情的队员不得再上场，这次女队员就可丁可卯来了五人，如果自己不能上，本队的成绩势必要受到影响。想到这些她心如刀绞。她痛得额上渗出了汗珠，是心痛，而不是脚痛，她已忘掉了脚痛。

实际上，她忘掉的还远远不只是脚痛，就是说在此刻她应该或可能想到更多的事情。

她的运动天赋不算高，掌握技术动作总要比别人来得慢，有时甚至显得很笨，她能穿越漫长而艰苦的训练生涯走到今天，意味着她扛住了比别人更多的压力，付出了比别人更多的代价。最艰难的是1992年，这一年训练科目转换很快，无论她怎么努力，训练进展就像蜗牛爬行那样缓慢，她同其他队员的差距迅速拉大，因成绩最差被列入了淘汰的名单。冯队长欣赏她坚强的意志品质，并认为她学习技术虽慢但一旦掌握了却相当稳，决定把她留下来再看一程，同时为她调整了训练内容，由原来跳特技、定点两项改为主攻定点。这一年她拼命地跳，一共跳了八百次，是全队之最，硬是用次数在自己脚下垒起了一个坚实的新台阶。要说定点成绩是靠次数堆起来的，这在她身上表现得就尤为突出，有一段时间，她一度有一个不易被人察觉的痼癖动作，每回落地踩点时小腿总是下意识地往前撩一下，这使得踩点率大打折扣，为纠正过来，她每天训练完都要利用踩点器在地面苦练，落地踩点，然后借着吊绳的弹力返回跳台，再落下踩点，千百次重复着乏味到极点的动作，直练到深夜眼皮打架。她的腰脊在艰苦的训练中留下了重疾，医生曾不无担忧地对她说，你的脸像十八岁，腰却像四十八岁。她最难忘的是1994年，这一年，她年仅四十六岁的父亲突发脑溢血去世，她都没能赶上见最后一面。当时全队正在河北备战全国锦标赛，中午她训练回来看到电报，眼前一黑当即晕了过去。父亲是慈厚的，小时候她爬树摘桑葚下河捉鱼虾，父亲发现了从不责骂，而是站在一旁静静守着；有一次，父亲送给她的一只小鸟飞了，她又哭又闹，父亲一声不响地出去了，天黑回来时，奇迹般地把一只麻雀送到了她眼前；参军时，母亲不想让她走，父亲却用一种期待的眼神看着她，鼓励她自己做决定。父亲怎么没打一声招呼就永远地离开了自己呢。回到家里，父亲的遗体已火化了，她扑到父亲的骨灰盒上放声大哭。不知过了多久，就听到母亲说，你赶紧归队吧，要是比赛取得了好成绩，就是对你父亲最大的安慰。第二天她就毅然返队，同姐妹们团结奋战，在这届锦标赛上夺得了集体定点铜牌。这年年底，她把奖牌带到了父亲的坟前，告慰长眠在九泉之下的父亲。

吴丽虹受伤后，心中痛的不是老天对自己的不公，不是自伤身世的委屈和悲戚，而是集体之痛，是集体的焦虑和担忧。她抱着抗拒最坏结果的想法进了医院，经拍片检查，她的脚腕软组织严重拉伤，但踝骨没有骨折。这就是说，她有资格继续参赛。她心中的痛一下子消解了，脚上的痛随之凸显了出来，但这是轻松愉快的痛。回到驻地已是深夜，刘领队和冯队长都还没睡，看到她因大面积瘀血变得黑紫肿大的左脚，他们并没有因它没有骨折而松口气。冯队长轻轻按了按她的脚，问她还能不能参加比赛。她说，这算什么呀，就是断了我也没打算放弃比赛。冯队长找来两袋冰块敷在她脚上，又用被子把她的脚垫高，嘱咐她安安静静地休息。她果然静静地躺了一夜，但她脚痛得睡不着，为了不打扰同房的队友，她硬是一声不吭地咬牙挺了一夜。

第二天，中国队死死盯了四年的定点争夺大战打响了。吴丽虹被队友们背上开往赛场的大巴，又被队友一轮一轮地背上飞机。她把全部精力都倾注到比赛中，凝聚到操纵棒把握、气象变化、心理波动和地面的靶心上。就像一只盘旋俯冲的鹰捕捉一只野兔，她的右脚像锐利的鹰喙一次次准确地啄击着靶心。她用一只脚战斗，她的另一只脚也在战斗，当右脚着地，受重伤的左脚马上跟进支撑住身体。这只脚上不是有一个血泡，而是整只脚就是一个大血泡。她忍住像火烧针扎般从脚部辐射到浑身每一根神经的创痛。她脸颊上滚落的汗水，一半来自进攻和奋力，一半来自防守和忍受。她的每一跳都牵动着全队的心。她每一次落地，队友们都围拥上来，帮她背伞、叠伞，问她痛不痛，安慰她、鼓励她。这本身就是一种力量的裂变，源源不绝的力量平分到了每个人的身上。

争夺是紧张激烈甚至是残酷的。这是由于来自四十二个国家的三百二十七名运动员中强手如云。曾代表国家队出征世界大赛的陈莉等人见到了许多熟面孔，原来这些国家队的队员同自己一样，也是军中巾帼。尤其是来自美国、法国、俄罗斯等国的运动员，在许多方面有着强大的优势。他们有当今世界上最先进的伞具，而我们用的伞具最好的也是上一代的产品，尤其是在平日训练，规定用五百次的进口伞我们用了一千二百多次，破了绽了缝补好接着用。他们的飞机好，用直升机训练，升空只需五分钟，而我们的运五飞机爬高慢，升空需半小时。他们在训练中采用了高科技手段，用电脑做技术分析，还有像两间房那么大的风洞，底下鼓风把人悬顶在两米高处做动作，而我们基本是用在水中学游泳的办法练动作。外军还有金字塔一样的运动员结构，如法国有四十多个航空俱乐部，美国跳伞的更多，据说在街上问五个人，起码就有一个跳过伞；就连亚洲也是如此，韩国跳伞采用会员制，有十多万会员，泰国单是军队就有二十多支跳伞队，新加坡的特警队队员全都会跳伞，而跳伞在我国还属稀罕运动，军队跳伞队只有这独一无二的一支。此外，与欧洲队相比，我们在饮食上也不习惯，餐餐不变的生菜、牛排、咖啡和粗面包，我们的许多队员吃不惯。冯队长看着发急，说，我发明了一种吃法，把面包搅在菜汤里喝下去，又滑爽又有营养。队员们照此办理，把这叫作吃营养。

当然，某些方面的劣势必定会逼着人寻找和创造别的方面的优势进行补偿。我们有我们的优势，否则硬件与软件都不行，我们凭什么同人家比？顺流而下有顺流而下的惯性，逆流而上也有逆流而上的惯性。我们的姑娘们在艰苦条件下磨砺的意志保持着它的惯性。吴丽虹与姐妹们每天五点钟赶往赛场，一比就是一整天，晚上回到驻地，才料理一下伤情加重的脚。自己没带医生，冯队长背她去游泳队，请游泳队随队医生帮她按摩，当医生一下一下按着黑紫肿胀的脚时，她痛得浑身发抖，汗水和泪水直流，她紧紧抓住冯队长的手，手指甲深深抠进了他的掌心掌背，抠出一个个小小的弧形血痕。她此时还患有别的疾病，她心跳过速，浑身发紧，回国后不久就查出患有甲状腺功能亢进症。但她一声不吭，队长说，你哭出声来吧，这样可以缓解疼痛，她就是一声不吭。她和她的队友们就是以这样的意志鏖战在赛场上。

第一天，第二天，第三天……到了第七天，赛场上的盘局端倪初显，中国队、法国队和俄罗斯队相咬相缠，形成了第一集团。这时意外的干扰出现了。吴丽虹跳到地面，接过队友递过的双拐挂着往场外走时，法国籍的裁判长走了过来。他指着吴丽虹的脚说，你不能再比赛了。吴丽虹说，为什么？他说，你要比赛，必须扔掉拐杖，或者必须出示医生证明。不知道这位法国佬是不是故意刁难人，不知道他是不是想帮法国队一把，吴丽虹只知道他的妻子当时就在代表法国队比赛。吴丽虹与法国人僵持着站在赛场中心，四周变得很安静，空气仿佛是凝固了。

突然，吴丽虹用力甩掉双拐，步履稳健面不改色地一步一步走向场外！

赛场四周顿时响起热烈的掌声和喝彩声。这不单单是为吴丽虹个人鼓掌和喝彩。一个队员、一支队伍是代表自己的军队和国家参赛的，他们在赛场上展示的不单是个人的技能，还展示着一支军队和一个国家的精神和形象。

当晚，本届军运会跳伞竞委会主任、克罗地亚空降旅博登·克劳特上校来到中国队的帐篷里。他问冯国斌，吴，她为什么会这样？

冯国斌说，因为她身上蕴藏着中国军队的精神，蕴藏着中国人的精神！

克劳特上校跷起大拇指，连声说，太伟大了！太不可思议了！

中国队赢得了人们的尊敬。赛场医务主任、克罗地亚的一名中校和妻子带着三个女儿也来了，他把吴丽虹介绍给女儿，让她们合影留念，说，这是一位英雄，你们要像她那样坚强勇敢。在后来的比赛中，一位克罗地亚军士主动背吴丽虹上飞机，一位西班牙护士把吴丽虹送回帐篷。欧美等各国队员，休息时都跑到中国队的帐篷里聊天，语言不通用手瞎比画，还互赠纪念品，外国队员送的多是香水、葡萄酒之类，中国队员以绣瓶、丝巾、二锅头回赠。外军的随队记者也一窝蜂地拥来，又是采访，又是照相录像。当地的一位记者把麦克风伸到肖茜荣嘴边，问克罗地亚美不美，肖说美，记者说那你愿意嫁过来吗？当吴丽虹落地没站稳坐倒在靶垫上，那位法国籍裁判长赶紧跑过来，把吴丽虹抱出了场外。这个感人的场面又引发了一阵赞许的掌声。

最后一天的决赛开始了。黄昏时分，前三名中、法、俄队登上了同一架飞机。按比赛章程，成绩最差的俄罗斯队先跳，然后依次是法国队与中国队。真正的对手是后两队，法国队一直紧紧地咬住中国队，前九轮赛完只屈中国队两分。在最后时刻，法国又玩了个花招，当飞机进入伞降空域时，该队充分利用章程规定，突然要求复飞一次，等第二次进入空域才跳下去。轮到中国队跳时，太阳已贴近了地平线，这无疑给目测带来了困难，增加了心理压力。这丝毫也没有动摇中国姑娘必胜的信念。五位姑娘鱼贯跳出机舱，哗哗哗地同时打开了伞翼。她们的脑子里只有控制伞速、卡切角度、着陆踩点等动作要领。她们不能有半点差错，否则就真正是一失足而成千古恨了。

恰在此时，地面风速骤然增大到了七至八米，由于丘陵环抱，赛场的低空气流变得相当紊乱。稳定适度的气象能帮你，诡谲多变的气象能毁你，而五米不同风，十米不同雷，气象的瞬息万变是你无法掌握的。这就是为什么说定点比赛有很大的偶然性。然而，必然性就寓于偶然性之中，我们千百次的跳，遇到和战胜过各种偶然的陷阱和坎坷，我们面临的都是我们曾经历的，前途不在于路，而在自己的脚下，命运的指向其实正是人对命运的祈望。冯队长对此很清楚，但看到场上的几个风向带被扯向不同的方向，他还是捏着把汗，他领着几名男队员拼命地嗑烟，想用烟缕的飘向给姑娘们以提示。这当然只是一种心情。

在金红色的夕照中，姑娘们沿着预设的航线，像沿着一条透明的旋转滑梯的滑道，曲线优美地盘旋而下。

陈莉稳稳着陆。左燕妮稳稳着陆。叶晓莉稳稳着陆。肖茜荣稳稳着陆。场外响起一阵阵掌声。

跟在最后的是吴丽虹。突然，她失速下坠了五六米。这是一股下降的冷气流，她沉着镇定地左右拉动操纵棒，凭着丰富扎实的经验，迅速找到了一股上升气流。在距地五十米时，她果断地切入了着陆航线。她拉棒晃动伞翼，不断破坏和削弱这股过于有力的暖气流。嘀嗒——秒针在响。嘀嗒——十五米。嘀嗒——十米。嘀嗒——五米。嘀嗒——她大喊一声：点！

她受重伤的左脚的脚后跟准确地踩在直径为三厘米的红色靶心上！

全场爆发出热烈的欢呼声。队长、领队和男队员们激动得冲进了赛场。队长抱住了吴丽虹，又挨个拥抱每一个队员。这个钢铁一样的东北汉子哭了，所有的女队员都哭了，他们蹦呀跳呀，领队和男队员们的眼眶全都潮湿了。在场的外军队员和工作人员都伸出食指和中指组成的"V"字，向中国队晃动。法国队队长走了过来，伸出大拇指说，中国！

吴丽虹、肖茜荣、陈莉、左燕妮、叶晓莉站到了冠军领奖席上。当沉甸甸的金牌挂在她们前胸的时候，当雄壮而急促的《义勇军进行曲》在萨格勒布机场上空回荡的时候，当五星红旗在各国军人的致礼下冉冉升起的时候，姑娘们的血液沸腾了。姑娘们的血液沸腾在奔腾的大江大河里，沸腾在浩渺无垠的大海大洋里。

写到这里，我又想起了月亮。金牌一样的月亮，漂亮姑娘一样的月亮，美丽故事一样的月亮。

于是我又想起一个孩子的问话。这个孩子问道，妈妈，月亮在为谁做广告？

（载《解放军文艺》2001 年 10 月号）

经典是怎样炼成的

牛人怎么个牛法？人们通常的印象是，他不认识你，也不屑让你认识他，你跟他说话时，他目光高视游移，哼哼啊啊，每一声都是休止符。阎肃不是牛人，有时你眼睛指着坐在一角的他跟人说，那是不是阎肃呀？哪怕隔老远，他也许都会站起来，用食指点着自己的鼻子尖说，对，就是我。也不乏这样的事，哪位小歌手打电话要歌，经不住三磨两磨，他就当任务接了下来，放下电话才跟自己较劲，你揽这么多事，忙得过来吗？

阎肃不牛，重要的是他这么做，不是因为"知"，而是因为"是"，他就这个脾性。这个"是"，种子出自他的天性，后来成长为一种境界。你与他接触不出半钟头，阎肃是个什么样的人就一览无遗了。他纵谈阔论，情思飞扬，拍巴掌、跺脚、捶打沙发，进而手之舞之，足之蹈之，哈哈哈乐，又猛地刹住，表示话题的严肃性。你可以因此视他为老顽童，但绝对会敬重有加，心想他可真正是个才华横溢长青不老的艺术大家呀！他家墙上有几幅与几代国家领导人的合影，他指着合影说，我是不是太放肆啦？照片中的他也在开怀大笑呢。

牛人傲视别人，其实是傲视生活。反过来也可以说傲视生活就是傲视别人，这本是一回事。阎肃不牛，实际是与生活平等和谐、鱼水交融地相处。

阎肃怎么对待生活，生活也怎么对待他。生活也跟他掏心窝子，热情慷慨地把所拥有的捧给他，给他眼界、激情、灵感、才华和机会。他很得意身边的人对他的态度，用他自己的话说，他们都喜欢我。

阎肃至今没出过个人的作品集，无论是戏剧还是歌曲，无论是书还是光盘。他的灿若星座的艺术履历都传贮在人心中，传贮在生活中。

《我爱祖国的蓝天》，今天的外军友人也会唱

1953 年，阎肃胸前戴上了比脸还大的大红花。他在西南军区文工团唱歌、跳舞、演戏、讲相声、打快板、干催场、管汽灯、拉大幕，样样出色，成了全团"一专三会八能"的标兵。两年后调入空政文工团，说是演员，却照样是三头六臂，连踢带打，干啥都带着动静。

突然有一天黄河团长说，你去创作组搞创作吧。

阎肃还有一能，能写。那是 1958 年，阎肃根据中央提出不唯书、不唯洋、不唯古、不唯权威的精神，写了个活报剧《破除迷信》，剧中人物古胜今、崇权威、全凭书、洋越汉四个人，为考证一个物件争个不休，一位红领巾实在看不下去了，说那不就是一台水稻插秧机吗？这出妙趣横生的戏在天安门、中山公园演出时大受追

捧。这之前阎肃已写过不少小戏，个个出彩。领导说，这是块搞创作的料。

正是春风得意呀，每回下部队演出那个火爆，净撒花抢戏，尤其是讲相声，不返场六七次甭想下台，业余搞创作虽也没少受表扬，但哪有这个过瘾。对改行阎肃想不通，一百个不情愿。但组织决定，不干不行。阎肃心底下给自己做工作，说你演戏也摊不上什么好角，不是敌特、狗腿子，就是傻子，咱演不了好人，还写不了好人吗？行，服从组织安排。

团长又说，第一个任务先去部队当兵。阎肃问，当多长时间呀？团长说，把家当全带上，老老实实当兵，什么时候回来不用你考虑。

得，一个大转向，阎肃带着情绪下到沙堤机场。到部队头天夜里就紧急集合，他把背包打成个面包，跟着一个大个子山东兵跑。跟着跟着跟串了，跑到跑道尽头，就听到一声呵斥，你的队伍在跑道那头！那个狼狈，赶紧背着面包往回跑。更糟糕的是当兵也不是正经当兵，而是种菜，等于当菜农。买菜籽、整地育苗、锄草捉虫、泼粪浇水，收了菜大伙吃了，算是一季。完了再种第二季。"蹉跎，蹉跎，三十一了，哥哥，没个头"，心里那个别扭。同时又总想，老这么捏着鼻子当兵不行。于是就常与同去的几位战友商议，时间长了，就悟出一个道理，你不主动扑上去，人家也不会接纳你。要把要我当兵变我要当兵，让阅历变财富，主动变自由。

思想艰难转身，他主动去亲近部队，和官兵交朋友。也主动去擦飞机，拿个小刷子蘸上油，刷缝隙里的灰土，人半蹲着，刷得腰酸背疼。休息时同官兵们侃大山、变魔术、演节目。后来给飞机加油呀、分解轮胎呀、加冷、钻进气道，什么都干，成了一个不错的机械兵。渐渐地大伙都喜欢他了，他也不知道自己是谁了，只知道是他们中的一员。年底文工团来慰问部队，他代表部队上台致欢迎词，搞不清谁是娘家谁是婆家了。

他一个猛子下去，在机场足足扎了一年半。回忆起来，阎肃感慨地说，生活功底就应是这样打下的，你被烧了又化，化了又烧，在熔炉里头滚。

这一年的一个傍晚，看到一位机械员扛着梯子，眼睛直勾勾地看着天，看着天边那点霞光，盼着自己的飞机返航。阎肃一怔，感到机械员和飞行员的心在天上，他们太爱这片蓝天了。"我爱祖国的蓝天"，忽地灵光一闪，一年积累的感受全亮了，很快就写出了歌词《我爱祖国的蓝天》，交给一道当兵的羊鸣谱曲。

精诚所至，金石为开。这首饱含真情，起伏着飞行动感的《我爱祖国的蓝天》，迅速唱遍了大江南北，家喻户晓。盛势一直延续至今。国庆六十周年阅兵，战机飞过天安门时，演奏的就是《我爱祖国的蓝天》。在同年举办的空军和平与发展国际论坛期间，一些外军友人说，中国军队的歌曲非常棒，比如《我爱祖国的蓝天》，我们都会唱。

《江姐》，长盛不衰的红色经典

1960 年代初，阎肃读到小说《红岩》，读得热血沸腾，他在重庆的生活经历也在里面激荡。这之前，他写了个小歌剧《刘四姐》，讲女游击队长和土匪头子斗争的故事，演出大受欢迎。为了感谢导演、指挥和主要演员，用所得稿费到东来顺涮了一顿羊肉。席间有人调侃说，接着干啊，啥时再撮上一顿。阎肃当即应承，好，我刚看了《红岩》，里头有个江姐，咱就写一个江姐吧。

随后，阎肃利用探亲假，到爱人部队所在地锦州埋头创作。

阎肃曾在重庆生活十余年，写作的时候，他又深深浸入了那段黎明前的血火经历。当时是青年学子的他目睹了反动派的腐败残暴、物价飞涨、民不聊生的末世情景，以一腔热血毅然参加了学生运动。每次上街游行，特务势力都会扮作迎亲和出殡的队伍，从巷子里冲出来，把学生队伍冲乱，这时装孝子的故意摔倒，新娘大叫脚被踩了，于是包括在四周卖烟卖馄饨的特务一拥而上，抢起棒子就打，棒子上全是钉子，一棒子一大片血。阎肃和进步青年们不畏强暴，继续上街，还在地下党赵晶片老师的安排下排演《黄河大合唱》，自编自演讽刺国民党腐败的活报剧《升官图》，传看共产党办的《新华日报》及鲁迅、巴金、高尔基、季莫洛夫等进步作家的书籍。后来赵老师被特务逮捕杀害，接着又发生了校场口血案，这些经历给阎肃带来了巨大的震撼。中华人民共和国成立后他又参加土改和清匪反霸，曾多次去歌乐山、渣滓洞、中美合作所参观。写作的时候，当年的体验以及正反人物形象一下子喷涌而出，遣诸笔端。

"几度墨汁干，木凳欲坐穿；望水想川江，梦里登红岩"，伏案十八天完成了《江姐》初稿。拿回团里讨论，许多人感动落泪。刘亚楼司令员极为重视，要求精雕细琢，打造精品。阎肃怀揣剧本，和编导人员几下四川，与江姐原型江竹筠烈士的二十多名亲属和战友座谈，并多次采访小说《红岩》的作者。修改打磨剧本时，刘亚楼还给他出点子，改歌词，把他关在自己家里写。刘亚楼说，我在莫斯科看歌剧《卡门》，主题歌非常好，《江姐》是不是也写一个？

阎肃苦思冥想二十多天写出了《红梅赞》，"红岩上，红梅开，千里冰霜脚下踩，三九严寒何所惧，一片丹心向阳开"。刘亚楼一拍桌子，"好！就它了！"

经过两年锤炼，1964 年 9 月，七场大型歌剧《江姐》在北京推出，连演二十六场，场场爆满。

周恩来总理自己买票看了戏，回去就推荐给毛主席。毛主席解放后还没看过歌剧，这次，他看得很入神。在接见剧组人员时，毛主席鼓励说，"我看你们可以走遍全国了，可以到处演，去教育人民嘛！"毛主席要跟作者聊聊。那天阎肃穿着旧棉袄，鞋子上沾着白灰，就被拉到了中南海。到了毛主席跟前，阎肃鞠个大躬，"毛主席，我来晚了。"主席笑了，拉着阎肃的手跟他说了半天，并亲笔签名赠送他一套精装《毛泽东选集》。

《江姐》被各省市剧团争相演出，创造了中国歌剧史上的奇观。当年在上海演出后，宾馆暖瓶都喷上江姐画像，理发店以"本店专理江姐发式"招揽顾客。江姐造型、江姐服装、《红梅赞》歌曲迅速在全国流传。江姐成了一个时代的精神符号。

后来为把《江姐》改成京剧，阎肃还去渣滓洞坐了七天七夜大牢，戴上沉重的脚镣，双手反铐，吃木桶装的菜糊糊，睡发霉的草垫子，坐老虎凳，被拉出去枪毙，体验先烈惨烈的铁窗生活。阎肃说，创作也是一种生活。他出生在河北的一个宗教家庭，四岁受洗，抗战爆发后随家人逃难到重庆，在修道院待了五年，成天穿一件黑长袍念经、唱诗、学拉丁文。上中学和大学时，开始秘密参加共产党的外围组织，参加进步青年学生运动。中华人民共和国成立后参军入党，成为一名革命战士。经过创作《江姐》的历练，他更加坚定了人生信仰，今生今世跟党走，大风大浪不回头！

《长城长》，九十年代战士最喜爱的歌

阎肃早年读到赵树理的一篇谈深入生活必须持久的文章，奉为圭臬。他说，我们这代人有个造化，由不得你愿意不愿意，打一开始就被掐着脖子摁到水里头，久而久之，你就如鱼得水，离不开生活。几十年来，阎肃上高山、下海岛、走边防，几乎走遍了空军的飞行、机务、导弹、雷达等基层部队。到哪儿都是谦恭学习的普通一兵，比如永远是自己拎包。唯一的例外还闹了笑话，那次一位干事送站非要帮着拎包，拗不过就让他拎了，那位干事跑前跑后忙活，等火车开动了，才一个车上一个车下依依挥手作别，突然阎肃急得喊，"哎呀我的包哇！"火车扑哧扑哧开出去了，包还拎在人家手上呢。

与官兵息息相通，抒发他们鲜活的思想感情，是阎肃一贯的艺术自觉和追求。1986年夏天下部队，一到飞行师就同官兵打得火热，我目睹了他与师长、政委、团长、团政委、连长、指导员直到排长、班长、战士聊了个遍。当时社会观念发生了很大变化，许多仰视厂长、经理、万元户的眼睛对"当兵的"却是丢斜眼，官兵们说，这不公平，不要说明天就可能去冒死打仗，抢险救灾，只要我们往出一站，谁不是堂堂七尺男子汉，我们放弃了很多机会，凭什么就低人一等？深夜，阎肃难以平静，这些棒小伙子干什么不成呀，但为了祖国和人民的需要扛起了枪，他们有自己的得失观和价值观，当兵要当得心胸坦荡、扬眉吐气！内心的感情激荡奔突，他一把握起

笔，写下了《军营男子汉》歌词。作曲家姜春阳看到歌词激情难捺，连夜谱了曲。这首充溢着阳刚之气，充溢着当代军人自豪、自强、自信的歌曲立即引起了广大官兵的共鸣，唱响了万座军营。

这首歌写在东北瓦房店，但生活感受还取自他去过的许许多多部队。阎肃说，生活要长期积累，不是立竿见影的事，但生活不会欺骗你，它不定哪天就像陨石擦出灵感。写《长城长》也是这样。他曾去大漠边关采风，到了嘉峪关、敦煌、第一烽隧。伴着大漠冷月荒城，晚上怎么也睡不着，半夜爬起来，但不知写什么，写当下的情怀？写寂寞、艰苦？觉得都不够味儿，就搁下了。直到两年后总政搞《长城颂》，蛰伏的感受像电光石火悠然照亮了一种情境，《长城长》的歌词如行云流水般奔涌而出。当然也不仅于此。1952年，他曾随部队到朝鲜慰问参战部队，翻过一座大山时，他一下惊呆了，山冈上的墓碑一座连着一座，一片接着一片，所有的墓碑都朝着祖国的方向。1964 年去西藏，坐大卡车在海拔最高四五千米、零下四十多度的雪线上走了十八天，夜宿兵站，吃的馒头里面是面粉，外面是糊糊。睡觉垫四床盖五床被子还冻嘚嘚嘚叩牙。阎肃向一位常年驻守的战士敬了个军礼，"你真是英雄！真是英雄！"这些经历都变成血肉，写进了《长城长》，写进了一首又一首作品。

"都说长城内外百花香/你知道几经风雪霜/凝聚了千万英雄志士的血肉/托出万里山河一轮红太阳。"一曲荡气回肠、气势宏大的《长城长》获得了九十年代"战士最喜爱歌曲"特别奖。还有《我就是天空》《天职》《连队里过大年》《云霄天兵》等一大批优秀军旅歌曲，都汇入了军队精神的天空。

近些年，他血压高、关节疼，还喘得厉害，但仍要坚持下部队。

他提出希望能对空军建设了解得更深入一些，得到空军许其亮司令员的赞同。于是他得以到作战室了解战斗部署，登上预警机体验训练气氛。去年，到大漠深处的卫星发射基地，他一路提问。在烈士陵园，他问松树的松枝都是向上长的，这里的松枝为什么都是向下的呢？当听说这里的林木也对这块土地有感情时，他深受感动。"若无梦，何来倚天抽剑，何来跨越彩虹"，一首《梦在长天》直撞胸臆。

《党的女儿》，登上国庆五十周年的彩车

几年前在山沟里一个部队招待所，晚上 10 点多钟，阎老突然走进我的房间，进门就怒气冲冲发排炮，说，刚才电视里播的节目是怎么回事？现实生活中有那样的人物吗，有那样的故事吗？简直是荒唐可笑！发了一通火，末了阎老说，没什么事，就是要把心里头的话说出来，否则堵得一夜甭想睡觉。

你能体味到他对艺术要忠实于生活有着一种刻骨的责任和担当。

1991 年，阎肃接到一个紧急任务，为纪念建党七十周年，在王愿坚小说《党费》的基础上创作歌剧《党的女儿》。在此之前已经枪毙了好几位作者写的十二稿，阎肃一看，这些初稿有个通病，就是人物和剧情冲突偏离了历史基础和生活逻辑，红军时代，一个偏僻乡村的女党员怎么可能文武双全、神通广大呢？一部戏如果不可信就失去了价值。

不顾现实，强贴硬造，硬跟现实掰手腕导致创作失败，阎肃有深刻的教训。他曾写过一个剧，主人公是西藏某气象站女站长，为

了抬高人物，无来由地把她放到西藏平叛旋涡的中心，强力左右平叛进程，立舞台上一看，哪儿哪儿都不对劲，就忙着给它打"补丁"，费了很大劲，结果穿着华丽的音乐和服装走上台，却满身"补丁"。反之，成功的作品都源自生活。除了歌剧《江姐》，他还写过多部成功的剧作。创作京剧《红灯照》时，他跑到天津采访了几十个年过九十的义和团团员，并多次走访清史专家，还去了武清县。《红灯照》演出后引起全国大轰动，成了久演不衰的红色经典，获得文化部大奖。

阎肃紧紧把住历史真实的尺度，重新梳理《党的女儿》中人物的性格发展、情感冲突和与敌斗争的格局及命运结局。他讲述了这样一个故事，女共产党员田玉梅在白色恐怖中坚持斗争，重新点燃了七叔公和桂英身上的革命火种，成立了党小组，在极困难的情况下给游击队送盐、传递情报、除掉叛徒，最后为了拖住敌人被捕，大义凛然地走上刑场。

这是一阕在狂风恶浪中坚守理想信念的颂歌。创作时，适逢东欧和苏联剧变，国际局势乱石穿空，每个共产党员都面临着一场严峻的考验，这种氛围正与剧情契合，阎肃把自己的感受和思考融渗了进去。阎肃说，他一辈子做了六个正确选择，一是离开修道院去南开中学读书，二是在涌动的时代大潮中做进步青年，三是中华人民共和国成立后放弃学业投身新民主主义青年团工作，四是服从分配从前台到幕后搞专业创作，五是下部队当兵锻炼，六是"文革"期间有人劝他脱掉军装并委以重任，他坚决回到空军。这所有的选择，最终锤炼成了他对党的忠诚和坚定信仰。他把一生的政治体验也写进了剧本。

由于前面耽误了时间，任务到了他这儿非常紧。他以饱满的政治热情玩命地工作，奇怪的是写得出奇的顺，灵感像持续的闪电频频划过，妙语大珠小珠落玉盘，"你看那天边有颗闪亮星星，飞跃一路洒下光明，咱们就跟着他的脚步走，管他道路平不平……走过黑夜是黎明"。该剧作曲王祖皆说，非常神奇，年过花甲，三天一场戏，文学本按常规起码要搞半年，阎肃只用了十八天。

《党的女儿》在乱云飞渡中登上建党七十周年舞台，又一次盛况空前，引起轰动。复排到各地巡演，观者一票难求，甚至要在剧场加凳子。这部剧继《红灯照》之后再获文华大奖，被视为民族歌剧发展史上的又一经典。

一台《江姐》，一台《党的女儿》，中华人民共和国成立五十周年国庆大典三台彩车巡礼剧，有这两台戏。2008 年中国歌剧高峰论坛搞了一套纪念邮票，中国歌剧八十年精选八部歌剧，也有这两台戏。

《雾里看花》，唱出千万人对真善美的诉求

当第一次听说《雾里看花》是阎老写的，我很惊讶。阎老怎么能写出那么青春飞动的歌呢？在一次青歌赛准备会上，面对一帮80后选手，满头银发的阎老上来就是一句，"我也是80后！"要是把这一句硬搬过来作答，我会更加疑惑。

然而更令人惊讶的是，这原本是一首打假题材的歌。当时央视搞商标法颁布十周年纪念晚会，要一首打假主题歌，没人敢领，就找到阎肃。想起假货泛滥，想起自己在福州买马海毛上当的事，他

满口答应。可一上手就感到难，劝人不买假货，买假货会后悔，假货何其多，为什么要买卖假货？苦思冥想两个星期，想了一百多个点子都不对味。老虎咬刺猬，无处下嘴，没辙。谁出的馊主意让我写？阎肃恨得直咬牙。

不急，阎老能处理好这个题材。导演倒是不急了。

阎肃常讲，我始终有危机感，生怕被飞速前进的时代列车甩出去。无论在哪儿，他每天都要读报看电视听广播，把触须伸向身边的人和事，大量获取新信息。他胃口极好，国家大事、国际新闻、社会时尚、坊间趣谈，他都吞到头脑里研磨消化。更可贵的是他勤于贴着时代前沿思考，所以他的作品有很强的时代穿透力。他创作《西游记》主题歌《敢问路在何方》时，是八十年代中期，那时改革开放的脚步正摸着石头过河，"你挑着担，我牵着马，翻山涉水，两肩霜花，一番番春秋冬夏，一场场酸甜苦辣，风云雷电任叱咤，一路豪歌向天涯"，你看他最后两句，"敢问路在何方，路在脚下"，唱得人们荡气回肠，浑身起劲。《京腔京韵自多情》系列也是，《故乡是北京》《前门情思大碗茶》《外国人喝豆汁》《唱脸谱》，听着唱着这些歌，在深深的陶醉中感受到祖国翻天覆地的变化。还有《风雨同舟》，本来是个即兴任务，后来它穿越时空，成了历次赈灾晚会的主题歌。

这打假的歌怎么写？想着想着，过去的积累发酵了，灵光一闪想起川剧《白蛇传》里"待普陀睁开法眼"，演员叭地一个倒踢，在额上踢出一只眼睛。这又叫天眼、慧眼。"借我一双慧眼"，破题！"让我把这纷纷扰扰看得清清楚楚明明白白真真切切"，一拍大腿，成了！无一字打假，却句句打假。打假也已不仅是打假化肥农药鞋子之类，而是对穿越迷茫的诉求，对真善美的诉求。《雾里看花》经那英一唱，立即以巨大魅力震撼歌坛，风靡全国。无论是打假、恋情，还是禅意，无论男女老少，人们都会从中体验到直叩生命密码的心灵悸动。

在那次青歌赛准备会上，阎肃自称80后，接着一句"我八十岁了，是不是80后？"他始终抱着乐观开放的人生态度。他原本叫阎志扬，因有人说他不严肃，他就干脆改名"严肃"，但半个多世纪后得的雅号仍是"老顽童"。他热情拥抱新事物，嘴里常会蹦出"偷菜""雷人"一类的词汇。一次媒体采访，问他喜不喜欢李宇春，他语出惊人，"我也是个'老玉米'！"阎肃为电视剧《十万人家》写主题歌词，作曲家舒南压力大得快崩溃了，阎肃说，你为什么不写成周杰伦式的说唱音乐呢？舒南一下子豁然开朗。人们都说阎肃精神不老，越老越红，能写出《雾里看花》，也得益于年轻的心态，得益于充满朝气的艺术感觉。

同时，"老玉米"坚决抵制歌坛刮起的恶俗之风。他说，流行的就好吗，流行感冒好吗？理直气壮地批评情调低下的歌曲，指出地沟油、咸鸭蛋里的苏丹红毒害人，文艺作品里的"地沟油"和"苏丹红"更可怕，对孩子的毒害更大，艺术家要有良知，要把它看得真真切切，坚决打假。他带头倡议大唱红歌，弘扬真善美。今年江西省办了个红歌会，参加者大部分是业余歌手，阎肃很忙，但再忙也要去当评委。他说，红歌是历史的，又是时代的，将永远是中华民族精神的主旋律。阎肃的艺术之树常青，归根到底是他与人民、与祖国、与时代风雨同行，履行着文艺工作者的神圣职责。

一台台春晚，把欢乐送往千家万户

　　大型音乐舞蹈史诗《复兴之路》，是献给新中国六十华诞的厚礼。阎肃是核心创意组成员，担任文学部主任。阎肃提出，"这部史诗一定要远离司空见惯的晚会表现手法，比如歌伴舞、声光电的烘托，更不能使用花拳绣腿、浮光掠影式的舞台手段"。想想看，弃用这些惯用手段还剩下什么？那将是一个前所未有的舞台呈现，同时也意味着前所未有的创作难度。然而史诗一步一步走向成功。向中央政治局九名常委汇报时，大家一致推举阎肃去。他声情并茂地阐述，穿插以慷慨激昂的朗诵，使中央领导深受感染。阎肃不负众望，在创作班子里起到了中坚作用。

　　这部史诗的总指挥陈晓光说，当初这个主任我非让他当。为什么？就在他的大局意识和深厚学养，就在他身怀十八般武艺，这么重大的任务非他莫属。

　　参与大型晚会策划和撰稿，阎肃已有二十五年丰富经验。1986年首次参与央视春节晚会，就迭出奇招。他抓住李婉芬能流利说出多种方言的特点，为她量身定做了小品《送礼》，让她一人饰演多角，谐趣横生。又根据当时人们追求快节奏生活的潮流，编创了《马字令》歌曲联唱，集中多位明星演唱精彩的歌曲唱段，此节目开创了联唱的先河，被争相效仿。要想甜，加点盐，此后的一届春晚，阎肃又以戏剧、曲艺和歌舞三队竞赛为构架，你一个节目，我一个节目，互相叫板挑战，其中的戏剧《考红》，又是四个红娘一个老妇人，把越剧、豫剧、京剧和黄梅戏串在一起，使晚会充满矛盾、悬念和喜剧性，引人入胜。

两台晚会的导演黄一鹤说，阎肃就像主心骨，每当大伙无计可施，他就"面壁"，跪在沙发上，看着墙，半天不说话，过一会儿，总能出奇思妙想。

这不是从天上掉下来的。阎肃称自己是个"杂货铺"。这个"杂货铺"他打年轻时就经营了。话剧、相声、曲艺，又写又演。四川的川剧、清音、评书、打金板，"太阳出来么一点红啰"，什么都学，什么都会。大搞爱国卫生，写了个《不要随地吐痰》，到中山公园去演，"啪"的一口痰，演得太像，被扭送到派出所。打下了美国U-2侦察机，就写孙悟空跑到龙宫为小猴子搞武器，龙王说有新式的，U-2飞机，零件和整装的都有，特"阿凡达"。阎肃说五谷杂粮养人，他是吃吗吗香。大剧、小戏、电影、曲艺、交响乐，都不落下。四书五经、诗词歌赋、中外名著，乃至侦探武侠、新潮网络，都津津乐道。"人的一生只有三天——昨天、今天和明天，得抓紧啊！"一抓几十年，"杂货铺"从一专三会八能，一路杂成中国曲协会员、作协会员、剧协副主席、音协副主席。

杂成了百宝囊、智多星，不住地往外掏金点子。自1986年为春晚策划撰稿，一发不可收，参与策划了十六届春晚、二十一届双拥晚会及纪念建党八十周年的《红旗颂》、纪念抗日战争胜利的《为了正义与和平》、纪念小平同志百年诞辰的《小平，您好》，等等，他多有画龙点睛的神来之笔，有的节目成了经典，有的模式成了经典。

歌曲、戏剧、晚会节目，每个时代都有阎肃的经典作品。面对鲜花和掌声，阎肃说，一个人要想做成点事，除了天分，更重要的是勤奋、缘分和本分，更重要的是尊重生活，热爱人民，与人民同呼吸共命运。"我的窍门就是认认真真对待交给我的每一项任务。"诚哉斯言，创作《复兴之路》之初，他说"这个作品不写到起鸡皮疙瘩我不会放手"。最后由他写总结，写完让司机送交文化部，车在半道他的电话追了过去，说"躁"字应该是足字旁，他写成了火字旁，得改过来。

阎肃的成功是时代的成功。他那炽热的豪情、深沉的历史感和开阔的视野胸襟始终与蓬勃向上的时代保持着和谐共振的关系。

（载《解放军报》2010 年 7 月 21 日）

铁血 167 天

8月1日20时整，接运烈士遗体的专机降落在济南遥墙国际机场。灵柩覆盖着五星红旗，由礼兵护卫着缓缓抬下飞机。

这一刻，一路护送的战友轻声地对仿佛熟睡中的他说：班长，我们回家了。

他没有离开这个世界。他不会离开这个世界。

他在做梦。他像许多年轻人一样，爱做梦。在夏季一个明净之夜，经过一整天高强度训练的他沉入了梦乡。"我做了一个梦，梦见奔跑，还梦见一棵枣树上结满了果实，红红的枣子，我还摘了两颗吃了，感觉挺甜的，醒来以后浑身有劲，好像依然在奔跑。想想入伍以来，可不是一直在奔跑吗？战士的价值也就在这里了，奔跑向前，永不回头！"

他的梦，是他人生的一面镜子。

2 月 15 日

2015 年 2 月 15 日，到达索马里首都摩加迪沙的第三天，张楠领受了护卫韦宏添大使前往该国总理府的任务。这是他所期待的，他麻利地穿上防弹衣，携带好枪械，与组长王蓬勃等三人登上了汽车。出发前王蓬勃再次提醒说，据可靠情报，反政府武装青年党近期将发起一系列恐怖行动，大家一定要万分警惕。

三天前，张楠与战友抵达摩加迪沙时，透过飞机舷窗看到蔚蓝的天空与白色基调的城市建筑相辉映，感到这座濒临印度洋西岸的古城很美。大使馆的伙食也不错，他第一次品尝到单峰骆驼肉，还有据说是世界上最甜的香蕉。他很有兴致地给家里报了平安。

他没提到从机场去大使馆沿途的枪声、毁于战火布满烟迹弹痕的断垣残壁。索马里是个什么地方，他早就清楚。二十世纪九十年代以来，索马里陷入了长期战乱，恐怖袭击和海盗猖獗，发生爆炸、杀戮和绑架事件是常态，空气中弥漫着火药味和死亡气息。正因为他清楚，2014 年 9 月，当总队从特战队员中选拔驻索马里使馆警卫人员时，他第一个写申请报了名。有人劝他三思，他言之铮铮道，血性男儿就是要上战场，索马里越凶险恐怖，我越要争取。结果，经层层选拔，他以过硬的军事素养和全优成绩从五百多名竞选者中脱颖而出。

说起来，能当上特战队员在他也是一个传奇故事。2010 年一个火红夏日，临沂支队教导队训练场上，中队长赵永飞正在选拔参加总队特战比武的队员。这才是自己梦想中的战斗生活啊！侦察、刺杀、散打、攀登、爆破，野外生存，多带劲、多刺激呀！身为训犬员的张楠在操场的角落里坐不住了，考核间隙，他找到赵永飞要求参加特战比武。见赵永飞不理会，张楠急了，提出要跟他比试比试。好小子，比什么？就比四百米障碍吧！见训犬员要跟中队长比试，大伙呼啦围了上来。要知道赵永飞可是全军爱军精武标兵呀！一声哨响，张楠如脱弦之箭冲了出去，拼命奔跑，翻越障碍物。虽然最后冲刺阶段张楠以五秒落败，但却争得了选拔考核的机会，并顺利过关，成了一名特战队员。

到索马里执行任务得之不易，去总理府的路上，他身上充满了战斗激情。途中，随处可见非盟、索马里政府军的军人挟枪巡逻，行人也几乎人人带枪，路口和重要目标附近都有架着重机枪的皮卡车，逼人的气氛随时都可能爆炸。

张楠喜欢这种气氛。这证明自己是真正置身于梦寐以求的战场了。他在日记中写道："不管索马里的形势多么严峻、多么凶险、多么恐怖，我都要上一线、打头阵！"

这可不光只是用笔写出来的。以往每有任务，设伏堵卡他总是冲锋在前，搜捕行动更是一马当先，按战友的话讲，他就像闻到血腥味的猎豹一样兴奋。2009年，一个邪教组织头目潜至临沂，串联信徒，阴谋搞极端事件。公安部按照中央主要领导要求，直接督办"雷霆3号"抓捕行动。是役张楠主动请缨，加入了突击小组。短兵相接之时，张楠用身体狠撞开防盗门冲进屋子，凶徒瞬时举着斧头迎面劈来，他迅疾侧身躲过，斧头哐地砍到门框上，没等凶徒缓过劲来，他一枪托砸向凶犯左肋，接着一个跃起侧踹，将其踹翻制伏。另一嫌犯见状提起笔记本电脑猛摔，想销毁证据，张楠箭步上前，一个踹腿锁喉将这名嫌犯拿下。此役干净利索，缴获了一批作案设备、文件及猎枪、砍刀等凶器。张楠拿下的这名嫌犯，正是该组织的二号头目，据其电脑内储存的线索，公安机关顺藤摸瓜，彻底摧毁了这个邪教组织。

处突维稳请缨尖刀，抢险救灾舍我其谁。他曾先后在奥运安保、铲除毒窝、蒙山灭火、涉日维稳、沭河抗洪等急难险重任务中二十多次领衔尖兵，抓捕犯罪嫌疑人十多名，救助遇险群众四十余人，被驻地政府和群众誉为"沂蒙卫士"……

护送大使的车辆好不容易穿过一群挡道的骆驼，到达一个检查站前。检查人员端着 AK47 步枪要车停下。核对证件时，索方的引导车向前蹿了一下，检查员咔嚓子弹上膛，迅疾将枪口指过来，大声吼叫："Go back！"一瞬间火药味呛人。张楠下意识地一把将赵团军拉到身后，据枪做好了战斗准备。

这自然是虚惊一场。这个偶发细节，再次说明当地局势多么险恶，食指随时要扣动枪的扳机，随时都可能要用枪说话。

王蓬勃传达的情报没错。几天后，一名妇女在摩加迪沙中央酒店引爆了绑到身上的炸弹，人们乱哄哄地往外跑，其中有不少新选举出来的部长，此时外面的一辆汽车炸弹随即被引爆。索马里官方证实，20 日的恐怖袭击造成二十八人丧生，五十四人受伤。

4 月 14 日

警卫任务紧张繁重，八人小组头一个月出勤达到六百多人次。从卡位、应急处置，到协同配合，队员虽经严格训练，但担任随身警卫，有时还是会感到措手不及。出勤之余，他们都要反复查找问题，及时整改，常常自行或会同使馆搞防袭击紧急拉动。身为班长，张楠更是积极出谋划策，领着大家研究当地特点和战斗队形运用，以求队伍更加精悍有力。

这些个日日夜夜简直就像在战场上。3月11日刚上岗，张楠就听到巨大的爆炸声，接着是炒豆般的枪响。袭击中地区安全局长受伤，两名保镖被炸死。事隔不几天，同一地点再次发生爆炸，敌对双方激战一夜，包括索马里驻瑞典大使在内的二十多人被打死。次日，恐怖分子又袭击了一家饭店，又有二十多人死于非命。张楠梦见在碧蓝碧蓝的天空下，被鲜血覆盖的大地上到处都是倒卧流血的尸体。

3月30日早上警卫小组开会时，王蓬勃告诉大家，我大使馆所在的半岛皇宫酒店，还有联合国机构和飞机场，都已被青年党列为近期袭击目标。使馆进入了橙色预警。王蓬勃特别强调要加强一级戒备，严防恐怖分子偷袭、爆炸、抢劫。

这就仿佛寒光闪闪的刀锋顶住了脊背和两肋，但张楠表现得十分淡定，他甚至是在渴望战斗。他在3月29日的日记里写道："来吧，快来吧！让你们尝尝你大爷的枪子儿吧！"

不测应声而至。

2015年4月14日12时10分，半岛皇宫酒店北侧两公里处突发炸弹袭击。警卫队员们闻声迅速扑向战位。

张楠扑向窗口，依窗向爆炸点观察。突然，他感到左胸一瞬刺热，鲜血顿时喷涌而出。疼痛袭来，一阵头晕目眩，他依然持枪屹立，朝队友大喊："我中弹了，你们注意隐蔽！"

战友们急急跑来，将张楠平放到地上，帮他捂住伤口，抬上救护车。

去医院的路上，张楠的呼吸越来越急促。他吃力地对战友赵团军说："团军，如果这次我光荣了，请替我照顾好老人，帮我尽一份孝心。"战友们连声大呼："张班长，不能睡！"张楠的意识渐渐变得模糊。

张楠被送进了手术室。时间一分一秒地过去，战友们个个坐立不安，焦急的眼光都盯着手术室门。终于，三个多小时后，门打开了，张楠被推了出来。那一刻他非常虚弱，因为麻药作用，脸部肿胀得像换了一个人。战友们拥上去，王蓬勃关切地问："兄弟，感觉怎么样？"张楠声音微弱地回答："我没事，大家都放心吧，我能挺得住。"喜悦的泪水唰地流过王蓬勃的脸颊："兄弟，你的命就是我们的命，好好养伤啊！"话音一落，眼泪从每个战友的脸上悄然滚下。

武警山东总队司令员李苏鸣、副司令员王方玉、参谋长蔡言强等领导当天打来电话，关切地询问张楠的伤势及治疗情况。到吉布提出差的韦大使返回使馆后，立即到医院看望，转达了外交部部长王毅、党委书记张业遂等领导的亲切慰问。

李苏鸣在电话中告诉张楠，总队党委考虑另派队员接替他，让他回国好好治疗。

听了这话，张楠好像受到了委屈，情绪变得异常激动，语气坚定地请求道："报告首长，我的伤真的不算什么，我要留在这里！我想继续接受战火的洗礼和考验！"

怎么不算什么？给张楠做手术的医生说，弹头是从左胸射入的，击到肋骨后滑入腹腔，距心脏仅有一厘米，险些就没命了。取弹头时，在他左腰划开一条二十厘米长的刀口，如果不是他肌肉很强健、身体很强壮，换成一般人，肯定救不过来了。医生佩服地说："你们中国军人素质就是过硬，真是 NO.1。"

医生说得不错，张楠的军事素质是一流的，身体素质是一流的。

这来自一流的训练和拼搏精神。张楠曾被总队表彰为"十佳训练标兵"。战友们喜欢称他"铁楠""兵王"。

张楠生在著名杂技之乡吴桥镇，自小练武打下底子。入伍后训练像拼命，死磕排头兵，发誓"要当一块经得起熔炼、受得了敲打、耐得住打磨的好钢，决不当边角料"。别人跑一趟，他跑三趟；别人背四块砖跑，他背六块砖跑；别人做一百个俯卧撑，他做二百个。练耐力，身负重装，腿绑沙袋，一跑就是十公里；练力量，肩上扛原木，双手举轮胎，一口气就是上百次；练瞄准，风天迎风不眨眼，雪天卧雪霜挂眉；练据枪定力，立姿枪管吊砖块，卧姿枪身码弹壳；十米软绳攀登，全副武装一练就是十几次，强度超别人数倍。

2011 年 7 月，张楠带领三名特战队员参加总队特战比武。五天时间，每天高强度、超负荷比赛不少于十九个小时，更有丛林急行军、公路重装奔袭、山地捕歼等一个个危难课目。张楠凭着枪响靶落、越障如飞、一击绝杀的硬功夫，凭着拼劲和韧劲，带领队伍始终一路领先。在最后十公里的长途奔袭中，感觉腿部麻木得没了知觉，他一把扯下固定号码布的曲别针，掰直了猛刺大腿，一边猛刺一边拼命往前冲。越过终点的那一刻，他一下瘫倒在地，裤子被鲜血浸红了一大片。在这场近乎实战的比赛中，他夺得了训练标兵的殊荣。

凭着一股永不服输的劲头，他当然不能被枪伤扳倒。战友们也劝他回国养伤，他非但不从，反而要陪护的战友帮他写请战书。负伤第二晚，他就躺在病床上口述，由赵团军打字，给总队写了请战书。

请战书通过电子邮件发到了山东武警总队党委："目前我想得最多的就是尽快康复，投入到执勤工作中去……我要和警卫小组全体战友生死与共，一起奋斗，完成好党和组织交给我的这项光荣使命。我愿意继续接受战火的洗礼和考验，不管遇到多大危险，我定能坚守岗位，不辱使命！"

手术后头几天，他的体重从一百五十斤骤减到一百三十斤，脸上紧绷的皮肤也显得有些松弛。但手术后第三天，他就坚持要出院。手术后一周，便坚持下床走动。手术后十六天，便开始做简单的体能训练，并提出上勤要求。组长王蓬勃不同意，说："你不要命啦？绝对不行！"张楠就每天跟他磨，并故意在他面前夸张地做体能训练动作。张楠说："战士就要上战场。勤务那么紧张，我不能老是拖后腿呀。"

张楠求战心切。王蓬勃深感为难，他了解张楠，如果不答应，张楠肯定会掩饰伤痛，用加大训练量来证明自己，这对身体伤害极大！无奈，他只好妥协。要求第一周有人陪岗，第二周正式上岗。张楠一声"兄弟"，激动地抱住了王蓬勃。

张楠又做梦了。他在日记中写道："呵呵，昨晚做梦梦见骑着一辆新的山地车，在老家华山道上，后来被朋友带到一个高地，高地上平坦空阔，选了一匹马，跃马扬鞭，驰骋沙场，像一名冲锋的战士。"

手术后第二十八天，伤口未痊愈，张楠就已经荷枪实弹与战友们并肩作战了。

5 月 30 日

5 月 30 日早上起来，张楠特别兴奋，今天他将迎来负伤后的第一次外出执勤任务，而且是警卫小组赴索马里后最重大的任务。

当天，我国外交部中非合作论坛事务特使刘贵今将抵达非洲访问，索马里是第一站。事关重大，且刚刚发生了连环爆炸事件，事前警卫小组对随身警卫做了周密筹划，考虑到张楠的枪伤还没痊愈，准备让他在使馆留守。

张楠不甘，决意求战。他说，这点伤算个啥，我早都好利索了！

他心中有一个榜样：丁晓兵。这位在战时负伤失去右臂的英雄，从逆境中奋起，继续建功立业，用一条臂膀撑起了血染的军旗。张楠在看过他的事迹报告会后说，这是一个军人自强不息、英勇奋斗的故事，"他的精神深深地打动了我，我的心久久不能平静，不管在什么情况下都要严格要求自己，不管有什么样的困难也要努力战胜自己，要懂得军人的价值，就是要肯吃苦、能打仗，永远忠于党"。

王蓬勃被张楠的决心所打动，考虑到他担负随身警卫次数多，经验丰富，并已参加训练和使馆警卫执勤，终于同意了他的请求。

按原定计划，刘贵今特使乘坐的航班上午到达，可天公不作美，时间一推再推。

直到晚上，警卫小组才奉命在倾盆大雨中前往机场。途中又说飞机晚点，到达机场后，队员们在防弹车里坐以待命。

终于等来飞机着陆，警卫小组人员从防弹车上下来，蹚过没过作战靴的积水上前护卫刘特使。

返程如临大敌，非索团部队乘坐两辆架着重机枪的皮卡车开道，赵团军和大使秘书乘坐防弹车紧随其后，副组长李杰率张楠、朱随军乘坐第二辆警卫车，组长王蓬勃坐在大使车辆副驾座上贴身警卫。每个人都紧绷着高度戒备的神经。

朱随军后来回忆说，张楠警惕性特别高，每到一处总是提醒我们要注意各个环节的衔接，千万不能在细节上出现闪失。

朱随军心想，张楠的身体还没恢复，就在这几天，埃及、卡塔尔等国大使都还在关心他的伤情。这么紧张折腾了一整天，怎么丝毫看不出来？

"挺住，你就是强者！"曾经写在张楠日记里的这句话可以作答。

2006年夏日一次考核，在穿越低桩网时，张楠的作训鞋意外脱落，他全然不顾，深一脚浅一脚地飞越高墙，跳下深坑，当他在掌声和欢呼声中百米冲刺冲过终点时，鲜血早已浸红了磨得破破烂烂的袜子，脚底板上扎满了碎石木刺。还有，在2012年底的一次武器分解结合考核中，随着一声闷响，张楠手上霎时布满鲜血，无名指被血淋淋地撕掉一块指甲盖大小的皮肉。"没事儿。"他头也不抬地继续操作，每当触碰到撕开的伤口，他的眼角会不自觉地跳动一下。血越流越多，以致在重新组装时手上打滑，但他快速流畅地装枪栓、合枪身、拉枪击、击发、关保险，而后迅速起身报告。惊讶的考官看了看他手中染满鲜血的枪，又看看手里的秒表：二十四秒！问他："为什么受伤后不停下来呢？"张楠回答得很干脆："平时敢流血，战时才敢拼命！"

任务结束后，朱随军才发现张楠身上的西服已经被汗水湿透。他心里一酸，知道张楠是在靠意志强撑到现在。

次日，刘特使先后会见了总理舍马克和代外长哈利德。因活动衔接紧、规格高，张楠先后三次出动执勤。任务结束时，大家问他是否感觉到伤口疼痛，他从容回答说："一直都处于高度警备状态，根本没有顾虑到伤口。只要出现突发情况，我肯定会义无反顾地扑上去。"

6 月 20 日

索马里是第一个与新中国建交的东非国家，是"把新中国抬进联合国"的非洲兄弟。中国大使馆曾因战乱一度撤离，2014 年 10 月，为了友谊，为推动索马里和平进程与战后重建，事隔二十三年后正式复馆。来到爆炸声和枪声不断的摩加迪沙，张楠深知自己担负着怎样的使命，他在 4 月 30 日的日记中写道："能来索马里感到非常光荣……出了国才更加理解什么叫爱国主义，什么叫英雄主义——希望祖国更加强大。"

6 月 20 日，韦宏添大使要代表中国政府向索马里妇女联合会赠送礼品。索马里总统夫人和相关官员与韦大使会见后，一同来到赠送仪式会场。

现场聚集了很多人，气氛相当热烈。当韦大使一行出现时，兴奋的人群蜂拥而上，情不自禁地围着韦大使跳起欢快的舞蹈。

热闹挺热闹，但秩序太糟糕了。靠近门口，张楠用鹰一样警惕的眼睛扫描着嘈杂的人群。他知道，恐怖组织已放言，要借这个活动制造轰动事件。

这并非虚张声势，此刻，危险正悄然逼近。

仪式正式开始。奏中华人民共和国国歌。当激越雄壮的旋律掀动热血潮汐，张楠的泪水夺眶而出。

出国前夕，张楠曾在培训期间一个难得的休息日，跑到天安门广场观看升国旗仪式。一大早广场已是人山人海，他发现身边一个小女孩拽着妈妈的衣角不停地蹦跳、张望，便把小女孩举过了肩头。国歌奏响，五星红旗冉冉升起，他边看边给孩子讲解护旗手、升旗手和升国旗的故事。

有人说张楠爱讲大道理，离大家有点远。副中队长崔效才也曾有这种感觉。经过三个多月预选培训，张楠以第一的成绩入选驻索马里大使馆警卫小组后，崔效才想逗逗他："听说到索马里执勤补助挺高，你小子回来就成大款了。"没想话音刚落，一向谦和的张楠立马生戗戗地说："可能那是你的看法，但我去索马里绝不是为了钱！"崔效才从未见过张楠如此不客气，赶紧说："跟你开玩笑呢。""开玩笑？这是能开玩笑的事吗？"崔效才又遭到张楠的抢白，"一个军人应该跟钱近，还是跟党近？如果只是为了钱，我完全可以不去。但即便这次执勤没有一分钱补助，我也一定会去！"崔效才语塞。

张楠为何会有这样的境界？自然首先应该想到学习。张楠爱学习，他爱学习的程度甚至也被质疑过。刚到驻索马里大使馆报到时，大使馆的×××发现他的行李箱是唯一超重的，一了解，里面塞满了《习近平谈治国理政》《雷锋日记》《资治通鉴》《孙子兵法》等几十本书，随后又发现大家在休闲娱乐的时候，独他抱着一本书看。×××心想这小子还挺能装的，现在的年轻人都喜欢看言情、悬疑、惊悚、穿越之类的东西，有几个像你这样对政治和文史哲感兴趣的？不料有一次，张楠问他"墨菲斯托"是什么意思，他说那是歌德作品《浮士德》中一个魔鬼的名字。随之反问为什么突然问这个，张楠说这是习主席讲话里引用到的一个典故。他接过张楠手里的书一看，只见里面做了许多标记，个人心得写得密密麻麻。×××恍悟。

后来在整理张楠遗物时，发现四本日记，自 2006 年 1 月 1 日至 2015 年 7 月 25 日，共十一万四千多字。日记真实记载了他近十年军旅生涯追求梦想、热爱学习、拼搏进取、血性担当的成长铸造历程，真实呈现了他开展的情怀和向上的境界。

崔效才后来理解了，说张楠讲的大道理，是源自他刻在骨子里的信仰，源自信仰的纯粹。

赠送礼品仪式进展到韦大使发言了。

就在这时，张楠凭着经验和直觉，发现一名企图进入会场的非洲中年男子行踪可疑，便上前伸出胳膊将其拦下。

张楠肩宽颈硕，身板壮实，加上一米八的个头，冷面往那儿一站，足以让罪犯胆寒。那男子慌了，语无伦次了。这更证实了张楠的判断，他在索方安保人员配合下迅速将这名男子扭住，一搜，竟然从他身上搜出一枚类似录音笔的自制炸弹。

现场波澜不惊。韦大使的发言频频被热烈的掌声和夹杂着尖叫的欢呼声打断。

经查得知，抓获的那名男子是当地恐怖组织成员，他的目的是要混进会场制造爆炸事件，如让他得逞，后果不堪设想。

7 月 10 日

6 至 7 月，大使馆的厨师回国休假，酒店的饭菜大家吃不惯。张楠说自己当过炊事兵，自荐当起了"大厨"。还别说，他一个舞枪弄棒的特战队员，掂起大勺来也一点不含糊。他在 7 月 10 日的日记中写道："这几天张叔天天下厨，利用空闲时间我总会去帮一把，做几个拿手的小菜，纯中国味的，大家吃起来感觉很爽。"

张楠执行任务气冲斗牛，对战友同志倾情相待，早被传为佳话。

2011 年冬天，支队组织特战骨干集训，刘超亨在冰天雪地里跪练了十来分钟，实在受不了了，便站起身来搓手跺脚。张楠知道他脾气倔，故意激他："一名狙击手要有超常的耐力，十分钟都蹲不住，你成不了气候。"果然，小刘犯倔了，要同班长比个高低。两人据枪单膝跪在雪地上较开了劲。时间一分一秒过去，小刘不时偷瞟一眼，见张楠始终如雕像般纹丝不动。一个小时过去了，小刘一屁股坐到地上。张楠起身对他说："能坚持到现在，你做得已经很不错了。"班长这是陪自己练呀！此后小刘的训练成绩突飞猛进，还当上了新训班长。

警犬是张楠特殊的战友。当训犬员六年，他先后训练出查利、笑天、黑豹等十多条防暴犬。查利性烈难训，张楠身上曾被它咬出道道很深的伤口，但它敏捷好斗，品质优良。张楠喜欢它，他一边悉心调训，一边钻研相关资料，课余守着犬舍陪查利玩耍，给它喂饭洗澡，还给它按摩梳毛。查利倒也争气，各项技能猛进，多次出色完成比赛和实战任务，在支队声名鹊起。几年朝夕相处，张楠和查利结下很深的感情，查利病死时张楠非常伤心，不吃不喝，几天蹲在犬舍旁不愿离去。直到多年后，他还在日记中提起，"不知不觉想到了我的爱犬查利，他已经走了四年了，很可惜，也很遗憾，希望他在天堂一切都好"。

在大使馆，张楠不仅掂大勺炒菜，还拿起剃刀替大家理发。索马里的老百姓不讲究发型，男人清一色剃光头，四邻八街见不到一个像样的理发店，理发成了一个难题。张楠把这个活也揽下了，理由是理发是个细活，自己是狙击手，针尖能穿大米、水中挑得黄豆，正当其用。上手是在好友王旗头上开的刀，王旗担心把头剪坏了，张楠拍胸脯说绝对没问题。张楠理得很精细，逐个部位剪，逐根头发修。十分钟后，一个"锅盖头"出炉了，王旗挺满意，夸赞说理得真不孬。此后，张楠给大家理得多了，技术越来越娴熟，成了警卫小组的专职理发师。就在牺牲前三天，他还给大家理了发，觉得给王参赞理得短了，记住下回给他留长点。

真情，平时点点滴滴，关键之时当不惜舍身相助。

在索马里，张楠外出警卫一百余次，他总是主动要求置身最危险的岗位，在使馆休息的房间他也选在大楼最外端。

2011年4月29日，蒙山森林公园突发山林火灾，张楠随机动中队率先出动灭火。通往火区的山路崎岖陡峭，一侧是百米悬崖，他主动跑在前面冒险探路，在危险处一一做上标记。到达火场，一排巨大的火浪当头扑来，大家迅速转身卧倒用毛巾捂住口鼻，只有战士侯建虎没有毛巾。张楠见状毫不犹豫地扑向侯建虎，用手中的毛巾捂住他的脸，自己一把扒开一个土窝，把脸埋了进去。

还有爱情。同所有的年轻人一样，张楠渴望爱情。

2011年，朋友给他介绍了一位护士。张楠身高体壮，经多年军旅淬炼，浑身透着英武。女孩娴美恬静，也是楚楚动人。两人顿生好感。回到部队，任务紧张繁重，联系机会很少。一个周末，张楠跟女孩通上话，正聊得开心，紧急集合的电铃声骤然响起，他来不及解释，挂了电话就披挂装具紧急出动。他同战友成功处置了一起因情感纠纷持刀劫持女友的事件，回到中队，才发现女孩打来的十几个未接电话，便急忙打回去给女孩道歉，但被问起原因，他犯难了，他必须严格遵守保密规定。他又不愿编造理由，不管女孩怎么追问，始终没有回答。最后，女孩默默挂断了电话，一段恋情就这么黄了。

"大爱无疆。"张楠写下过这四个字。何为大爱？战友海贵与女友分手后很痛苦，张楠安慰了他一晚上。可张楠自己都想不通，回到宿舍，他在日记中写道："在部队当兵就该落得分手的下场吗？……是的，我们当兵没有多少闲暇时间陪你们，但我们是尽义务啊，应该支持我们才对啊！"

7 月 26 日

自从警卫小组进驻使馆，就不断接到恐怖袭击警报，身边仿佛被埋下一颗定时炸弹，指针嘀嗒嘀嗒地走动，声音仿佛越来越响，炸弹不知何时就会突然爆炸。前几天又接到警报，说斋月结束了，恐怖分子很可能会在近期发起预谋已久的袭击。

7 月 26 日，疯狂的袭击突然而至。

下午，张楠带领赵团军和朱随军在五楼多功能厅训练体能。16 时 05 分，练了一轮的张楠正活动手腕脚腕，赵团军和朱随军在做弓步压腿。突然，轰隆一声巨响，整座大楼猛地一晃，强大的冲击波直接将三人掀翻在地，门窗灯饰和家具碎裂迸飞，玻璃碎片像飞刀一样迸射，天花板砸落，酒店一面墙从一层至五层整个垮塌。靠近门口的朱随军头部被碎物击伤，他不顾伤痛冲了出去，迅速投入战斗状态。张楠和赵团军身处大厅中间，被砸下的天花板钢架压在了下面。

酒店外枪声大作，腾起冲天烟柱。赵团军推开压在身上的重物，看到张楠被压在一米远的废墟里，便急着问："班长，有事没事?"张楠的回答很镇定："我没事。放低重心保护好自己，注意隐蔽!"赵团军压低身子，发现左臂被划开一道十厘米的大口子。这时张楠说："我好像伤到颈动脉了。"赵团军大惊，叮嘱他捂紧伤口，随即撕裂般地喊叫求援。过了不到一分钟，张楠已经气息微弱："团军，我可能不行了。"此时，王蓬勃带领其他几名队员冲进大厅，迅速把张楠从废墟中扒了出来。张楠已成血人，脖子上鲜血突突地往外冒，用光止血带也止不住。

情况万分紧急，组长王蓬勃决定，由他带领李海朋护送张楠去医院。张楠被抬上救护车，大家尾追大喊：张班长加油! 我们说好一起回国的! 你是最棒的，你一定要顶住!

说来也蹊跷，上回负伤治疗出院的当晚，张楠做过一个梦。"梦里我一个人回老家，走了一条近路，我身边的另一个人越走越快，眼看就没影了，我就追。他形象高大，衣着讲究，气质非凡，大致轮廓能看清。从他身边走过时，他突然叫住我，问我是不是叫张楠，我说是啊，怎么了? 他说，你知不知道你上光荣榜了? 我说不知道。他说，等出来了你就知道了……这真是个奇怪的梦!"

这又不奇怪。梦是什么? 它是一块屏幕，投映着一个人的所思所想所爱所恨；投映着他的情怀向往信念和意志；投映着他的精神图景情感画面和直觉影像。

张楠的父亲是一名转业军人，母亲是杂技教练。张楠从小就立志当兵。入伍不久，他就在日记中写道："假如我有一天，能为人民做点好事，即使牺牲了，我也无怨无悔！"

从军路上，他曾有过四次重要选择。2004 年十七岁时，他已是一名专业杂技演员，事业开门见彩，但他没有醉心眼前的鲜花掌声，走上了从军报国路。第二次是在入伍的第八个年头，凭着两立三等功，具备了提干条件，但由于超龄与提干擦肩而过，父母希望他退伍返乡成家立业，但他坚定选择了留队。第三次是选拔派驻索马里使馆警卫，当时他姐姐刚刚病故，各级领导都劝他放弃这次任务，但他第一个报了名，以过硬的军政素质闯关中选，踏上了远赴索马里的征程。第四次选择就是在索马里负伤后，总队准备安排他回国养伤，但经他再三请求，得以留在索马里继续战斗。

张楠想不想回到家人身边？他爱父母。为了少理几次发省点钱，他总是剪平头，但妈妈神经衰弱，他打听到用银水杯喝水能减轻病症，周末跑到专卖店花了两千元买了一只寄回家。父亲心脏不好，打听到每天喝一杯鲜榨的混合果汁对心脏有保健作用，同姐姐一合计，花三千多元买了一台最先进的榨汁机。姐姐患了乳腺癌，他心疼姐姐，几次休假都去陪她，听驻地老乡说用蒲公英泡制药水能缓解病痛，特地跑到荒郊野外去采寻。"这可是我唯一的姐姐啊，老天爷，求你不要夺走我的姐姐啊，我愿意拿我十年的生命换取姐姐的五年阳寿！"

但他内心有一个更高的承诺。2014 年 4 月 3 日，在遍布红色基因的沂蒙大地上，他和战友来到华东革命烈士陵园。他向先烈敬献了花圈，然后热泪盈眶地举手宣誓：

"我愿接过烈士的钢枪，时刻准备为祖国为人民牺牲一切，乃至生命！"

救护车一路鸣笛驰抵医院。医护人员调动一切手段抢救两个多小时，终因失血过多，张楠再也没有醒来。

张楠，1987年12月出生。他的生命定格在了他人生最辉煌的时刻。

不，他的生命在延续。他的使命，他的爱，他的热血在延续。

护送张楠灵柩回国当晚，赵团军和王旗敲开了张楠父母的家门。

"爸、妈，我俩来看二老了！"房门打开，两位老人的眼泪唰地流了下来。四人紧紧地抱在了一起。

"爸、妈，请不要悲伤，您走了一个儿子，您还有七个儿子。"赵团军和王旗展开了全组给父母的一封信，"爸、妈，我们要继承张楠的遗志，在这片淌过他鲜血的热土上继续战斗……待凯旋后，再看望爸爸、妈妈！"

爸爸妈妈含泪点头。

王旗和赵团军站得笔直，向爸爸妈妈敬了一个军礼。

（载《传记文学》2016年11月号）

美丽的蝴蝶

一

让我们先看看这些孩子的处境——

小玉，九岁，镇江市河家湾小学二年级学生。该生母亲离异后与一残疾人重组家庭，一家人无工作，靠残疾继父的零星收入勉强度日。

小斐，十岁，镇江市福寿桥小学三年级学生。该生父亲患癌症，母亲种田，收入微薄。

小娟，十一岁，镇江市丹徒区谷阳镇三山中心小学六年级学生。该生父亲去世，母亲离家出走，现随爷爷、奶奶生活。爷爷奶奶年岁已高，无经济来源，靠他人资助维持生计。

小燕，九岁，镇江市雩山小学二年级学生。该生父亲残疾，母亲精神不正常、生活不能自理，还有一位年迈的奶奶，家中没有经济来源。

　　青青，十二岁，镇江市桃园中心小学六年级学生。该生父亲去世，母亲残疾，主要经济来源是最低生活保障费。

　　……

　　他们中有的一周伙食费只有九元钱！我们不知道九元钱能不能为他们提供维持生命的起码热量，更不要说蛋白质和维生素了，更不要说百般诱人的生活滋味了。

　　他们眼中的世界还是五彩的吗？即将初中毕业的秀秀，六十多岁的父亲患有严重的关节炎和腰椎疾患，腰部先后动过三次大手术；母亲右手严重残疾，且有智障，两人都丧失了劳动能力，家境十分贫寒。秀秀不想上学了。她跟老师讲，她想辍学打工挣钱，养活父母。说出这句话之前，她幼小的心灵经历了怎样的惊涛骇浪，在这惊涛骇浪中经历了怎样无助痛苦的挣扎呀。

　　据不完全统计，从 2003 年到 2008 年，这样的孩子在镇江至少有一千七百多名。也许数字并不惊人，但如果你有能力深入其中一位孩子的心灵深处，贴着他的内心在如今到处开放着幸福花朵的生活中走一程，你是否会感受到乌云压顶临渊孤悬的苍凉和无望？

　　如果你是一位母亲，或者是一位父亲，你是否会感受到揪心扯肺的痛楚？

　　这些孩子或许将沿着看似是他们的宿命的命运轨迹惯性下滑。

　　然而就当他们像幼苗在焦旱中悄悄脱水泛黄时，一双温暖的大手小心翼翼地伸向了他们。他们的天空绵绵密密飘落下爱的雨水。

　　一点，一滴，一丝，一缕。幼苗渐渐变得饱满，舒展开来。孩子们抗争命运的努力被注入了一股成长的力量。

二

故事要从一位名叫杨路的女孩说起。

2002 年底一个寒峭的深夜，一位老奶奶由一位小女孩搀扶着来到镇江市第一人民医院急诊室。她们身无分文，但在小女孩泣不声的哭诉中得知她们的身世后，医院连夜给老奶奶做了急救手术，术后确诊老奶奶患了结肠癌。

老奶奶叫杨兆英，年至古稀。女孩杨路不是她的孙女，也不是她的女儿，而是十七年前她在路边捡的。捡来三天后，襁褓中的女婴才断了脐。从此，孤身一人以拾荒为生的杨兆英向小路倾注了全部的母爱，用爱和清贫养育着杨路。两人相依为命，相拥取暖，杨兆英也从中得到了生活的乐趣和盼头。

祖孙俩的日子过得十分艰难。她们的容身之处是一间 2.5 平方米的垃圾房。小路读初中后，垃圾房就成了她做功课的地方，杨兆英又在离垃圾房不远处以每月九十元的价格租了一间三平方米的车库供两人睡觉。拾荒难以维生，好心的邻居时常周济她们，今天韩大爷端来一碗菜，明天殷师父扛来一袋米，小路吃的是百家饭。十七岁的花季少女还没伸展开枝叶，看上去也就十三四岁，而头上竟生出了斑斑白发。窒闷的生活给了小路一双怯生生的眼睛。记者问她，你想爸爸妈妈吗？她低头良久，只说了一句："我奶奶对我真好。"

奶奶大病不能拾荒，手术还要用钱，小路流露出辍学打工的念头。

救助老人！救助孩子！救助这份人间真情！《京江晚报》抱着炽热的愿望，迅速刊发了拾荒老太倾情育弃婴、祖孙两人患难陷困境的长篇通讯。

古道热肠的镇江人被刺痛了。一时间，人们敞开了大爱情怀，唱响大爱之歌。工人（包括下岗职工）、警察、法官、银行职员、个体业主、医护人员、新闻记者、学生以至市长，纷纷为小路和奶奶捐款。镇江商业城工会桑主席把五千元送到杨兆英手中。大港中学初一（1）班的三名学生受全班同学之托也来到医院，送上 168.93元，沉甸甸的信封里有大小硬币四十七枚，二角的票子二十张。少则几毛钱，多至几千元，一个多月时间里，社会各界捐款达到六万多元。

四中初二（5）班的朱选同学捐出五十元零花钱，并附了一封信。信中说："尊敬的杨奶奶，我想对你说，你是一位坚强而伟大的'母亲'……可爱的小路姐姐，我想对你说，你是一个坚强的女孩，虽然你没有享受到快乐的童年，虽然你生活条件现在还很艰辛，但是风雨过后是彩虹，闯过这一关，你将看见一个美丽的新世界。"这就不仅只是物质的捐助。

祖孙俩的故事和捐助盛况闪烁着人性之光。小路所在的二中，不少老师在班上开展了中华民族传统美德的主题教育。这就不仅是在捐助祖孙俩。

小路给热心肠的爷爷奶奶、叔叔阿姨、兄弟姐妹写了一封感谢信，一笔一画工工整整写了六页。《京江晚报》发表了这封信。小路说，她将来想当一名护士，"假如我真的当上护士，我会对任何病人都像对自己亲人一样，照料他们"。这就不只是在捐助今天。

市妇联的同志惊喜地注视着这一切。她们以职业的眼光透过感动了整个镇江的热泪，看到社会上充蕴奔涌着丰沛的人间大爱和热心助人的中华美德，同时也看到不少背着书包的孩子在学业的边缘惶惶徘徊。于是，一个发动社会力量助学贫困孩子的创意，在弥漫着春天暖流般大爱美德的精神文化气候中萌发。

妇联考虑与《京江晚报》联手搞。谁都知道，在今天，媒体的传播力和号召力是巨大的，反之要办一件事如果没有媒体的介入，肯定是事倍功半。晚报经常策划刊稿，为社会扶困济贫牵线搭桥，有着持续的热情和丰富的经验。两家一拍即合。灵光一闪中，产生了"社会妈妈"这个温暖亲切的活动名称。

大年初一，市妇联主席武白萍、副主席树世萍带着杨路走进广播电台直播室，呼吁全社会都来关心像杨路一样需要救助的弱势儿童群体。

春节刚过，一张张登记表在春风中传递。经过学校摸底，社区公示，征求意见，最终从各校推荐的五十名特困生中，选定十二名品学兼优而又急需受助的学生，作为第一批推出。

策划是精心的。2003年3月5日，晚报在一版刊出市妇联和《京江晚报》共同向全社会发出的《贫困女童呼唤社会妈妈》倡议，同时登出四名贫困女童名单、照片及其家境，以及结对资助方式。倡议书说，贫困女童呼唤社会妈妈，在"向雷锋同志学习"四十周年纪念日这个特殊的日子里，倡议全社会积极行动起来，真情扶助幼苗成长。

在此前一天，晚报刊出了《我要上学，我要妈妈》的通讯，让八岁的孪生小姐妹晶晶、莹莹发出渴求母爱的呼唤。聪明伶俐的晶晶、莹莹刚出生九个月母亲就病逝，父亲一路蹒跚拉扯着小姐妹。几年前，父亲所在的搪瓷厂倒闭，每月收入只有一百九十五元，家庭生活陷入极大的困境。

一阵强似一阵的花信风吹到哪里，哪里就绽开妈妈那春意融融、草长莺飞的爱心情怀。

妇联和晚报的热线电话响个不停。市接插件厂退休职工王玉明看到报纸就拿起电话，要求结对资助一个也叫玉明的孩子，她看到学校的评语，就喜欢上了这个品学兼优的女孩。她说："我并不富有，但我很想帮助这些孩子。"市消防支队政委沈宣东看到报道立马跑到妇联，要求以家庭名义资助晶晶和莹莹。但他们已经迟了一步，红红幼儿园园长曹君已经认下了玉明这个女儿，而孪生姐妹晶晶、莹莹已被活动的组织者《京江晚报》原地认助。他们转而选择了别的孩子。沈宣东定下的是一个叫丁惜佳的孩子，他边填表边说："从这孩子的名字就可看出，她也是父母的宝贝啊。"

此后发生的两个欢欢的故事，说明需要帮助的贫困孩子也不少。丹徒区荣炳中学学生凌欢欢列入受助名单后，却不见资助款。钱到哪儿去了呢？市妇联按照诚信操作的承诺一追查，方知有两个凌欢欢，大的上初二，小的上初一。大欢欢三岁母亲就病逝了，做泥瓦匠的父亲身体不好，全家经济陷入困境。学校推荐她为资助对象。小欢欢的父亲腿部严重残疾，更不幸的是，小欢欢出生才二十八天母亲就弃她而去。所以，资助大欢欢的钱被学校财务人员误发给了小欢欢。事情搞清楚后，同名同命的两个欢欢都得到了社会妈妈的特别关爱。

怎样对待面临失学孩子，是水火即辨的灵魂拷问，而对这些孩子的倾情和援手，也是最本真的良知告白。

社会妈妈，一个充满大爱的称呼，一个具有巨大感召力的称呼。

社会妈妈志愿者排起了长队，受助孩子名单一出，即被抢认一空。

此后，妇联和晚报一批批急切而有序地推出孤贫孩子的名单。两个月就推出六批，有七十四个个人、家庭和社会团体分别当上了九十三名孩子的社会妈妈。市长许津荣，副市长陈建设、王萍也加入了社会妈妈的行列。到 2008 年，社会妈妈扩大到五百多个家庭、个人和团体，认助孩子一千七百多人，有五十万元打入专用账户。全市妇联系统共收到助学善款二百四十万元，有五千多名贫困学童得到资助。

感人的场景和故事实在太多太多。也许用"之最"作为点和线，可以简略勾勒出故事和情感的轮廓。

今年九十五岁的刘洁如，是最年长的社会妈妈。她九十岁时得知活动消息后，立即捐助了一名叫小炎的初中学生，当时孩子的父亲病危，不久就去世了。刘奶奶还请人把孩子领到家中嘘寒问暖，叮嘱儿女们也要关心孩子。小炎毕业后，刘奶奶又向从小失去母爱的小学生小迪敞开了温暖的怀抱。

年龄最小的社会妈妈是一个刚出生八个月的小宝宝，其父母将亲友给孩子的贺礼，以孩子的名义捐助贫困儿童。

革命资格最老的社会妈妈陈明东、张云仙夫妇。陈明东在抗日战争中负伤，被评为二等乙级残疾军人，两耳听力十分微弱，夫人张云仙是他健全的耳朵。夫妇俩捐助了初中学生小鑫。当孩子上职高后，又拿出二千二百元做学杂费。后来又相继捐助高中生秀秀、小贝、小羚，小学生小晖和小静等孩子。

捐款最多的社会妈妈是位匿名先生。这位军人"妈妈"捐助了小玲、小媛两名小学生。当得知一名外来务工人员的孩子身体大面积烧伤，家庭艰难，他主动联系帮助孩子。他从部队转业后办起了制造厂，创业的艰辛和业务的繁忙丝毫没有削弱他帮助困难学生的热情，还拉着生意伙伴一道做社会妈妈。为帮助两位同学，他一次性就捐赠了一万一千多元。几年来他已向孩子家庭和社会妈妈账户捐款三万多元。

认助孩子最多的社会妈妈刘薇和袁刚。作为首批社会妈妈的这对夫妻，一出手就帮了九个孩子。和孩子们结对后的第一个暑假，刘薇夫妇把所有的孩子邀到一起，赠送书包、文具，组织企业文艺团为孩子们演出，请当年的中考状元、也是贫困家庭出生的同学为孩子们讲述成长经历。这批孩子毕业后，他们又结对了一批学童继续资助。

捐助方式最具创意的社会妈妈解红艳。她与失去母爱的小竹芯结对后，常将孩子接到家中，改善伙食，添置新衣和书籍文具。解红艳和丈夫还别出心裁地给孩子家送去二百棵果树苗，随后又送去二百只打好防疫针的绿壳鸡，并掏出二千元买来饲料，有空就跑到乡下看望，对果树和小鸡的生长做些指导。

筹捐方式最有特色的社会妈妈，十三中初二（3）班的一个团小组卖废品筹集了十六元，第三职高职教中心的二十七名学生会成员义卖报纸所得一百二十七元，全捐到社会妈妈助学基金账户上。"虽然无力帮助一个儿童上学，但是可以为他们买一点文具用品，也算尽一点微薄之力。"

……

每推出一批孩子，人们的心中都会涌起涓涓热流，社会上就会掀起大爱风潮。

这使人想起混沌理论中的蝴蝶效应：一只蝴蝶扇动几下翅膀，产生了微弱气流，而微弱气流又会引起四周空气产生变化，由此引起连锁反应，最终导致更大范围的气象运动。

镇江市妇联和晚报的一个创意、一个举措，就像一只美丽的蝴蝶，在饱含着爱的温度、湿度和压强的气候中扇动起翅膀，一时间镇江的天空绿滚红翻，温暖明亮的阳光雨纷纷飘落，洒向这座江南古城的每一个角落。

三

社会妈妈的捐助方式，是把钱汇入专设账户，由妇联转到孩子所在学校。但这种做法并不圆满，并不是组织者理想的情境，也满足不了社会妈妈们浓炽的情感。

"我多想见见您呀！自从爸爸患了重病后，家中就像天塌了似的。现在，将来，我该怎么办呢？"2003年4月3日，晚报登出受助孩子小斐的一封信。信中说，是社会妈妈为她继续学习下去提供了条件，让她勇敢地面对一切。

"我多想见到您，只是为了说声谢谢，只是为了深情地喊一声：'妈妈'！"

继而，妇联和晚报组织了由各界人员参加的大讨论。"精神关怀"成了关键词。大家看到，受助女童有的父母双亡，生活没有依靠；有的是单亲家庭，父亲或母亲重病缠身；有的是组合型家庭，收入低，孩子多；有的父母身体残疾或智障。这些孩子生活在社会最底层，身心受到创伤，难免会自卑、自闭，需要心理疏导、精神关怀、亲情呵护。给孩子们一个温暖的怀抱，一个家的气氛，帮他们建立起生活的信心和希望是更重要的。

萌动在社会妈妈们心里的愿望又一次被激发和集结起来。

社会妈妈送亲情来了。徐和平、洪夕珍夫妇带着同样上小学五年级的女儿，一大早就乘车乘船来到位于江心洲的学校，看望另一个"女儿"小捷，谁知小捷因生病已经几天没上课了。这可急坏了夫妇俩，他们赶紧找到小捷家，掏出二百元钱让孩子看病，并邀请小捷暑假时到镇江家里去过上一阵子。返回后放心不下，又给学校打电话，安排孩子到镇江好好检查一下身体。

广播电视局后勤党支部的"妈妈"知道"女儿"小玉在学习外语，特意带了复读机和大字典看望她，教她学习的方法。小雨曾经被火烧伤，"妈妈"们热心地帮她联系继续治疗。

社会妈妈送生日礼物来了。孙兴松、孙萍夫妇把小云的生日记在心上。6月初，孙萍的母亲病危，与丈夫忙得不可开交，但他们专门上街为小云选购了生日礼物。6月11日小云的生日这一天，也是孙萍母亲去世的第三天，小云收到了"妈妈"寄给她的学习用品、资料和两件漂亮的衣服。

社会妈妈送信心来了。市委组织部女职工委员会的社会妈妈带着学习用品，到上河边小学看"女儿"小惠来了。"妈妈"们轻声细语地询问了小惠学习和生活情况，鼓励她增强信心，战胜困难，努力成长为社会的有用人才。曾在学校讲故事比赛中获奖的小惠为"妈妈"讲了个《老虎拔牙》的故事。讲着讲着就笑了。

爱，在往深处走，往血液里走。

社会妈妈沈宣东结对小惜佳后，心里就多了一份责任。自从九年前父母离婚，小惜佳就失去了母爱，过了几年，父亲又患胃癌去世，后母把她和同父异母的妹妹丢给了奶奶、叔叔和伯伯。生活的不幸使小惜佳格外懂事，成为品学兼优的三好生，但懂事的孩子对生活的不幸体味得更加深刻。沈"妈妈"很心疼，很牵挂孩子。孩子需要学习品了，就送来铅笔、《十万个为什么》等学习用品；孩子需要营养，就送来麦片、奶粉等营养品；天冷了，就带着小惜佳和妹妹去买羊毛衫、羽绒服；新学期要开学了，及时送来学费；嘴馋了吧，咱们去吃火锅，上肯德基；过儿童节，不但送来学习用品，细心的"妈妈"连扎小辫的橡皮筋、发夹子都送来了。当然，每次来看小惜佳，沈"妈妈"总免不了要嘘寒问暖地叮嘱一番。看着又要到春节了，农历腊月二十八，沈伯伯又送来了芦柑、苹果、葵花子、香油、茅山老鹅、宴春早点等年货，还给了她二百元压岁钱，让小惜佳过了一个妈妈在身边的春节。

王白霞和史美侬是一对较为特殊的社会妈妈。他们一下就认助了一男一女两个孩子。女孩上大学后，王白霞就把母爱倾注在了上小学五年级的小涛身上。小涛本有一位疼爱他的妈妈，可她突发脑溢血离开了人世，深受打击的父亲也一下病倒了，家中的生活失去了依靠。就当冷到冰点时，王白霞带着母爱来到他身边。

说王白霞两口子特殊，是因为他们的孩子因病去世不久，生活也较困难，前几年穷得准备卖房子，每天吃饭不到十元，买西红柿只买又小又有疤痕的，五毛一斤，而大的要一元一斤。过惯了苦日子的王白霞对小涛却不惜花费，缴学费校服费、织毛衣、去肯德基店，发现孩子生活太俭省，马上掏出二百元钱，说："你正长身体，伙食不能省，看你又瘦又黄的，这二百元不许干别的，专门用来吃饭。"

精神上的关爱让小涛感触尤深。王妈妈常教他不要向困难低头，要鼓起生活的勇气，好好学习，自强自立。教他不要自卑，说，你并不困难，其实你是幸福的，每天能见到阳光，在街上跑，去上学，和好多同学在一起，以前我的宝宝就不能。说，你学习很刻苦，成绩好，要坚持下去，我支持你直到上大学。

有一次，在交谈中听说小涛没坐过火车，王妈妈说，快考试了，你争取考个第一名，考完我带你出去玩。小涛真的考了个第一，夫妻俩带小涛到苏州玩了三四天，还买了新衣服，给奶奶带回了苏州点心。

小涛一直称王白霞和史美依伯母、伯父。有一天在一起逛商场时，小涛对王白霞脱口喊了一声妈妈。王白霞百感交集，她不敢接受这个称谓。"妈妈这个词多伟大呀，我很想做妈妈，但我没忘记宝宝。"王白霞说："我比你妈妈岁数大，就叫我大妈妈吧。"

在社会妈妈的亲情呵护下，在阳光雨的浸润下，孩子心里的冰冻一点一点融化，阴影一点一点散去。他们渐渐地把身子偎向"妈妈"，渐渐认同了妈妈温暖的怀抱。杨路奶奶走的时候，学校老师把社会妈妈当作杨路的亲属，连夜给社会妈妈报丧。市妇联主席武白萍、副主席树世萍带着花圈来到杨路家，帮助采购丧事用品，布置灵堂，料理后事，尽了子女的义务。

社会妈妈是一项独具创意的社会公益活动，其推出当年即被评为镇江市年度精神文明建设十佳新事，2006年又被江苏省文明委评为未成年人思想道德建设工作创新案例一等奖，成为本市和全省的帮困助学品牌。但凡新生事物，其发展都不会是顺风顺水的，都会遇到问题乃至困惑。而正是这些问题和困惑，为改进工作、把活动推向深入提供了契机和动力。

随着进程的深入，社会妈妈活动遇到了受助孩子表现及家庭懂不懂得感恩等问题，也就是受助孩子的标准问题，实际涉及活动功能和目的问题。

市妇联儿童部部长张碧云具体管社会妈妈工作，她因此结交了许多社会妈妈朋友。她的一对朋友，人很厚道，资助了一个孩子。问他们感觉怎么样，两口子总说蛮好的。一次来交费，张碧云又问，又回答说，蛮好的，这不是买了衣服和鞋子准备寄过去嘛。再问好在什么地方，他们犹豫了一会儿，说："其实还是很困惑的，孩子母亲不在了，家里虽贫，但生活不知节俭，还总爱涂大红的指甲油。前一段说要一套教科书，要我们寄钱去广州买，二百八十元一套买来后，孩子说跟江苏的不配套，你帮我重新买。她父亲在广州打工，打电话说他老娘摔跤了，叫我们管一管。过几天又打电话说家里交电话费没钱了，要我们帮他交，更是不可理喻。"

刘薇捐助的叫红红的孩子，家境特别贫寒，进屋是烂泥地，一个锅灶两张床，真正是家徒四壁。八岁的红红，有着一双当年推动希望工程的摄影作品《我要读书》里那样的大眼睛，饱含着忧怯和渴望。刘薇说，红红如果是自己的孩子，不知道该怎么心疼呢。母亲出走，可父亲也不争气。张碧云和瑞京农业科技示范园的农技师去红红家，见红红在小河里摸螺蛳，问她是摸来吃的吗？红红说不是，是卖了钱用来买本子的。她们带去了耐高温的大蒜种让红红父亲种，告诉他这个季节出的蒜一斤能卖六七元，三分多地收入能有几千元，并承诺帮他销售。过了一段再去时，他仍没有种大蒜，说是干旱没法种，可到地里一看，他家的地块边就有一个水汪汪的小池子。不但懒，每天还喝老酒，没有商标的劣质白酒瓶子沿墙根摆了一排，实在是扶不上墙的泥呀。

像这样不知感恩、不思自立的是个别的，但也不是仅有的。捐助人的感情旋律中混入了杂音。对这样的孩子或这样家庭中的孩子该怎么办？

还遇到别的一些问题。比如开始搞活动时，选的受助对象是品学兼优的孩子，但要把这作为选荐标准并不现实，也不合理。有一次辖市区一位儿童部长反映，她那里的帮困助学活动妇联不再做了，当地要求统一归口到市慈善总会，但发现不少贫困的孩子没有得到帮助。为什么？因为标准不一样，妇联报的是贫困学生，而教育口报的全是三好学生，"结果我们报的他们不管"。基层妇联的帮困助学活动遇到了难题。

活动开展以来，市妇联和晚报多次邀请政府职能机构、学校、受助孩子家长、社会妈妈、知名教育学心理学专家座谈和在报上开展讨论，与时俱进研究新情况，探讨深层问题，不断深化内涵、拓展空间、提升境界，让社会妈妈活动更富感情、更有脑子、更具强大的生命力。

比如为了让贫困孩子克服心理困扰，建立健康的心态，组织心理健康测试，请专家进行心理疏导。

比如为增强受助家庭的"造血"功能，组织暑期农业科普夏令营活动，让农村受助儿童及其家长参观农业示范园，邀请农技师传授新型农业技术，赠送优良种子，并上门指导种植。

比如捐助对象从女童扩大到男孩，从小学生扩大到中学生，从本地孩子扩大到外来务工人员子女。

比如2006年9月1日新《义务教育法》实施后，极大地减轻了贫困家庭孩子上学的经济负担，社会妈妈活动及时把受助对象拓展为"成长"和"成才"两种类型，"成长型"从小学资助到大学，"成才型"重点资助高中、职业高中学生。

比如2009年，社会妈妈将震区孤残贫儿童列入资助范围，飞到千里之外的四川德阳市，与板桥学校的孩子开展"社会妈妈，情牵板桥；心手相连，爱心结对"活动。

选荐孩子的标准也明确为贫困生。社会妈妈是要雪中送炭，而不是锦上添花。

对于受助孩子及家庭的表现差强人意，还要不要资助，人们也形成了共识。

对这些孩子，一方面，要加强引导，比如在社会妈妈五周年之际，以"大爱"名义，开展给"妈妈"写封信活动，培养孩子及其家长的感恩意识，明白"爱"的真谛。

另一方面，大家认为，不知感恩不独是贫困家庭，而是当今社会一个普遍现象。经济贫困不是孩子的错，精神贫困也不是孩子的错。每个儿女都是妈妈的心头肉，在妈妈心中，每个儿女都是平等的。春天里的每棵幼苗都有生长的权利，都不能被遗落在阴暗和角落里。匿名先生说，不懂感恩甚至有一点劣迹的孩子，自控能力和成长能力弱，每一天都处于人生的十字路口，更是弱势群体里的弱势群体，更需要关心呵护。

还有另一个角度，就是他们的自尊心因贫穷而更加敏感易伤，在捍卫自尊时也许会有过度反应，而这背后恰恰是一颗未死的心。

对这样的孩子，如果看着不管，那才是真正的错。

此后的故事就变得让人愉快起来。

有一对自己女儿在国外上学的夫妻，对认助的孩子视为己出，几年来为孩子付出了很多。但孩子考上大学几个月了，一个电话都没打。两口子有点郁闷。"本来还想帮她呢。至少告诉我们一声，也让我们高兴高兴吧。"但又觉得孩子挺懂事的，按理不至于这样。后来一了解，果然，这个孩子感到这个家庭对自己特别好，如果知道她上大学，他们还会来帮她。认为自己大了，困难得由自己解决了。孩子性格特内向，而资助人是非常开朗的一对。这是性格造成的误解。云开雾散后，这对夫妻继续给孩子每年一千元的资助。

不单孩子，社会妈妈也玩起了失踪。

杨雨平夫妇结对的青青，亲眼看到父亲跳楼自杀，心灵受到巨大创伤。夫妇俩在生活、学习和思想上对小青青的呵护非常尽心，常把青青接到家里，和自己的孩子吃、住在一起。自卑、自闭的青青感受到正常家庭的温暖，渐渐变得开朗、活泼起来，甚至同杨雨平夫妇的女儿疯着、抢着喊杨雨平"爸爸"。"非典"期间，曾有几个星期没把青青接来家，孩子主动打来电话，说"想和妹妹玩一下，想吃虾子了"。小升初时，青青考出数学一百分、语文九十五分的好成绩，夫妇俩为了给她上个好学校，到处跑。看到青青上初中后比较怵数学，又专门为她请了辅导教师，"人家孩子有的，我们的这个孩子也要有"。

可后来杨雨平夫妇疏于与妇联和报社联系了，后来干脆"失踪"了。为什么？因为他们把孩子真正当成自己的孩子带，不想过多曝光，想让孩子尽可能在平等正常的环境中长大。

四

张碧云喜欢跟人讲一个救助海星星的故事。

清晨，当海岸边的潮水退去，许多被遗落在沙滩上的小海星回不去了。一个孩子走过来，他捡起一只小海星，扔进了大海。又捡起一只小海星，扔进大海。他一丝不苟地重复着这个动作。一位好心的路人问他："谁在乎你把它扔进海里去呢？"孩子举起手里的小海星说："这只小海星它在乎。"

农村小学老师毛芊就是这个孩子吧？她有一颗金子般善良的心，在近四十年的从教生涯和退休十六年的平凡生活中，呕心沥血用知识哺育孩子的同时，还尽力在经济上帮助贫困儿童，直到患癌症去世。她默默地做着善事，仅在"春蕾"计划和社会妈妈活动中，就长期资助了八名孩子。她去世时，孤儿陈新泣不成声地喊道："毛老师，你怎么离开我了，我还没来得及长大，还没来得及报答你……"

毛老师病重时，姚桥中心小学的孩子们含着热泪在她的病床边表演了自编自演的歌舞节目。曾受毛老师接济的徐爱和同学们折了一千只纸鹤，一串串穿好，挂在她的床头；还用纸鹤在床单上摆成了一个大大的"心"字。

毛老师说过，我只有这一点能力，但我拿出这一点，对孩子可能关系到他的一生。

一点，一滴，一丝，一缕。阳光雨水滋润着，幼苗渐渐变得饱满，舒展开来。

人们欣喜地看到，在社会妈妈活动开展一年后的汇报会上，晶晶和莹莹自信地走上舞台，演奏了大提琴。

晚报的时英主任既是组织者之一，又是社会妈妈的一员，她代表报社叮嘱孩子要讲普通话，要尊重师长，要每天坚持写日记，用妈妈的爱温暖、滋养着小姐妹的心灵。知道小姐妹想学大提琴，就张罗着购买了两架，并请老师为她们义务授课。而今，这对孪生小姐妹可以用优美的旋律来抒发她们的成长心路，慰藉妈妈的在天之灵，表达对社会关爱的理解和感恩之情了。

人们欣喜地看到，最早吮吸着社会妈妈乳汁成长的杨路，已经走上工作岗位，结婚生子，并且也当上了社会妈妈。

2003 年奶奶去世，又一次成了孤儿的杨路，在社会妈妈的关爱下考入镇江机电高等职业技术学校。此后，学校专门安排老师负责她的生活，同学们争着邀她到家中度节假日。市妇联主席武白萍、副主席树世萍像母亲一样，每学期看她的成绩报告单，了解她的学习和思想情况，同她谈心，指导她看课外书，还在家人团聚的春节陪她过年。为了培养她的爱心和责任感，还有意安排她到福利院给老人服务。

上职高时，杨路明显长得滋润了，头发也转黑了，身体素质也好了，学校开运动会，她还夺得三千米跑的冠军。花季回到她身上，她变得开朗、自信、好学、上进，当上了三好生。在她身上，已找不到那个脸上笼着阴云，自卑、木讷的孤儿的影子。当你与她对视，

108

想起她当初那双胆怯、茫然的眼睛时，你会为它今天透出的真诚、从容和平等而感动。

2006 年 9 月，她第一次领到八百元工资，就将受助款剩余的二万元捐给了社会妈妈基金，帮助了十三名高中学生。她的生活还很困难，但她要当社会妈妈，要把爱心传递下去。

人们欣喜地看到，秀秀的成长一路传送着开花的消息，阐释着社会妈妈活动的意义，把爱心意愿描绘成美好的现实。

秀秀是句容春城中学初三年级学生，父母都丧失了劳动能力，无经济收入，住的土坯房都难以遮风挡雨。秀秀后来回忆说："记得第一次因家中交不起学费而流眼泪是在小学一年级，那时我才八岁。以后每次开学，我总是小心地站在父亲的背后，听着父亲像背书一样向老师诉说家中的窘境，以期减免些学杂费。那些日子里，父亲常常会告诉我，他只能给我念完初中。我也想早早挣钱养家，但我不愿像邻家的姐姐们一样，初中毕业就在外打工，二十岁就结婚嫁人。我不想！我的未来不该是那样。"但她似乎只能屈服于严酷的现实，在学校很少与老师和同学沟通，总是低着头独来独往，甚至产生了弃学念头。她对老师说过，自己即使能考上高中，家里也没有条件供她上。

就当中考一天天逼近，即将失学的痛苦咬噬着她的心灵时，社会妈妈来了，大港港务总公司的叔叔阿姨们来了，不但为她交了学费，还时常带着衣服、食品、学习用具到学校和家里看望她，鼓励她。社会妈妈的行动"就像火种，点燃了我的心房。心好暖，我有学上了"！原本聪明好学的她燃起了生活的希望，学习成绩从全年级的七十名左右跃升到前四名，以六百二十八的高分被当地最好的高

109

中句容高级中学录取。

此后，社会妈妈——大港港务总公司的叔叔阿姨、匿名先生叔叔、陈明东爷爷、年年送她辅导书的刘晓萍阿姨、在精神上资助她的张碧云阿姨和时英阿姨，大家一直守护在她的身旁，关注着她，悉心呵护着她。

到了"高手云集"的高中，秀秀很快因发现自己不再是尖子生而陷入苦恼。"当我满怀伤感地将自己的现状告诉他们时，他们的飞快回信让我感动。面对满纸的鼓励、理解和包容，我热泪盈眶。"她在社会妈妈帮助下建立起了这样的信心：我虽不是第一名，但我是最优秀的。

2007 年，秀秀考上南通的一所大学。到大学后，在与张碧云的通信中，秀秀流露出对未来的困惑，对人生的迷茫，对学校条件不如中学也感到不太适应。张碧云感到忧虑。放暑假时，她把秀秀安排到匿名先生开的工厂去打工。在蒸腾着工人们体温的环境里，在做一分工领取一分报酬的实践中，让秀秀体悟脚下现实的道路，校正人生航标，一步步扎扎实实地走向社会和未来。

秀秀在"感动"中成长，她的生活绽开了笑容。"我觉得你们就像一扇窗，关爱来自这扇窗，让我有种面向大海、春暖花开的感觉。"

社会妈妈让爱和梦想回到孩子的心灵。这不仅是秀秀、杨路、晶晶、莹莹的感觉，这是所有在社会妈妈关爱下转变了命运的孩子们的感觉，是所有在社会妈妈关爱下转变了家庭命运的家长们的感觉。

"感动"，是衡量社会妈妈活动的意义和价值的一个尺度。那么，仅仅是受助孩子和他们的家长感动了吗？

市妇联副主席树世萍说："我们被凡人大爱的事迹所感动，这成了我们继续做好工作的动力。我们是组织者，又是受益者。"

早在2003年活动启动之初，时任市长、现任市委书记许津荣就在给妇联的信中指出，社会妈妈活动"是社会主义精神文明建设的好形式。'妈妈'们在参与中感受到社会责任，孩子们在受助中感受到社会关爱，文明和道德在社会上得到弘扬，社会在互助友爱中不断进步"。

我们既要用炽热的情怀拥抱贫困孩子，更应以高度的理性来践行这个活动重大的社会意义。

前不久，世界银行行长佐利克呼吁，全球应对金融危机应更关注弱势群体，并建立"人情味的市场经济"。他说："过去六十年来，我们看到市场怎样使亿万人摆脱贫困。但是，我们也看到不加约束的贪婪和轻率怎样使这些成就毁于一旦。"认为人际关系的质量是最重要的幸福源泉，必须停止对金钱的顶礼膜拜，创造一个更人道的社会。在这个社会里，"除了生存之外，所能提供的最佳体验，是其他人与你站在一起的感觉"。

不可否认，佐利克的锋利一刀，在中国也感到了痛。随着中国经济近几十年的爆速增长，功利诱惑加剧了一些人心态失衡，四处弥漫着拜金主义、享乐主义、极端个人主义的气味，爱心沦失有之，人伦紧张有之，社会风气受到严重污染。道德滑坡也许成了中国可持续发展的最大瓶颈！

正如许津荣书记指出的，作为"大爱镇江"工程的一部分，社会妈妈活动就是要在市场经济大背景下，用凡人大爱来感动自我、感动世人、感动社会，净化人的灵魂，弘扬崇高的社会风尚，促进社会文明和谐的发展，在镇江这方民风淳朴、爱心丰沛的精神水土上，用大爱营造一座城市的软实力——洋溢着爱、善良、理想和信仰的文化生态。

那位救助小海星的孩子在救助小海星的同时，救助的是自己的精神家园。

爱是生命的血液，而对王白霞来讲，爱是分离中重聚的力量。

王白霞的宝宝去世前，要花大笔钱给孩子治病，夫妇俩又双双下岗，生活极度困难，这期间得到了社会上许多人的热忱相助。宝宝去世后，他们认助了失去母爱的小涛，把母爱倾注到小涛身上。"我们真心真意将他当儿子一样宝贝，一定要好好教育培养他。"王白霞对笔者说，"我做这件事的时候并不开心，只是尽一点责任，做应该做的"。她现在做导游，同事们常聚在一起唱歌，本来爱唱歌的她从不参加，"我以后也永远不会唱歌"。虽然痛失爱子的她至今还没有从痛苦中解脱出来，但"当社会妈妈，我心里要好受一点"。她回到了有意义的生活，她就一定能渡过创痛，回到有幸福感的生活。

爱，是一种生命。爱是有历史、成长着的生命。

说起在农村几十年艰辛教学、捐助贫困孩子的理由，毛芊老师说："我小时候上学时条件很艰苦，从小学到句容师范毕业，一直是母亲把我拉扯大，努力供我读书，我知道其中的艰辛和爱。我就是要教和我一样穷苦的孩子学知识、学文化。"她说，"给予比获得更快乐。"

刘薇也有一位这样的母亲。母亲是上海市公安干部，这个从小被裹小脚活生生弄断几根趾骨、迈着小脚参加抗战队伍的女性，常忙到深更半夜"抓坏蛋"，退休后还忙于治安工作。在家里，她用另一个肩膀坚韧地担负着五个儿女的学习、生活、嫁娶的重担。她善良、博爱的美德润物无声地传到了刘薇身上。"而今我有了一个社会妈妈的美称，我有更多的孩子，我会像您一样把爱的种子播撒到他们的心田"，把爱的生命延续下去。

而张月捐助贫困孩子的动因则来自社会。张月当社会妈妈时已下岗多年，孩子才十个月，但纯真的爱在她心里顽强地生长着。"十多年前，我父亲生病，单位同事给了我家很多帮助，那真是雪中送炭，我至今记忆犹新。现在，我只是每年少买几件衣服，节约一点能捐助一个孩子读书，这样的爱心活动，我没有理由不参与。"外地来镇江工作的陈云女士和解红艳女士的理由是，镇江是一座充满爱心的城市，她们从各自的家乡来到此地，深深地感受到了同事和周围人的帮助和关怀，从心底想为这座城市做点什么。

人之为人，就是因为有爱。爱，闪烁着人性的光辉，闪烁着理性的光辉。

江青垣老人从七十四岁当社会妈妈，今年八十岁。他第一次冒雨到妇联捐款时，穿着一件领口磨出了筋的褪色毛衣。他认助小静五年后，又认助了小芳小朋友。此外，东南亚海啸、九江地震、湖南冰灾、红十字会博爱送万家，他都积极捐款。"我们这代人是在雷锋精神照耀下成长的，"他有些伤感地说，"雷锋精神今天仍需发扬，使社会多一些温暖，使人与人的关系多一些爱，这是不会过时的。"

老革命陈明东的血脉里也流动着传统因子。他说："我是一个从农村出来的苦孩子，新旧社会两重天，没有共产党就没有新中国，没有部队的培养就没有我的今天。现在国家还没有达到全面富裕，群众有难处，作为一名共产党员我不能不问，理当为社会多做一份贡献。"

大港港务总公司一下捐助了十名孩子，一个原因是考虑到团队之魂。总经理黄立平说，他们想通过资助贫困儿童，培养员工的责任感、事业心和团队精神，培养职工良好的社会道德和职业道德。海事局一直要求基层单位在抓自身素质提高、提高执法水平上下功夫。征润州海事处处长傅小平认为：当社会妈妈是加强队伍建设、强化服务意识的有力举措。

镇江法院系统的八位女法官认捐了八个孩子。女法官陈玉说："社会妈妈，多么亲切的称呼。一个法官，尤其是一个党员法官，更要关心社会问题，这样才能把自己对社会的理解融入法律适用中去。"

而那些以孩子的名义认捐的家长和老师更是把目光投向明天。一位家长的话具有代表性，她说："看起来似乎是我们在帮助贫困孩子，其实这是一种互助，我的孩子从小长在蜜罐里，参加社会妈妈活动，他受到了很大触动，懂得了要关心他人，也许还获得了饿其体肤、劳其筋骨状态下的清醒。"

勿以善小而不为，绝不仅仅是一种选择，而是一种人生态度。

一个善念，和从这个善念开始的善举，捐助的是人心，受助孩子的心，受助家长的心，社会妈妈的心，社会的心——天地人心。

我想借用一句世界文豪雨果的名言。我冒昧把他的名言改为：世界上最辽阔的是大海，比大海更辽阔的是天空，比天空更辽阔的是人的心灵。

每个社会妈妈，以至每个人的一个善念，一个善举，都像一只美丽的蝴蝶，她扇动起翅膀，将有可能导致一场辽阔的气象运动。

仍然不可小看了这只蝴蝶。"一只蝴蝶在亚洲拍拍翅膀，有可能引发数月后美洲的一场龙卷风。"这是对蝴蝶效应的经典描述。

烟花三月下扬州。你知道这个花是什么花吗？王白霞告诉我，这个花就是琼花，也叫蝴蝶花。

眼下正是开花季节。她邀请我跟她去看花。

镇江城处处盛开着蝴蝶花。朵朵花团缀满枝丫，洁白如玉，健硕的花瓣簇拥着一团蝴蝶似的花蕊，在微风吹拂下翩翩飞舞。

我看到了质朴素雅的大爱之美。

（载《人民日报》2009 年 8 月 5 日）

锐利与钝重

——中国首个盗版集团大案侦破纪实

引　子

　　2000 年 5 月 18 日上午，在广州市珠江北岸，八台绿色的粉碎机一阵抖动和咆哮，五百万张盗版 VCD 光盘顷刻间被绞轧得粉身碎骨。销毁现场四周由荷枪实弹的军警戒备，气球悬挂着"盗版就是抢劫！盗版扼杀创新！盗版必受制裁"一类措辞凛烈的巨幅标语。巧的是天空突然转暗，洒下一阵碎雨，往本已冷峻的气氛中又揳入了几分杀气。此前，5 月 16 日，在中缅交界的边城瑞丽也以类似的方式销毁了二十五万张盗版光盘。

　　这次行动是"打盗版——中国 2000 大风暴"的前奏。其下手之狠、决心之大，标志着中国政府对盗版的打击再度升级！

　　然而形势并不容乐观。不要说此后美国大片《U - 571》和《角斗士》等刚登陆中国即有盗版光盘出笼；不要说票房被看好的国产新片《一声叹息》防不胜防被盗版光盘吃掉了一大块预期中的市场，导演徒有一声叹息，就是在大行动的刃口刀尖上，广州音像市场依然是阳光夹雨混沌一片。就在 5 月 18 日当天下午，我到因盗版音像制品交易活跃而远近闻名的机场路兴发广场，看到摊档上照样摆着盗版光盘。我问零售摊主："今天这个时候你还敢卖水货？"摊主并不惊慌。"怎么啦？你要买的话，我会更加便宜卖给你。"摊主还说，"这种时候，我经得多了。"

摊主的话在我并不感到吃惊，甚至都没感到意外。

实际上，这种这边狠打那边泛滥的怪现象恰是扫黄打非斗争整个情势的缩影。自 1994 年伴随 VCD 机大量进入中国家庭而出现盗版光盘以来，中国政府每年都要开展声势浩大的旨在打击盗版光盘等非法出版物的集中行动，加上平时的收缴，几年来共查获盗版光盘生产线上百条，以致百姓对"扫黄""打非"早已是耳熟能详，《北京晚报》调查表明，"扫黄""打非"已成为社会上使用频率最高的十个词汇之一。而与此同时，盗版光盘也在顽强的抵抗中近乎疯狂地扩张，在近几年 VCD 机产销速增的同时，盗版光盘在国内光盘市场的覆盖率已令人吃惊地达到了百分之九十以上，甚至形成了像"金华纳""金龙影业"这样的盗版品牌。可以毫不夸张地讲，盗版光盘以及它所携带的精神鸦片和文化梅毒，已经成为危及我国音像产业和人民精神文化生活的顽症痼疾，已经成为中国社会最大和最具破坏性的一大公害！

一边狠打猛扫，一边肆意泛滥的怪现象，使许多人对遏制狂滔滚滚的盗版几近丧失信心。有人反讽道：扫黄扫黄，越扫越黄；打非打非，不打不非。我们甚至听到了这样忧心而无奈的质问：政府是真打还是假打？

咀嚼着这样的质问，扫黄人艰难地笑了。你不能笼统地说这种反讽和质问以偏概全，但它确实是失之于片面，忽视了扫黄打非斗争所取得的巨大成果和对制黄贩黄的强大遏制作用；你不能说它客观理智，但它确实是表达了国人应有的焦虑和激情，因而也勾起了扫黄人郁积于心的苦恼与不平。

一

陈家鲲把线人的呼机号交到了杨锦燕的手中。可以说，从这一时刻起，噩运就开始向那些敢于刀口舐血的饕餮之徒悄悄逼近了。而相应地，危险也开始面对面地与杨锦燕对峙。此后，杨锦燕照例在一种神秘的氛围中格外地忙碌起来。过了一个多星期，6月12日，在广东省扫黄打非办公室一间简陋的屋子里，陈家鲲、杨锦燕，还有应约而来的省公安厅三处副科长戴志平，开了一个事关重大的小会。

2000年7月27日，也就是在销毁光盘大行动后两个多月，广东省公安厅和省扫黄办根据他们提供的线索，联手查获地下生产线八条，一举捣毁了迄今为止全国破获的最大一宗盗版光盘犯罪集团。这是一个历史性的战果！它使查获地下生产线的总数达到了整整一百条，最为重要的，是第一回抓获了犯罪集团的头目，给犯罪集团以毁灭性的打击。这个消息令海内外震惊。事后，我即随全国扫黄打非办公室调研组赶往广州，采访了杨忠发、陈家鲲、张广、戴志平、陈磊、李剑先等有功人员。他们中的有些人我在5月份已做过采访。这次也是第二轮采访省文化稽查总队副总队长杨锦燕后，我感到这个中年汉子身上透射出一种由坚韧定力和冲腾激情混合而成的类似圣徒的气质。

杨锦燕拿到呼机号，当即就呼了线人。他二十四小时开着手机，但两天过去了，却迟迟不见动静。对此杨锦燕非常能够理解。何谓线人？线人就是通常所指的举报人。利用线人破案是广州市扫黄办的一大创新。1996 年，非法光盘生产线从地上转到了地下，而挖地下黑线迟迟不见进展。以足智多谋著称的广州市扫黄办主任老叶认为，一条生产线值一千万至两千万，而投入生产后，每三至五秒生产一张光盘，日生产能力通常在 1.5 万至三万张，无异于一台印钞机，这无疑就是老板的命根子，他们必定会为隐蔽生产线穷尽伎俩，非合伙人和参与者很难知情，挖地下黑线要想突破，除非拿出点绝招才行。由此，他提出了悬赏举报的建议，而且有效举报一条生产线的赏金是令人咋舌的三十万。老叶的建议引起了争议，老叶解释说，舍不得孩子打不了狼，那些参与地下生产的人想的是钱，如果奖金的热度不能点燃他的血，他是不会提着脑袋玩赌的；再则，三十万同一千万两千万相比，同挖掉一条黄源毒源所产生的社会效益相比，你说值不值？他的建议得到了市委书记高杞仁的首肯，三百万重奖专项基金很快到位。这一招果然奏效，在媒体公布此办法的第二天，举报电话就响了，并由此在番禺市挖出第一条地下生产线。挖黑线斗争由此打开了局面，在广东掀起了一个高潮。全国扫黄办及时总结经验，以法规的方式在全国推广了这个办法。几年来挖出的上百条黑线，可以说都得益于这个办法。但事情也并非那么简单，举报人知道，如果老板知道他告密，他的小命就难保，看似得来全不费功夫的三十万是用身家性命做赌押的，所以他们在举报时总是百般小心，总要和你玩一把地下党接头一样的游戏。其实出于工作需要，杨锦燕们对线人像对大熊猫一样，采取的是一级保护措施，所以他接到任务后就切断了所有不必要的联系。他这次同线人周旋的经过，同市文化稽查队队长胡炳广接到第一个举报电话后遇到的情形如出一辙。

线人终于回话了。线人只问一件事，就是举报一条生产线奖金是否真是三十万，而举报的数量与奖金数量是否成正比，能否兑现，在得到答复后就把电话挂断了。过了两天又来电话，这次杨锦燕同线人约定在某酒店的咖啡厅碰头。晚上9点，杨锦燕和司机走进酒店，但入座的并不是约好的台席，动黑线老板的命根子，他也须留个心眼。曾发生过这样的事，同线人约定了地点，但没等来线人，而是等来了恐吓电话，说，我们已经知道你是谁了，我们也会知道你老婆小孩是谁，你当心点，你要不给面子，也别怪我手下无情。这也并非全是玩虚的，广东、福建、安徽、甘肃等地都曾发生过暴力抗法和打击报复的血案。曾有人放话要用五百万买杨锦燕的人头，杨不屑一顾，说，我一不犯组织纪律，二不贪财，三不搞女人，死了不臭！但危及家人，匿名电话没头没脑地说，你的女儿很乖呀，有二十岁了吧？这就刺痛了杨锦燕。威胁是无孔不入的。有一次胡炳广同妻子、儿子到北京路逛商店，冷不防从摆档后面蹿出一个人来，狠声恶气地说，好哇，今天我认住了你的独生儿子，要是把我惹急了，我就要买你个仔！陈家鲲兄弟住在父亲家，其弟曾发现有可疑的人在周围转悠。有的家里的窗户被砸，有的汽车被拖走，留下个条子说，对不起，你的车子被拖到某处。危险是时时存在的。他们所有的同事几乎都编着理由不和家人上街，就是上街，也是一

120

前一后，拉着很大的距离，像一对尴尬人，闹得家属们个个都感到委屈，憋了一肚子的意见。杨锦燕的女儿抱怨父亲说，到底他是坏人还是你是坏人，到底谁怕谁呀！这就是他们在某些情况下也不能不像个地下工作者，破了大案回避媒体尤其是电视记者采访的原因。在咖啡厅，杨锦燕点燃一支烟，暗中观察着四周的动静。过了一会儿，杨锦燕的手机响了，一个人径直朝他走来。这是他们约定的接头方式。

杨锦燕为来人要了杯咖啡。来人一坐下，提出的第一个问题是，你能不能动他？很明白，要是举报后动不了他，举报人就惨了，非但拿不到三十万奖金，还将落入恐怖陷阱。杨锦燕说，你可以相信我，也可以不相信我，不相信我你可以什么也不说。还说，社会上确实有腐败现象，但你不能就因此不相信政府，不相信执法部门。来来回回费了两个多小时口舌，就是为了打消线人的顾虑。杨锦燕最后让对方先回去，考虑考虑再说。线人边考虑边增强信心，后来又主动约谈了三次，事情渐渐呈现出轮廓。这个线人并不直接接触地下生产线，不知道厂址，他掌握的是生产光盘的原料仓库、原料每天进出情况。他还提供了一些有关人名、电话、车型与车号。杨锦燕把情况向省扫黄办主任陈家鲲做了汇报。据线人提供的情报，每日往生产地运原料五吨左右，根据他们的经验，一吨料可生产五万张光盘，由此可判断每天运料量起码可供五条生产线使用。他们又对线人提供情况时的种种细节进行分析，认为可信度很大。

省扫黄办迅速将这一重大情报通报了省公安厅。戴志平奉命到扫黄办，与陈家鲲、杨锦燕对情报做进一步研究。此后，戴志平与杨锦燕又几番约见线人，询问和核实了一些重要环节和细节。他们断定，如果这个案子成立，他们面对的将是一个罕见的特大盗版集团。全国扫黄办主任桂晓风多次指出，要多消灭敌人的有生力量，使敌我力量对比来一个根本性的转变。

二

戴志平把详情向处里做了汇报，之后向厅里提交了《关于拟对一宗特大非法光盘犯罪集团案进行侦查的报告》。

省公安厅副厅长罗娟看了报告，第一反应就是觉得案情重大。四十二岁的罗娟思想敏锐，作风泼辣，办事果断。她把戴志平找来，又详细了解了情况，当即拍板立案，定名"6·20"专案，要求抽调精悍力量成立专案组，专设办公地点和经费，并要求相关部门全力支持。她定下的指导思想是，要把此案作为刑事大案办理，既要打掉黑线，又要打掉老板，斩草除根，一网打尽！

专案组由罗娟亲任组长，处长杨忠发和副处长张广任副组长，下面成员由省公安厅和扫黄办各派四人组成。两边抽调的都是精兵强将，他们富于经验和智慧、勇敢和勤奋，都有强烈的责任感和求战欲望。杨锦燕和戴志平都作为骨干名列其中。

按照任务划分，"扫黄"有两块，一块是扫荡卖淫嫖娼丑恶行为的"扫黄"，另一块是扫除淫秽色情出版物的"扫黄"，前者由公安部门负责，后者加上打击非法出版活动的"打非"，则由各级扫黄打非机构主管。用扫黄办的通俗说法就是："公安管干的，我们管看的。"

而事实上，"管干的"和"管看的"是相对而言，每破大要案，公安都是一线主要力量。陈家鲲说，广东扫黄打非近几年取得这么大的成绩，挖出那么多地下生产线，公安部门当是首功。广州市扫黄办的老叶也说，搞打击行动时还得要靠司法部门，要蹲窝点、爬墙头、钻窗子，单靠你那几个人能干得了吗？的确，制黄贩黄、侵权盗版等非法出版活动是综合性犯罪活动，需要运用法律、行政、经济、舆论等手段，依靠公安、文化、海关、广电、工商、出版等部门去齐抓共管，扫黄办的职能就是从中发挥"组织策划，督促检查，协调服务"的作用，把各方力量拧到一起，因此，"扫黄人"既指扫黄办，又泛指上述各口的参与办案人员。扫黄打非的这种机制，应该是现行体制下最切实际的整合，必然有其合理的效能。但凡事都并非那么简单，作为全国"扫黄""打非"工作小组办事机构的全国扫黄办，设在新闻出版署门下，对相关部门没有行政权威，让它来协调十几个部委，实在有"小马拉大车"之窘；同时由于各相关部门都有各自的工作重心和繁难事物，工作程序和技术上也存在差异，所以协调起来并不总是那么顺当，难免会出现拖延、耽搁、相互推诿和扯皮的情况。正因为如此，各方力量有时难以像预想的那样形成有力、强大的拳头。就拿公安来讲，具体介入扫黄打非的是治安这一块，不说别的，就是属于这一块管的嫖、赌、毒、拐卖妇女儿童、封建迷信、黑社会、制黄贩黄等社会"七害"，也只能摊上制黄贩黄这一项。而且，公安通常是根据涉案经济价值和被侵害程度来判断案情轻重和是否立案的，一般的"黄""非"案经济估值相对较小，侵害程度通常也不像杀人放火那样暴烈，充其量也只是一把温柔的刀子，在你看来是个西瓜大案，到他那儿可能就成了不起眼的芝麻小案，有时查了黑线端了黑窝，当场就把嫌疑人放了。

由于种种原因，一些省市包括扫黄办在内的有关部门就误解了协同的性质，扫黄办去公安搬兵感到是在求爷爷告奶奶，还要请吃饭，心中很是不平，意见大的，干脆就不找公安，自己能干成什么样就干成什么样。

就是在扫黄办内部，往往也是上下不顺、政令难通的。省市一级的扫黄办，一般都是临时机构，有的设在文化部门，有的设在广电部门，有的设在出版部门，等等，多是与所在部门两块牌子、一套人马，所以往往是职能混淆、重心模糊，扫黄打非很可能被挤到不起眼的犄角旮旯。有人说扫黄办是"把腿伸在别人的裤筒里"，等于高位截瘫。我曾在一个会上听到某市扫黄办的负责人说，她那里的领导甚至都不清楚扫黄办究竟是干什么的，像夫妻吵架、老婆举报老公嫖娼之类，一律批转扫黄办处理，成为笑资。也有说扫黄办人员素质不济的，往往是矮子挑大梁。这话要掰开来说，确实有闲人老人尴尬人被硬塞进来寄生混饭的，但这里更是汇聚了金子般的人才，这里有高比例的本科生、硕士生，有的在八十年代三十岁时就在国家机关任处长，有的体院毕业后出国留学拿过国际性摔跤冠军，他们有能力，能承受。

扫黄打非机制这种横竖不畅的状况，已远不能适应扫黄打非斗争的需要。有关部门强烈呼吁及早改革现行机制，重点一是加强职能机构及队伍建设，提升权威性，理顺上下左右关系；二是合理调整职能，赋予扫黄办相应的执法权力。这种呼声已引起中央的高度重视。中央宣传思想工作领导小组副组长王茂林，也是全国"扫黄""打非"工作组组长，他与多位省长谈起机制问题，他的方式挺幽默，他说看来扫黄办临时挂在一个单位不行，干脆撤了算了，找一个部门去干。但没有一个省长同意，都说扫黄办的工作既专又繁，哪个部门都担不起。王茂林说，既然这样，为什么不把扫黄办弄成常设机构呢？他的意见得到了省长们的认同。至于赋予扫黄办相应的执法权，已经有了样本，上海扫黄办先走了一步，上海扫黄办主任邵敏华同时又是稽查总队长，他的队伍被上海市政府授予了执法权。邵敏华不无得意地说，扫黄打非，一"扫"一"打"都是动词，你没一点动的权力怎么行！据信，有关扫黄打非机制改革的一些重大举措正在紧锣密鼓的酝酿中，有的已接近成熟，即将出炉。同目前我国各项事业一样，扫黄打非也在探索和困难中坚定地前进。

由于特殊的地理、经济环境，广东早已占据了国内音像经销的霸主地位，销售网络由此强力辐射到全国各地，据知情人透露，广东最大的二十名批销商的销售额占全国的百分之六十至百分之八十，无论本地产还是外地产，也无论正版还是盗版，都要拿到这里来寻找销路。广东因此也是打击光盘盗版斗争最激烈的主战场。广东省委省政府对此极为重视，省扫黄办与公安部门的配合也十分默契，不像一些地方有那么多扯皮的事。省委书记李长春对打黑线的态度非常坚决，要求一是要深挖地下生产线，重点是深挖地下生产线的头头；二是要加强基层工作，铲除地下生产线赖以存在的土壤。罗娟的思路，实际是来自李长春。

7月5日，在省公安厅十四层一间宽大的办公室里，"6·20"专案组开始了紧张的工作。

第一次开会，戴志平和杨锦燕先介绍已经掌握的线索，据此提出行动的方案。他们都非常兴奋，一是为了压在肩头的重担和面对强悍的对手，二是为了能与相知相慕的战友再次合作。在采访他俩

125

时，他们都不情愿谈自己，而一谈起对方，钦服之情就溢于言表。杨锦燕说，我和戴志平多次合作，他身上有一种刚正不阿的正气，认准的理一楔子下去，纹丝不动；他个子不大，但有一股不要命的劲头，有一次抓嫌犯，膀大腰圆的对手比他大一圈，他扑上去一把抱住，穷凶极恶的对手把他抡起来又甩又打，拖出了十几米，他就是死不松手，还没头没脸地下嘴乱咬，案犯硬是被他这股不要命的劲头吓得泄了气。戴志平说，杨锦燕有一种执着的敬业精神，他因讲原则得罪了不少人，在个人待遇等方面吃了不少亏；他在查案中摔过跤，翻过车，腰骨和颈骨都留下病痛，还因劳累过度得过脑血栓，但他就像有一副铁打的胃，什么样的苦难统统都能消化。戴志平特别提到了杨锦燕的鼻子，这只鼻子能透过重重掩饰准确抓住生产光盘的 PC 原料的气味，因而远近闻名，省公安厅的一位副厅长曾幽默地说，他要替杨锦燕的鼻子上五十万元保险。

在会上，副组长张广再次强调要执行人、线俱获的办案方针。此外还强调两点，一是对手反侦查意识强，在侦查过程中要采取宁丢线勿暴露的策略，以免打草惊蛇破坏整体计划；二是对手社交广泛，要实行铁一样的保密制度。

专案办公室与走廊间的玻璃隔板被用报纸严严实实地遮了起来。专案组成员的行动显得忙碌而又神秘，公安厅的人包括一些处长都感到奇怪，有人忍不住好奇地打听，得到的回答是"搞黄的"，便就此打住。

也就在专案组成员进入角色的时候，利欲熏心的罪犯还在做大，又由香港把两条从台湾走私来的 DVD 生产线偷渡内地，运到地下工厂，扩大生产规模。

两股隐秘对进的力量，一个要火中取栗——盗版，一个要釜底抽薪——挖线，不可避免地要展开一场斗智斗狠的搏杀。

三

当盗版光盘像潮水一样涌向市场，已成灾象之时，处于风口浪尖上的广州市扫黄办提出了"关水龙头"的思路，也就是挖盗版生产线的思路。他们做了一个统计，1995 年至 1996 年，全国共收缴非法光盘七百余万张，在此期间广东收缴总数是二百余万张，还不及一条生产线年产量的一半。"你想，他在那里开足马力玩命地生产，而你在这里一个摊位一个摊位地收缴，甚至是在抱着孩子的农村妇女的裤腰带上一盘一盘地收缴，这不等于在被他耍弄吗？"老叶进而比喻说，"这就像在哗哗开着的水龙头下拖地板，永远也拖不干净。"

从 1996 年起，在全国扫黄办的全力推动下，以广东为中心，掀起了全国性打击盗版生产线的风暴，打掉了一批合法企业生产盗版光盘生产线，又从地上追到地下穷追猛打，破获了地下生产线的捷报"像雪片一样飞来"。非法之徒被打得心惊胆战，望而怯之，望而避之，逃之，被迫把光盘盗版生产基地由境内转移到了境外。

然而，境内经济田野上五谷丰登的气象太诱人了，方兴未艾的VCD 市场太诱人了，那些靠盗版一夜暴富的神话太诱人了。1993 年底，安徽万燕公司研制出世界上第一台家用 VCD 机，而韩国三星公司却抢先形成了规模市场，中国 VCD 机制造商迅猛跟进，在中国掀起了 VCD 机消费热。人们大概都记得 1997 年前后 VCD 机广告在中央电视台实施集群轰炸的情形，单是 1997 年就有一千万台 VCD 机进入百姓家。由于 VCD 机的普及是爆炸式的，又由于正版光盘生产在投资、版权、片源及产品价格等方面存在的问题，光盘供应势必难以与机子的普及匹配，势必会造成有马无鞍的局面。然而，中国市场上从来就没紧缺过光盘，不法之徒先走私，而后非法生产，使盗版光盘从一开始就"繁荣"着市场，甚至刺激了 VCD 机的消费。生产盗版光盘，成本每张一元，有的只几角钱，出厂价两元左右（前几年更高），就是说每张净赚一倍以上，这样算下来，一条生产线只要生产一年，就可获利上千万元。这简直是只有梦中才有的暴富机会，而"梦想成真"的也大有人在。广州有俩兄弟，号称盗版专业户，是穿着拖鞋来混世的，靠做盗版光盘生意，不出两年，就从穷光蛋摇身变成了拥有四栋别墅、两辆奔驰、两亿多资产的"新贵"。这种暴发效应，又使多少财迷心窍的人两眼发绿，垂涎三尺？古希腊哲人朗加纳斯说，对金钱和享乐的贪求，促使人们成为它们的奴隶。马克思曾深刻描述过金钱奴隶的贪婪和疯狂，说他有百分之二十的利润就活跃起来，有百分之五十的利润就铤而走险，为了百分之百的利润就敢践踏一切人间法律，而有了百分之三百的利润，就敢犯任何罪行，甚至冒绞首的危险。人之本性中这种固有的残缺，加上盗版暴发户的"榜样"，使得不法之徒掺着犯罪心理的发财梦极度发酵，哪怕是在雨点般的刀棍之下，也要玩命赌一把，一拨一拨的饕餮狂徒被打下去，一拨一拨的饕餮狂徒踏着他们的尸体照样往前冲。

周健文和他的同伙就是这样一群狂徒。此人原籍汕头，1981 年去了香港，1995 年之前与舅舅王继承、妹妹的情夫苏楚武合伙开一家叫美之杰的公司，专干制售盗版光盘的营生。1995 年后，香港政

128

府加大打击盗版的力度，美之杰的一间工厂被海关扫荡，美之杰至此衰败。之后，他们又成立数码公司和新时代公司，两公司同在位于香港大顺街的一座楼里，前者生产空白光盘，后者转口买卖PC料，为前者供货。从1998年7月开始，周健文依托数码公司非法倒卖生产线，共倒卖了四十多条，这中间的一部分就顶风而上走私到了内地。他与内地不法分子勾结，在清远和湛江设了两个地下工厂，几个月后，考虑到盗版制品主要是在广州销售，也考虑到打一枪换一个地方，又把厂址迁到了广州市郊。

开设地下生产线，有入境、运输、选点、装机、调试、招工、生产、包装、销售及原料和片源供应等诸多环节，这一切又是在严厉打击的高压之下进行的，所以是难上加难。但周健文是什么人？他能从武警某医院的领导手里搞到士兵证；他被抓到后，能在双手被铐的情况下从公安的眼皮底下偷走手铐钥匙藏进鞋子里；他有好几个名字，其一为"董建中"，这个化名加上他的长相和刻意模仿的发型，使人很容易想到他同香港特首董建华有什么胞亲关系。另外，他倒卖生产线还有过被查封的痛苦经历和思考；他还有钱，在腐败的土壤上播下去就能要啥长啥的良种——钱。智慧、胆量、经验、金钱、贪婪和邪恶的激情，他都有了，所以，尽管很难，但他却干得干净利索。

周健文的作案手段异常狡猾、诡诈，具有很强的反侦性。他选取的两处厂址，都是城乡接合部的废弃厂区，地盘大旧房多，外观不起眼，疏于管理，且相邻养鸡场、屠宰厂和石灰厂，借以掩饰PC料加热时散发出的带有刺激性的异味；车间设在夹墙式的密室里，内墙装有隔音海绵，进出口全封闭，内设中央空调，用柴油机自行发电，过去容易暴露的外部特征，如二百千瓦以上的变压器、空调器冷却塔，在外部都看不到痕迹；车间和厂区内外都安装了监视器探头，还构筑了从密室通往野外的地道，一有点什么动静就能立即发现，逃走。运输采取的是分段接力式，一个司机开一段，相互之间不知底细。团伙成员相互间单线联络，对工人封闭式管理，吃喝拉撒睡包括洗衣理发都在那一块囚室般的小天地里，市话也被切断。

团伙所用骨干，与周健文几个老板都沾亲带故。这是因为他们顾念亲情让大家跟着一块儿沾光发财吗？在团伙中的另一个头目周胜裕被抓受审时，侦查员询问道："你明知道盗版违法，为什么还把你的两个侄子招来？"周胜裕按照自己的思路回答："我知道是违法的，怕泄露出去被公安抓，所以才尽量用自己的人。"这恰恰证明了他们本性的自私和阴险。

正是由于罪犯设置了重重障碍，使得侦破工作从一开始就异常艰难。

四

早晨五点，天色还不汤不水黏糊糊的。在南海市的一个水果市场，杨锦燕和戴志平坐在一辆切诺基里，两眼盯着进出这里的每一辆车。线人提供了运料车的车牌号和地下工厂的大致方位。他们要通过跟踪运料车找到地下工厂。两间工厂的大致方位，一个在广州市白云区，一个在南海市。

七点多钟，目标还没出现。石井那边通报运料车早已发出，石井距南海仅二十公里左右，按理早该到了。各种可能都是存在的。

是不是没留神让它在眼前猫过去了呢？要是线人在就好了，他认得车的特征，一眼就能辨出，但线人找理由推脱了，他们也没勉强，他们知道线人真正的理由是怕，有一次到番禺挖线让线人带路，线人在车上尿了一裤裆。不要说是跟踪挖线，就是领奖金也抖抖瑟瑟的，有一次一个线人千里迢迢跑到北京，领完奖金后堂堂国家出版总署的大门不敢出，硬是从早已封闭不用的后门爬了出去，让人啼笑皆非。杨锦燕和戴志平一边就着矿泉水嚼方便面，一边谈论，认为还是车子故意在路上绕道、耽搁、打时间差的可能性大。

当目标进入视野，戴志平抬腕看看表时，已是中午11点了。目标是一辆五吨大货，在停车场停下后，大约有一根烟的工夫，司机才下车，径直走进了水果市场。又过了一根烟的工夫，一个人从水果市场的另一端走过来，打开车门上了车，此人已不是先前那个司机，用的车钥匙显然也不是同一把。切诺基跟着五吨大货开出了水果市场，还没出一公里，五吨大货就停下来，司机拿着个扳手下了车。切诺基超了过去，拐过一个弯，戴志平下车换了一辆早已停放在那儿的摩托车，绕回到大货后面继续跟踪。大货这次开出去老远，到红绿灯路口转圈又开了回来。戴志平知道，再跟下去就会暴露，这次跟踪只能到此为止。但他们仍在蹲守，直到货车返回。他们根据返回车辆轮胎的吃重情况，断定返回的是空车。

杨锦燕说，在破案的整个过程中，最辛苦、最乏味的就是跟踪踩点。此后的十几天，专案组八人就这样艰难地与对手玩着考验耐心和意志的斗智游戏。他们把专案组的三辆车和临时借用的车子在两个方向上交换使用，分段跟踪，一点一点地往前推进，缩小着范围。为了不让对手起疑，有时干脆不用车子，在敏感地段蹲草窝、爬大树、上房顶，不顾风吹日晒雨淋虫咬，不挪窝地一守就是几小时、十几小时。对有重大嫌疑的地点，就装扮成不同身份的人主动出击，杨锦燕同扫黄办的一位女同志韩丽娟曾装成情人，戴志平曾装成民工，省公安厅的另一位科长陈磊穿件满身是兜的马甲装成偷猎者，冒着危险贴近侦察。这其中吃的苦，不身临其境是体会不到的，如爬到树上蹲守，不大工夫就会招来一团一团的小咬，这种芝麻粒大小的昆虫看起来不起眼，被咬后皮肤上立即会起成片的肿块，奇痒无比，用手一抓就淌黄水，我过去在南方部队时曾领教过它的厉害。吃饭也没准点，常是一顿当几顿吃，都说自己有一个神仙的肚子，不在乎。就这么十几天下来，专案组成员无一例外地黑了、瘦了，杨锦燕更是从一百六十五斤直落到一百四十九斤，足足掉了十六斤肉！

实际上，这样的苦战在扫黄打非战线是司空见惯的。我曾多次被采访中听到的情境所打动，我发感慨说，要是国家机关和各行各业都有你们这样的一种精神，那工作效率和在老百姓心目中的形象就远不会像现在这样。如果要以人和事为例，你也许会说哪儿找不出几例呀，那就不说远的，就说全国扫黄办的两位副主任，他们的敬业精神就深令我钦佩。其一叫张慧光，一位不到四十岁的女同志，接受采访时，谈起工作来神采飞扬透出一种执着的激情，但我总感到她眼睑虚垂，步履滞重，显出因体力和精力透支才有的疲惫，一问果不其然，她为协调一个案子几乎又是一夜未睡。见我感叹，她说，这算什么，这在我们是家常便饭，还有更惨的呢，1996年底筹备中央召开的重点省区领导约谈会，几天几夜连轴转，加在一起也就冲了几个小时的盹儿，开完会一照镜子，我的妈呀，差不多变成个老太婆了！心里发酸，但嘴上还挺乐观，我半真半假地对桂主任说，扫黄扫黄，我是红脸扫黄，黄脸扫绿，你得赔我青春。我看过她的记事本，有一个下午竟干了二十二件事，足见其工作的繁重。就是这样，她还苦心研写了一本很有深度的论著，我从中了解到扫黄打非的方方面面。另一位副主任叫刘建国，一干起工作来就兴奋成个拼命三郎，他烟瘾很大，但忙起来竟能一个上午忘了吸烟。他是个急性子，听见下面有了疑难大案，连家都不回，直接从办公室上机场、车站，直奔战斗第一线指导督办。1999 年办"法轮功"非法出版大案时，更是白天黑夜混沌不分，胃病发作痛得痉挛也顾不上去看，硬是干得脸色发灰，像杨锦燕一样猛地累瘦了十六斤。我说，你真是好脾气，我每次来都看到你在忙着一大堆事，但你脸上总是挂着笑。他说，你是不了解我，我不怕忙，就怕乱，手乱心就乱，就骂娘。他还告诉我，有一次加了一个通宵的班，当他推着自行车往家走时天已放亮了，天正降着大雪，看着自己在白色的雪地上留下的第一道车辙，心头不禁泛起一种复杂的酸楚。那次给我的印象特别深，他说，有时想干我们这一行成年到头忙得跟孙子似的干得什么劲呀，但你不干谁干，总得有人干吧？如果非得问这么干凭的是什么，这么说吧，党性、良心，缺一不可。

扫黄打非的工作确实很特殊，由于人少面宽事杂，突击性任务多，加上有关法规尚在建立和完善过程中，所以不仅繁重，往往还紧迫、棘手。长期奋战在这条战线上，如果没有一种精神做支撑，没有对工作的意义的透彻认识是不行的。这种精神的内核，就是党性，就是天地良心。这项工作的意义是什么呢？人们大概还记得1995 年12 月18 日在《人民日报》和《光明日报》同时刊出的《一位母亲的呼吁》吧，这篇血泪文章原是一封痛诉不法厂家生产黄色淫秽 VCD 侵蚀毒害青少年的举报信。在苏州市委书记杨晓堂的严令督办下，案件迅速告破，涉案人员被收审。全国扫黄办主任桂晓风看到协助办案人员带回北京的这封举报信，"心情久久不能平静，由此进一步想到共产党人和政府部门的责任，想到开展冬季扫黄打非集中行动乃至长期不懈地进行扫黄打非的重要性"，也敏锐地感到了这封信巨大的情感力量和宣传作用。经他的运筹和协调，这封信以"近年来少有的大力度"在两报刊出。

这位母亲在给苏州市委书记杨晓堂的信中写道：

我是一位普通的中年妇女，原本有一个幸福的家庭。可近来，我每每以泪洗面，夜不能寐。思前想后，使我下决心给您写这封信，因为我相信我们的党、我们的国家、我们的政府。

我和丈夫都在企业中工作，生活条件比较差，但我们认为这没什么，我们有我们的骄傲——我们的儿子。儿子很聪明，读书成绩一直不错，我和丈夫把所有希望、所有的一切都倾注在他身上。我们希望他能争气，能成材。可是最近发生的一件事，却彻底打碎了我们的梦想。

事情还要从年初说起，儿子从去年开始自学电脑，而且学得不错。丈夫和我商量了半年，终于咬咬牙花了八千多元钱给他买了一台电脑。我的家庭经济并不富裕，不怕您笑话，家里的电视机还是黑白的，可是我们认为值得，谁想到，事就出在这电脑上。

近两个月来，我发现儿子一直神神秘秘，经常把自己锁在自己房间里，当时也没觉得怎样。可后来发现他近来几次考试成绩直线下降，好几门功课竟只有六十几分。问他原因，他一直说粗心，未答好试题。有一天，班主任打电话给我，说我儿子几个月来上课一直不认真，神情恍惚，最近几个下午竟没来上课。我接了电话，气得不行，马上请了假冲回家，打开儿子的房门，发现儿子正和他的两个同学在看电脑放的电影（后来才知道叫 VCD）。可待我仔细一看，天啊！那是什么镜头啊。我当时气得手脚冰凉，呆呆站了十几分钟不知该怎么办。

晚上，我丈夫回来了，他一生第三次，也是最狠的一次打了儿子。他问儿子这些黄色 VCD 是哪来的，儿子说是托人从苏州宝碟激光电子有限公司买的，很便宜，而且就是这家公司生产的……

杨书记，我想问一下，在我们国家里，中外合资企业难道可以为所欲为生产这种黄色的东西吗?! 这难道不是违反国法吗?!

当然，出了这件事，我们做父母的有不可推卸的责任，但我想，我们共产党领导的社会主义中国也绝不允许有这样的企业。我的儿子只有十六岁呀！如果没有好的社会环境，他该怎样走完他的人生啊！

这位母亲痛彻肺腑的担忧击穿了一个残酷的事实：黄色淫秽光盘犹如剧烈的鸦片和杀人不见血的软刀子，它温柔而又极其残暴地荼毒着我们民族的灵魂，侵害着我们的下一代，它有钢刀的锋利，而更多了一层阻险！英国作家奥尔德斯·赫胥黎说过，"人是受他的器官奴役的智慧生物"。堕落往往是从感官开始的。1997年第5期《中国青年》曾披露了这样一起特大少年轮奸团伙案：川东某化工子弟学校的四名十三四岁的初中生躲在职工宿舍看了黄色录像后，其中三人禁不住强烈刺激，轮奸了本班一名十三岁的女生。过了几天，那名没参与的男孩也禁不住诱惑，四人再次轮奸了那名女生。再后来，竟发展到把受害少女当作礼物招待小哥们儿。不出四个月，轮奸团伙发展到十余人，并且又把另一位十三岁的少女推下了深渊。案发后查明，这个团伙涉案十二人，其中十三岁的四人，十四岁的六人，十七岁和十八岁的各一人。成都近期发生过这样一件事，一个十八岁的高中生看黄碟，因受到母亲的严厉指责，竟灭绝人性地用围裙勒死母亲，又用菜刀砍伤了父亲。也是在最近，北京的一对男女中学生从看了淫秽光盘的那天发生了性关系，女生怀孕生下一女婴，结果，女婴被十七岁的母亲从窗口扔到楼下，结束了几乎是还没开始的生命。然而，像他们这样人性被扭曲，走上犯罪道路的青少年并非是个别现象，我从一份调查材料中看到，浙江省少管所关押的少年犯，几乎百分之百是受黄色书刊、音像的影响诱发犯罪；山西榆次市少管所的数百名少年犯，其中性犯罪者百分之百为黄毒所害！精神毒品的渗透性和破坏力是剧烈的，不要说青少年难以免疫，就是成年人也多有被击垮者，有一个四十多岁的农民，被淫秽音像刺激得浑身蹿火，竟不顾一切地强奸了一位七十多岁的老妇，就是很说明问题的案例。剧毒的音像制品不光把动物哲学，它还把颓废、冷漠、自私、悲观厌世的人生观和价值观，把血腥暴力、荒诞离奇的社会阴暗面等精神文化垃圾一股脑儿地兜头泼向善良的人们，在人们的精神领域腐沤霉烂，汪集黑水，散发恶臭，滋生熊熊欲火和幽暗的情绪。而承载着剧毒的音像制品，几乎全都是非法生产的。而非法生产行为本身就是个蒙面大盗，抢合法的厂子，抢知识产权拥有者，抢消费者，把被抢的人变成抢人的人，加剧社会腐败现象。非法出版从头到脚浑身是毒，是戴着笑面的穷凶极恶的杀手和强盗。

《一个母亲的呼吁》像强台风，造成大地的呼啸，声讨黄毒和非法出版物的声音充斥各种媒体，形成了浩大声势。在次年初的全国宣传部长会议上，江泽民同志专门提到这封信，他说，"报上登了苏州市一位母亲的信，反映了广大群众的心声。对那些毒害群众、毒化社会空气的精神垃圾，要坚决取缔，绝不能手软，要坚持扫黄打非，加强对文化市场的管理，促进文化市场繁荣健康发展"。这从一个侧面反映了党和政府对扫黄打非的重视。实际上，早在改革开放之初，打击黄毒就已成为精神文明建设的重要内容。邓小平同志曾将黄色淫秽的东西比作瘟疫，多次提出要坚决查禁，否则将导致社会风气败坏、精神堕落。随着形势发展，扫黄打非斗争日趋尖锐和复杂，人们已经意识到要从改革开放大局，从中华民族前途命运的高度来认识扫黄打非的重要性和紧迫性。这是一个功在当代、福及子孙的大事业。中央领导特地把全国扫黄办全体请到中南海看电影，广东省市领导春节期间专门看望稽查队，不能不说是特殊的关照。

一种职业的重量，本身就含有激发机制。陈家鲲说，扫黄战线人手少，人员缺口是存在的，但又往往不存在，扫黄人一个顶俩地拼，在某种程度上填补了这个缺口。

专案组艰难地向目标推进，导火索在缩短。在八名成员中，要数戴志平的担子最重，他不但要参与跟踪守候，还要琢磨行动计划，与上下左右各方协调，他不断地奔波于广州、佛山、南海等城市之间，与那里的公安机构保持二十四小时联系，最要紧的时候，一个晚上要跑几百公里。八人二十四小时轮番上阵，家成了他们临时打盹儿的堑壕。杨锦燕妻子见丈夫消瘦得厉害，怕他再犯脑血栓，哭了，硬说看见狗的时候比看见你的时候多，软说你不求当官，不多拿钱，拼得哪一份呀？杨锦燕收下大票，找回零头，说，你想让我当官啊，我现在死累，当了官还不累死呀？老母也被动员上阵，说，你不愁吃，不愁穿的，图个什么呀？杨锦燕知道老母的意思，他家是华侨，海内外都有财源，吃苦只能是自找的。杨锦燕知道老母吃斋信佛，崇尚行善祛恶，小使技巧就把老母变成了支持派。杨锦燕拿出盗版光盘的淫秽封面让老母看，说，你不是有个孙女吗，有很多孩子就是坏在不健康的光盘上，我查的就是这个。老母说，儿啊，你干吧，干这积德的事对得起天地良心！

老母说得好。一个人唯其有良心，他才可能具有大胸怀高境界，才可能超越世俗接近神性，因而具有高度的社会责任感和使命感，具有爱、同情、怜悯、仇恨的倾向和能力，并由此生发出战斗的激情。

通过跟踪运料车，后来加上跟踪购买柴油和往外送成品的货车，到 25 日，专案组终于确定了两个地下厂址所在具体位置，一为南海市罗村镇，一为广州市白云区钟落潭镇。还查明了广州市广园西路瑶台商贸大厦窝点、石井镇凰岗的 PC 料仓库、花都成品仓库和涉案人员在东方明珠小区的居住点多个位置。此间，新从台湾经香港、深圳龙岗工业区运抵罗村的两条 DVD 生产线也已侦知。更为重要的是，这个团伙成员的关系网和活动规律已在把握之中，主要嫌犯之一周胜裕也进入了侦查视线。为侦查主嫌，公安运用了特殊手段。犯罪分子自诩"白天是神，夜间是仙"，这恰当地为专案组的战绩做了注脚。

破案时机似已成熟，大伙纷纷要求拔锅毁灶。但戴志平认为尚欠火候，四个主要嫌犯，只有一人在可实施执法范围内。他还有一个理由，就是即使对手察觉了，也无法一下子把生产线转移。他的意见被采纳。

然而，就在 25 日有了行动的动议之时，情况发生了突变。

五

26 日，有情报表明，犯罪团伙头目已发现专案组的行动，指令手下想法儿把监控罗村地下工厂的侦察员干掉！

后据厂房业主吕细妹交代，也就在 26 日晚，罗村地下工厂的工头王庆延（吕只知他的化名张小明）约他去金都山庄，王庆延一坐上他的车，就厉声质问他是不是告发了生产线，说他从监视器里看到厂子四周有许多便衣警察。王庆延威胁道，大老板说了，如果出了事，不是你死就是他死，他现在知道你的儿女在何处。

事实上，近日监控人员并没增加，不同的是端生产线已进入倒计时。恰恰是在这个节骨眼上，犯罪团伙是怎么突然得知他们已被发现的？

一种说法来自嫌犯后来的交代，说是地下厂的守门人吕锡最先发现的。说吕锡有个亲戚在地下厂右前方几百米处新盖一座三层小楼，尚未住人，那天晚上吕锡的亲戚去小楼时，看到楼顶上有许多丢弃的烟头、一次性饭盒，便把此事告诉了吕锡。吕锡又发现有几个人上楼顶用望远镜向地下厂区内瞭望，便告诉了一个嫌犯。

这个说法很自然，然而却有破绽。吕锡是吕细妹的姐夫，由吕细妹派作门卫并直接发给一千五百元月工资，无论从感情上还是从从属关系上，他首先会向吕细妹负责，在还有观察的时间的情况下，他怎么会告诉别的人而吕细妹全不知晓，并受到工头的威胁呢？

第二种说法，是有迹象表明公安内部有人走漏了风声。这种说法同样未被最终证实，但要否定也同样没有根据。事实上，司法部门内部害群之马与地下生产线有染的情况并不鲜见，已破的案子中，像武汉"8·22"案、广东潮阳峡山乡案等案犯都与当地公安内部的败类有勾结，而海南琼山市和广东花都市的地下生产线就设在公安和武警所属单位的院内。广东普宁一条地下生产线的合伙人之一竟是市法院退休副院长，破案时台湾老板听说来人是公安，竟不解地问你们是哪儿的公安。更有甚者，1996年9月19日，番禺市石基镇海滂村一条地下生产线被破，这是有奖举报破获的第一条线，20日深夜二十多名身穿制服的人员冲进存放现场，强行撕开封条，控制住两位保安，用吊车把拆卸开的机器吊到卡车上运走。

但两种说法不管是哪一种，都说明地下生产线这条毒藤在一处落地生根，必定有适于它生存的土壤。要是吕细妹和供销社不把厂地租给犯罪团伙，要是基层组织不睁一只眼闭一只眼当局外人，要是吕锡或公安内部的某些人不通风报信，地下生产线恐怕连一天都生存不下去。所以王茂林在听取案情汇报时严肃地说，地下生产线在广东省高压态势下仍敢到处布点，除了暴利驱动外，少数基层人员包括执法人员充当保护伞，为非法活动提供方便与服务，也是一个重要原因。非法活动必定和腐败联系在一起，打击目标不能光盯着生产线，还要盯住它的背后，打掉它的保护伞和黑后台！

谈到腐败，扫黄人都深有感慨。这在打合法厂家生产盗版光盘时表现得尤为充分，你今天打了，它明天照样生产，你在这儿打了，它换个地方生产，最典型的是有的生产线被查封过三次，它依旧有一个合法的身份。几乎每一条被查的生产线都有人给它说情，有些管理部门实际上就是生产线的股东，与厂家的关系是左手和右手的关系，老子和儿子的关系。陈家鲲说，所以犯罪团伙不是黑色的，也不是红色的，也不是黄的白的，而是各种色素都有的混沌的一团。杨锦燕说，有的案犯被抓后，说他非法得的钱有一半是用来喂狗的！所以他有恃无恐，一个右手少了拇指的烂仔恶狠狠地说，你不要得意，还不定谁死在谁的手里呢！黑的我不怕，杨锦燕激动地说，只要你不是死在他的酒桌上，不是死在歌厅舞厅，不是死在三陪小姐的裙子底下，不贪不拿，你好歹是个烈士，怕就怕红的，你查线砸了人家的钱罐子，他就想着法整你，用软刀子慢慢割你，让你流血还看不出来，让你疼还说不出来。在稽查地下生产线和盗版光盘时，杨锦燕严格依法办事，一查到底，他严词拒收过五万一捆的人民币和半斤一根的金项链，也婉言拒绝过某些地方或部门的宴请和礼品，诱惑与压力软硬不从，"除了殡仪馆，其他的全都得罪了"，为此两头吃狠，黑道要出五百万取他的人头，红道也给上眼罩，某市文化局长说这小子来了，连水也不要给他喝。他任现职十多年至今仍在原地踏步，与此也不无关系。采访中，几乎所有的扫黄人都恨恨地说，扫黄打非最凶恶、最阴险的敌人就是腐败，扫黄打非就是同腐败斗！就在我采访陈家鲲时，他接到一个电话，对方问，你是不是要下岗了？陈说，你问这个干什么？对方说，有人急着让你下，越快越好。陈说，这使我感到欣慰，说明我没有与他们同流合污！我后来知道，五十五岁的陈家鲲被安排退休，惜于这位老扫黄丰富的工作经验和正直的人品，全国扫黄打非办及中央有关领导按有关政策建议再留用一程，但多方努力终因不便说清的原因而告吹。采访之初，全国扫黄办黄晓新处长见面就说，扫黄打非战线概括起来有"三多"：故事多，英雄多，苦水多。后来我才感受到这个"苦水"有着更深刻、更复杂的含义。

腐败，是非法之徒的丛山密林、瞭望塔、奸细甚至盟军，是盗版为什么像九头鸟、百足虫边打边长的主要甚至是最主要的原因！

获悉犯罪团伙察觉自己已暴露，专案组的气氛一下子紧张起来。

在紧急情况下，戴志平和杨锦燕首先想到的是，这次的作战方针是既要打掉黑线，又要打掉老板，如果立即动手，作战计划就要打折扣，因为当时只有一名境内主犯嫌疑人在控制范围内；而如果不立即采取行动，有关涉案人员将会潜逃，对于是否会迁移、破坏生产线设备，销毁有关的书证、物证也无法做出判断。他们还琢磨着另一个问题，即犯罪团伙对我方的内情究竟知道多少？戴志平把紧急情况和他们的想法及时报告厅、处领导，要求召开紧急会议，研究对策。

会议在深夜进行。经分析研究，决定加强对主要犯罪嫌疑人周胜裕的监控，同时继续密切注视罗村地下厂的动静，以进一步摸清犯罪团伙的意图。

已是临战状态。会议结束后，专案组成员谁也没有走。专案组办公室成了战地指挥所，他们每时每刻都在注视着敌情变化。不知不觉中天已大亮。

27日清晨，几乎同时传来两条消息，一是罗村地下生产点的工人乘坐一辆货车撤离；二是另一个主要嫌犯周健文由香港入境，正往汕头方向运动。

时机已到！罗娟副厅长当机立断，定下先抓周胜裕，后动生产线，同时全力抓捕周健文的行动方案。罗娟发出立即行动的命令。

六

27日上午11时，张广副处长向各行动小组及广州、佛山市公安局下达了行动命令，要求各路人马于中午1点30分到达指定地点集结待命。并给汕头巡警支队打电话，要求他们立即出动，在汕头至深圳、揭阳和福建的要口设卡，查堵周健文。

此前，考虑到该案涉案人员多，六个涉案地点相距较远，为确保统一行动迅速有力，张广建议调用广州、佛山两市巡警支队的警力参加战斗。在征得厅、处领导同意后，他即召集两市主管巡警的局长到专案组开会，布置任务，要求调集精干警力和破门、攀登工具，进入待命状态。

接到行动命令后，六路人马三百多警员迅速到达罗村、钟落潭、瑶台、凰岗、花都、东方明珠小区的涉案点附近。箭在弦上，一触即发。

现在的问题是周胜裕具体在何处？刚入境的周健文具体在何处？

几部电话响个不停，张广埋在腾腾烟雾中，紧张地收集、分析着来自各方的信息。

戴志平和杨锦燕所在的中心组到罗村地下厂附近待命。时逢燠暑，他们车上的空调不巧坏了，汗水不住地往外涌，前胸和后背的衣裳全都湿透。三百余警员和十余名扫黄扫非专职人员严阵以待。

下午3点，张广根据有关情报，判断周胜裕极有可能在广园西路瑶台商贸大厦的窝点内，提出马上动手。经罗娟同意后，他对瑶台行动小组下达了搜捕周胜裕的命令。凭着多年的经验，他强调由便衣先上，抓获周后再控制整个大厦。考虑到大厦楼层和房间多，他又紧急通知广州市局增派二十名巡警驰援。

十五分钟后，前线传来了成功抓获周胜裕的捷报。当时周胜裕同一伙涉案人员搓麻赌钱正在瘾头上，还没来得及反应，就被冲进房间的便衣警察擒获。同时抓获绰号叫肥龙、胖仔、马仔、木头、沙煲等涉案人员二十余名，查扣涉案汽车五辆、摩托车两辆及其他物证一批。在保险柜里，还查缴了一百六十张光盘母盘。

接到报告，张广即命令各行动小组出击。

戴志平、杨锦燕率中心组七十余人闻声而动，直扑罗村地下工厂。戴志平让四十人在厂外四周戒备，他和杨锦燕带领三十人以迅猛的动作打开铁栅门，控制住守门人吕锡等三名嫌疑人和三只狂吠猛扑的大狼狗，突入厂区。

对于搜查严密隐蔽的地下生产线，杨锦燕有丰富的经验。1996年底查的一条生产线设在一座有三十个足球场那么大的海藻厂内，厂房四面封闭，只有一扇抽风口设在弥漫着浓烈海腥味的废水处理池上方。杨锦燕硬是凭着对气味敏锐的辨别能力准确找到生产线厂房的位置，又从一堆废铁中找到一扇一米见方的铁门。当杨锦燕用消防钢斧砸开铁门进入厂房，借助打火机微弱的光亮看到里面杂陈着货架、机床和大堆编织袋，而不见生产线，他循着气味仔细搜寻，发现天花板上有一个被盖住的方口，不远处还有一架活动木梯，他搬来梯子爬上二层，终于发现了生产线，此时在三百六十度高温下熔化的 PC 料正像油烛一样往下滴。当时厂房内的电源全被切断，在黑暗中随时有遭到暗算和袭击的危险，这就不仅需要经验，还要有胆量。勇敢无畏，也是闪耀在杨锦燕身上的光芒。1996 年查一个窝点，不法分子把大量盗版光盘藏在一位过世老人的灵堂里，老人的孙子手拿铁锹横在门口，说谁敢冲奶奶的灵堂就同谁拼命，而且这座村子建得像一座围城，住着同姓同宗的大家族，一有动静能一呼百应。为避免发生不必要的冲突，杨锦燕独闯围城，毫无惧色地巧与周旋，最后从灵堂的布幛下起获了盗版光盘和全部账本。陈家鲲说，那天把我紧张坏了，我每隔两分钟给他打一个电话，生怕出什么意外，过后在头上抹下一把冷汗。

在杨锦燕的指导下，戴志平领着警员们在厂区内展开搜查。该厂原属泰昌实业公司，因公司老板欠吕细妹一百万元无法偿还，便把厂区转让给了吕细妹。吕细妹于今年二月份以两万七千元的月租金承租给周健文，一租三年。厂区很大，有三千平方米，堆放着塑料垃圾、废轮胎、装修下脚料和铁柜钢架的厂房，抽屉打开着、散了一地纸张和工作证的办公室，筐里装着南瓜茄子、蒸笼里残留着馒头的食堂，自来水龙头没拧紧还在哗哗流水的洗澡间，还有苍蝇轰响的厕所，厂区的角角落落都搜遍了，但始终没有发现生产线的踪影。再梳篦一遍，还是如此。

是侦察有误，中了犯罪团伙声东击西的诡计？是犯罪团伙神通广大，不声不响把生产线悄悄转移了？是犯罪团伙图报复，故意搞的恶作剧？杨锦燕想起1996年底那次根据假情报去挖线扑空的经历，几百名警察忙活了一个晚上，结果无功而返。要是那样就糟了，不但白费了那么多的人力物力，白吃了那么多辛苦，而且还会传为笑话，使扫黄打非的严肃性蒙受污辱，使扫黄打非多年建立起来的声望威风扫地！

到底是怎么回事？几十名警察茫然无措，杨锦燕和戴志平更是头上冒汗，心里发虚，有那么一刻，身上什么滋味都没有了，只剩下了凉白开。

与此同时，查抄钟落潭涉案点的人马也陷入了僵局。这路人马由公安厅陈磊科长和省扫黄办副主任李剑先带队，是一色配备79式微型冲锋枪、身着黑色作战服的特警防暴突击队员。由于防暴队装备和行动猛悍，老百姓称之为飞虎队。

这个点对外是一个小鸡孵化场，属供销社所有，也是周健文亲自选定，以每月一万六千元租下的。进了大门，左侧是一排车库和堆放杂物的工房，右侧是孵化小鸡的工棚，工棚前方是停车场，背后是一座四层的楼式厂房。行动小组冲进场内，用清障车携带的电锯打开楼房封闭的铁门，从一层搜到四层，皆是空空荡荡的闲置车间，也没有搬过东西的迹象。而二层和三层车间一侧小屋里的电视、空调还开着，杯子里的茶水还冒着热气，但人已不知去向。另一部分人对楼下车库和孵鸡棚的搜查也毫无所获。这个点同样有三名疑嫌人和三只又扑又咬的大狼狗，行动小组一进去就将其制伏关了起来。陈磊用手机把情况报给了中心组戴志平。

此外，前往东方明珠小区抄查周胜裕住宅的小组也遇到了麻烦。

周胜裕住宅明光楼 702 室用的是辽宁盼盼牌防盗门，不能不夸奖这种门的质量，韩晓春、韩丽娟等人用消防斧和撬杠又砸又撬，愣是弄不开，有人提议还不如把墙砸开来得便利呢，果然，只几锤就把墙壁砸了个大洞。正在这时，一个半老妇女又哭又喊地冲上来撒泼。在楼下，小区的保安叫她快回家，说有人要闯进她家抢劫。

七

张广下达了行动命令，即接到周健文驾车行驶于揭阳至汕尾的高速公路的线索。周健文企图出逃！张广赶紧与汕尾市公安局长和巡警支队领导联系，要求火速在深汕高速公路汕尾路段两处收费站拦截。

周健文是 26 日入境的。他有两辆车，一辆凌志，一辆奔驰，都挂着出入境方便的两地车牌。27 日 11 时，他大概嗅到了危险的气息，中饭没吃就往香港赶，途中在普宁的一个路边店吃了碗汤粉，买了两个带有独立号码的手机卡又匆匆上路。他接到一个电话，没待对方讲完就火急火燎地说："那你们就走开！不要打电话给我，我关机啦。"过了一会儿，他又用同车吴勇铮的手机装上新卡拨打，但没有打通。吴问怎么了，他气急败坏地说出事啦。据周健文后来交代，此次入境是专送女儿到汕头的亲戚家度假的，与旁事无干。是不是这样只有他自己知道，但他在受审时的交代被证实充满了谎言。

周健文说，他不想交代，因为罗村和钟落潭的地下生产线股东是苏楚武，他自己是修理工，只是协助苏楚武制作盗版光盘，苏楚

147

武常派他入境安装机器，修理设备，如更换六角螺丝、气筒、热水管、弹弓、吸嘴、胶卷等，要是交代怕人报复。周健文说他在香港由公司出资倒卖生产线，从没倒往内地过，但有一些公司从他那里买后倒往内地，苏楚武在内地的生产线也是委托专门走私的公司弄到内地的。至于是哪些公司，他说不清楚。

果真是这样，他甚至都不应该被抓起来。一是按我国现行法律，走私罪是按走私物品偷逃税的数额量刑定罪的，不是他的东西自然就没有给他判罪的根据；二是在香港只要有进口手续，倒卖生产线是合法的，他敢交代说明你抓不到他什么把柄；三是搞盗版须以牟利为目的方可治罪，此项他似乎也摊不上。

同案犯罪嫌疑人说周健文的脑子特毒，其意思不会不包括精明、狡猾。但这不能保证他没有冒泡的时候。他的话稍加琢磨就觉荒诞：他把生产线倒给了本公司，让专门走私的公司帮着弄到内地，所以他从没往内地倒过生产线；他把生产线倒给本公司，然后被本公司指派跑过来当修理工，所以他怕被人报复不想交代。真是难得的荒唐。有些聪明人为什么一时或者一生又显得那么愚蠢呢？他说的话、干的事为什么让人感到像荒诞剧呢？那是因为他的欲望驾驭了他的聪明，他用欲望思考，所以他的逻辑像断线的珠子四处乱蹦。

事实是怎样的呢？同案嫌犯吴勇铮交代，香港数码公司股东是周健文、王继承和苏楚武三人，公司主要生产空白电脑光盘，王是总经理管全面，苏管销售，周不管生产上的事，只是在做一些盗版生产线，这些生产线多是没经过报关非法走私进的。吴勇铮的供词没有说到公司与盗版生产线的关系，由于复杂的原因，公安部门至今还没有足够的证据做出认定，但据周健文等嫌犯的供词，从该公

148

司的前身专营盗版、苏楚武等人直接参与生产线走私到内地生产盗版光盘、走私生产线在公司内贮存中转、几个老板都很有钱等可看出，该公司无疑是走私生产线和生产盗版光盘的后台和黑窝，也就是说，周健文的行为是一个集团性的行为。而不管是一号也好，二号、三号也好，周健文都无疑是该团伙的主犯之一。

靠谎言是混不过去的。已经查明的事实是，地下厂的选址、生产线的运输和拆装、原料供给、盗版生产和销售的安排都是周健文一手操办的，几个点的头目周胜裕、张庆延、曹强烈都是他"慧识"和一手任用的，只对他负责，听他使唤，所谓工资也由他开。周胜裕干盗版之前在宁夏打油井，是周健文于 1998 年想法儿把他调来的。

在受审时，周健文尽管谎言连篇，但也不是没有真话。当侦察员问他，你说买生产线是用作公司做光碟，后来这些生产线却在内地搞盗版，怎么解释？周健文答道，香港对盗版打击严厉，不好销，内地没有香港那么严厉管制，销路也好，所以盗版生产线都想法儿转移到内地。

周健文的话中道出的一个严重的事实是，音像盗版是一个跨区域跨国度的国际性问题。

不仅中国和周边国家及地区，也不仅是亚洲，欧洲、美洲世界各处都有盗版。在美国，盗版光盘占其市场的百分之二十五以上，有一些人专门到电影院录制母带，翻录成光盘牟利。迪士尼动画片《狮子王》刚刚上市，一百万盗版就涌进了市场。还有盗版电影拷贝的，纽约警署抓获的最大的盗版工厂竟能在两小时内生产五百零一个拷贝。美国电影协会总裁威廉·贝克说，盗版甚至采用最新技术，在网上用解密技术传播电影录像。他说，盗版使美国经济蒙受了巨大损失。同样，盗版也使中国蒙受了巨大损失。不说其他形式的盗版，只说光盘盗版，不说周边地区和国家针对中国生产并走私进来的盗版光盘，只说国内地下生产线这一块，据专家测算，光是挖出的一百条生产线，日生产能力可达二三百万张，以每年三百个生产日计算，一年可生产六亿至九亿张，如果流向社会，将挤占数十亿元正版音像制品的市场，使国家税收大量流失，其中相当大一部分流到境外，这将严重阻碍音像市场发展，窒息影视艺术和相关技术的创新能力。正版音像制品九十年代初每个品种印量为五千，现在已萎缩到五百盘，就是明证。

损失是可比的，但与美国不同的是，中国内地盗版的相关设备、技术、原料、资金和绝大部分节目源都来自境外，据统计，已查获的一百零四条非法生产线（紧接此案又于 8 月 7 日在福建泉州破获四条），除五条是利用国内设备自行组装的外，其余均为美国、德国、荷兰和瑞典货。这些生产线多以香港为跳板，由中国香港、中国台湾、新加坡、马来西亚等地的不法商人与内地犯罪分子勾结，以进口"注塑机""空白可记录光盘（CD－R）生产线"等名义骗关走私进口的，而且大部分都由原厂家派人偷偷地来安装调试，传授技术。掺杂着色情、淫秽、暴力、阴暗等毒素，承载着西方价值观和生活方式的节目源同样大多来自西方，尤其是美国。苏联克格勃首脑著书说，苏联大量盗版美国的精神文化产品曾得到美国政府的暗地支持。这种技术、霸权和贪婪欲望结成的盗版同盟，使中国不但在经济上，而且在文化上、政治上受到了巨大侵害，并给中国扫黄打非造成了极大困难。

中国是彻头彻尾的最大的盗版受害国！然而，美国却指责中国纵容盗版、侵犯知识产权，在加入世贸和所谓最惠国待遇谈判中卡中国的脖子。但中国打击盗版的决心和态势，使这种攻击最终只能瓦解。美国贸易代表巴舍夫斯基在给李岚清的信中说，"在我们于1995年签订了双边知识产权保护协定之后，中国采取了重要的措施以减少盗版行为"。美国电影协会亚太区主任助理何伟雄说，"世界上没有哪个国家像中国这样发动声势浩大的全国性打击盗版集中行动"。在美国，举报拥有一百台翻录设备的工厂复制盗版产品，电影协会只奖励两千五百美元，原因是"一次喂得过饱，举报人以后就不举报了"，听说中国悬赏三十万，美国电影协会高级副总裁哈斯齐感到吃惊，说美国也可以学习中国的这种做法。鉴于上述的了解，在中美知识产权谈判中，美国电影协会还为中国向国会进行游说。1996年杨锦燕参与查获了一条地下生产线，消息传到北京，正在参加中美知识产权谈判的美国贸易部某官员不得不承认中国保护知识产权取得了巨大成绩。可以说，杨锦燕砸开地下厂铁门的那一斧头，惊动了太平洋彼岸！

盗版犯罪就像附在国家肌体上吸血的毒蚊子，一边吸血，一边排毒，一边把喊打的巴掌吸引到国家身上。周健文一伙就是毒蚊子，仅据他自己交代，短短几个月，就获暴利两千六百万，偷偷带回了香港。

慑于罪与罚的悬顶利剑，周健文敛气锁眉，把车开得飞快，在阳光反射的高速路上逃得恓恓惶惶。

八

罗村和钟落潭都搜了一通，均未发现生产线，气氛很压抑。中心组组长戴志平一并向张广报告，张广要求再仔细搜。怎么个仔细法？佛山市公安局刘局长提议坐下来分析一下。几位负责人聚到一起，杨锦燕说厂内肯定有密室的出入口，用铁棒沿着墙壁和地板敲，在出入口处会发出空洞的声音。他回忆了侦察中发现的种种迹象，认为生产线肯定是存在的，而且是七条左右，只不过是掩藏得更严密而已。

戴志平就让每人找一根铁棒，按杨锦燕说的办法进行第二轮搜查。

厂区里铁棒敲击砖石声和对讲机应答声响成一片。

这么响了二十分钟的样子，一位巡警大呼有情况，分散在车间、办公室、通道里的人呼地聚拢过去。

这是工厂最底层一排厂房西侧的一间，它的后墙看上去像是兼作工厂围墙的底墙。靠墙放着一个高两米多宽五米的白铁皮柜，里面堆满成捆的废布条。戴志平用铁棒敲敲，又在旁的地方敲敲，果然一空一实。他命人挪开铁皮柜，一个门洞敞开了！进入门洞是个乱糟糟的大房间，堆满杂物像是仓库，拐出右边的门是安装着一溜冷却塔的天井，上面还有网式伪装，穿过天井的另一座大房子，就是密室车间。这里共有四条生产线，其中 DVD 生产线两条，VCD 生产线两条，均为德国产。DVD 生产线目前在国际上是最先进的，价值一千七百多万一条，犯罪团伙 7 月 7 日深夜刚偷运过来，投产仅十八天即告破。查获 DVD 生产线，在中国内地尚属首次！在车间里还查获成品光盘六万四千张、PC 料十二吨。

杨锦燕和戴志平前后看了几遭，弄清了密室不易发现的门道。原来，工厂最后一排厂房的后墙并不是兼作厂区围墙的底墙，它与围墙之间有三十米宽的夹层，密室车间就建在夹层内。由于厂区大，厂房后墙又砌在同一条线上，不对围墙和厂区深度分别丈量，凭直观是看不出名堂来的。加上自行发电，隔音，相邻石灰厂浓烈的气味，全封闭的建筑，一切容易暴露的东西都被最大限度地排除或掩饰了起来。你非但不易发现他，他还能及早发现你。搜到的涉案器材里有监视器，又在厂区、大门和厂外天线杆等处搜到了指甲盖大小的探头，只要一有异常，他马上就会发现，采取应对措施，万不得已就弃机走人。密室的饭桌上还残留着盛到碗里只吃了一半的稀饭、打翻的咸菜和切开的西瓜。据现场侦查，涉案工人是 26 日晚饭时仓促逃跑的。有迹象表明他们是得到了来自秘密渠道的消息，这说明他还有提前发现你的更重要的手段！

查到生产线，戴志平把情况迅速报到总指挥部。张广激动地大声喊好。张广并把在此之前一刻钟落潭告捷的喜讯通报给戴志平。几个小时，他一直不停地接来自各处的电话，发指令，嗓子都喊哑了。

在钟落潭，陈磊指挥防暴突击队员从一楼查到四楼无所斩获。是走漏风声转移了吗？但为什么有迹象表明人刚逃走？他又带领大家往回搜查。在二层车间的一个角落有两扇小门，门推不开，但磨得油光锃亮的手柄应该是常用的。陈磊几脚踢开门，原来这是两间相通的洗手间，而洗手间两端有两条通往楼下的密道，狭窄密道里一溜昏暗的长明灯还亮着。陈磊一阵兴奋，命一队往右侧密道搜，他带另一队直下左侧的密道。

陈磊带人沿三四十米的密道下到底，见是一个天井，厕所旁边的墙上有个小洞。他猫腰钻进洞，谜底一下子揭开了。在这糖葫芦串般的几间厂房里，依次发现了发电机、冷却塔和VCD生产线。生产线是三条，还在运转。经过搜索，从里往外也发现一个像罗村那样用铁皮柜挡住的出入口，出去的厂房里码着一大堆满包的鸡饲料袋，再一细查，其中的部分饲料袋里装的是PC料，共六吨多。搜查中还缴获了母盘三百二十五张、刚生产出来的成品光盘六万余张，并缴获一支子弹已上膛的来复枪！搜查过程中，往右侧密道搜寻的突击队员跑回来报告，那是条专供逃跑的密道，出去是长满灌木和野草的撂荒地。现场情况表明，涉案人员在行动开始时还在生产，通过监视器发现情况后连机器都顾不上关，就从右侧的密道仓皇逃走。

查获罗村和钟落潭两处非法生产线后，戴志平和陈磊即组织对嫌犯进行询问，制作询问笔录和罪犯嫌疑人登记表，在杨锦燕和李剑先等人的指导下清点现场赃物、赃证。更重要的，是做好现场保护工作。犯罪团伙都有黑社会背景，过去曾多次企图抢线或炸线，因为防范严密，才无奈作罢。

在此前后，其他几个行动点也纷纷奏捷。

在东方明珠小区周胜裕住处，行动小组最先碰上的是周胜裕情人廖艳芳的母亲，她开始又哭又闹地撒泼，行动小组告知她此处与犯罪团伙有关并出示搜查证后，她老实了，胆怯了。这是一处有一百六十平米的复式公寓，豪华的装修看上去至少花了一百多万。看来周胜裕很有钱，春节没发完的五百一封的红包在衣柜和抽屉里扔得到处都是，在这里还起获了两本香港南洋银行的空白支票。未几，廖艳芳回来，一见阵势就打了个对眼，呆愣在那里。

周健文情人甘媚的住处及一辆小车也被查获。中心组拿下罗村，即分遣部分人员直奔顺德碧桂园山庄甘媚住的别墅。甘媚原在珠海当坐台小姐，与周健文勾搭上后，被周健文置房包作二奶，但她并不知周健文的真名。当办案人员出示周健文的照片时，她暗吃一惊，继而把真不知和假不知掺到一块儿，说不认识周健文。他们四岁的女儿天真无邪，指着照片说，这就是她爸爸董建中！

甘媚还不知道，周健文比这还缺德，她住的别墅是用七十万买的，周健文出五十万，另二十万是她当坐台小姐挣的，但周健文却背着她拿房产证到银行抵押贷款，把钱撒空。

另两个点，凰岗原料仓库和花都成品仓库也一举拿下，缴获 PC 料三十五吨，盗版光盘及物证一批。

抓到周健文是下午四点多钟。周健文开车逃窜至汕尾收费站时，见站前有许多巡警在挨个查车，沮丧地叹道："完啦，他们是冲着我来的！"

等待他的下场，也许就如他戴上手铐时说的："我死定了，我死定了，这回我死定了。"

九

打掉了两处黑厂共七条生产线，抓住了主要嫌犯周健文和周胜裕，"6·20"案一役人赃俱获，可谓完胜。

然而，周健文和周胜裕的罪行如何证实，该当何罪？两厂的工头王庆延和曹强烈现在何处？香港老板苏楚武和王继承是否涉罪？生产线和 PC 料是怎么入境的？不法收入是怎么弄出去的？成品是通过什么样的网络销售的？此团伙还有没有没挖出的非法生产线？此案与以前所破各案有无关系？犯罪团伙是否与腐败分子有勾结？等等，都还在遮蔽之中。另外，通过此案发现什么问题，对扫黄打非工作有哪些启示，都还有待梳理。更艰巨更繁重的任务还在后头。专案组决定以审讯嫌犯为突破口，穷追猛打，深挖扩线。就像副省长黄丽满在表彰会上讲的，这个会与其说是表彰会，不如说是动员会；初胜不是结束，而是开始！

审讯嫌犯是又一场艰苦的较量。两个主要嫌犯都是老奸巨猾的家伙，他们都认为他们的罪行有多大、后半生乃至身家性命的下场如何，玄机就在自己的嘴上，而不在别的。他们攻守同盟，用谎言筑垒，层层防御，节节抵抗，非到被炸翻打烂的地步不会弃守。但他们的本性决定了他们谁也不会真正相信这种同盟，就像他们之间自私暧昧的关系：周健文的妹妹是苏楚武的情人，苏楚武的妹妹是周胜裕的妻子，而周胜裕的情人的老公，是供给他们 PC 料的商人。他们之间的纽带是不忠、投机，相互利用又相互伤害。

周健文左推右挡，把干系一股脑儿地全推到别人身上。就如前面写到的，他说罗村和钟落潭的生产线是苏楚武的，而生产出来的光盘是由周胜裕负责销售的，他自己仅是个无辜修理工。这在他恐怕不会仅是策略，而是出卖他人，保全自己。因为自 1998 年起，粤港澳形成会晤制度，三地联手打击光盘盗版和走私已成共识并付诸行动；再者，香港已回归，罪犯也不可能像过去那样得到殖民统治者的庇护，苏楚武有罪是不能逍遥法外的。至于周胜裕管销售，那是事实。瑶台窝点是个没有执照没有名称的黑公司，周胜裕任"经理"，对外接订货单对内下任务单，购买原料和出售成品，都由他总管。周健文交代出来一石双鸟，一是开脱了自己，二是显得坦白以便更彻底地开脱自己。此外，他也不会相信周裕胜自己就不交代。

周健文能为保自己交代别人，别人也就能为保自己交代他。周胜裕和吴勇铮等都有根有据地说生产线的老板就是周健文，还具体交代了他在整个作案过程中起的作用。周胜裕先是耍滑拒不交代，但办案人员略施小计，夹着周健文的皮包走进审讯室时，周胜裕就动摇了，暗示起作用了，就他们的关系，就他对周健文的了解，他能相信周健文不会这边把他当枪使，那边把他当废铁卖吗？与其这样，倒不如先把周健文坦白了，抢个头功，好争取从宽处理。周胜裕不但交代周健文的罪行，还供出在瑶台商贸大厦里还藏匿着一条母盘生产线！专案组果然起获了这条生产线。这条生产线设在四楼尽头全封闭的密室里，密室的门则是置于五楼的一大立柜的活动底板。破获母盘生产线，在内地也属首次。至此，此役共查获黑线八条。

在审讯中，周健文不只是抵抗性地扯谎、抵赖、狡辩，还以攻为守地进攻。

周健文说，美国和西欧都攻击中国盗版，但这对每个社会在粗放型经济时代都是不可避免的。我们搞地下生产也是不得已的事，原先也想合法生产，但搞许可证没找对人，要打通关节需花上千万的钱，机器已买来了，只得搞地下生产。我盗版的光盘只三块至五块一张，正版光盘要几十块一张，我是在给老百姓做好事。

应该说，周健文的反击是有力的。试想，如果这些话不是犯罪嫌疑人说出来的，我们会怎么看？会不会认同这种说法？

问题是不能回避的：在审批项目中受贿索贿权钱交易是存在的。合法光盘生产厂家搞盗版是存在的。盗版光盘混于其中的假货漫天飞的气候是存在的。VCD机大量上市靠盗版光盘暗中支撑的事实是存在的。VCD广告"超强纠错"的暗示是存在的。地方保护主义加腐败是存在的。正版光盘品种少价格贵的情况是存在的。下岗工人靠买卖盗版光盘挣钱养家糊口的现象是存在的。靠盗版暴富的老板捐款"办善事"的"善举"是存在的。尤其是，家中有VCD机又购买过光盘的，有多少人没买过盗版光盘？《人民日报》跟踪报道扫黄打非十年之久的记者曲志红在一次会上说："几乎每一个光盘消费者都是盗版分子的赞助者。我很惭愧地说，连我都是这种赞助者，我周围有很多同事朋友也是如此。虽然我们支持（打击盗版），也懂得其中的利害，但还是抵御不了便宜省钱而又内容丰富的盗版产品。如果说什么是扫黄打非的真正的障碍，我说这种国民心理就是。这是扫黄打非的最大的敌人，因为没有什么人或什么事是可以和社会意识、群众心理相抗衡的。"

　　植根于社会经济文化和历史背景的国民性，使得人们难以把盗版同犯罪联系起来，而盗版无害论则很容易被人们接受，包括法官和检察官，海口和河北某县就发生过检察官当众宣称搞盗版不算什么罪、为不法分子开释的事。与此相关的是，我们的法律对待盗版也显得太迷糊太温柔，缺乏刚性和可操作性。比如侵权罪，无论数量多大危害多广，最多只判七年，显然缺乏威慑力；又如走私罪是可以判死刑的，但走私是以偷逃所得税数额论罪的，而走私光盘既无标价又无税额，所以无法论罪，有的整船走私光盘被查缉，却无法追究非法分子的刑事责任。法律上诸多的软肋和死角往往被不法分子所利用。珠海金镭联公司曾为国内二十五家音像公司加工制造盗版母盘五百七十六张，非法收入六百一十万元，并制造过有色情、淫秽内容的母盘，前文说及的苏州宝碟公司生产淫秽光盘的母版就来自此公司。令人吃惊的是，该公司被查获并被起诉后，珠海市中级人民法院竟宣判被告人无罪！理由是在著作权法有关条文中"复制发行"中间没有顿号，因此"复制"和"发行"是密不可分的整体行为，金镭联只制作母盘，没有独立完成复制全过程，因此不符合判罪条件。更可悲的是，当判决引起激烈争议时，北京一些相关机构和高等学府的专家在金镭联的策动下搞了一个论证会，正过来反过去地论证了一通后，竟然得出了有利于金镭联的结论。我们有理由怀疑执法者和专家在此案中对法律的真诚，因为得出这样的结果不仅有悖道德，也有悖法理；还因为有迹象表明金镭联和其控股单位宁夏科委在幕后进行了大量活动。不可思议的是，与宁夏科委合资的美国镭联公司也通过驻华使馆向我方施压，要求尽快让当时被查封的珠海金镭联恢复生产，"以确保双方在其他项目上继续进行合作"。美国企业不是一贯指责中国政府对侵权熟视无睹吗？是不是对它的行为都应反过来考虑一番呢？金镭联一案击中的不仅是法律的软肋，还击中了法律的灵魂！这未必全是坏事，因为最终受创的将是我们的旧观念和旧体制。此判决一出，已被判刑的"彩翎"案、"中侨"案、"新乐"案、"金发"案的被告由于其案与金镭联案相关或相类似，因此纷纷提起申诉，要求翻案，被判十七年的"中侨盗版侵权案"主犯严励初即是其中的一个。这一事件对扫黄打非是个刻毒的嘲弄，它的负面影响是剧毒的、长久的。

这就难怪人们说盗版有制毒贩毒的利润，而没有制毒贩毒的风险了！这就难怪盗版者敢蹈扫黄打非之风口浪尖，无所顾忌地疯狂作案了！这就难怪周健文身在审讯室，心态和神态却如同在茶肆一样轻松自在应对自如了！

据我观察，随着审理的进展，"6·20"特大光盘盗版案的面目越来越清晰了，同时其性质也渐渐变得模糊了，对其性质的判断似乎又进入了钟摆状态。

我们一次次发狠说打盗版要心狠手辣，穷追猛打；对罪犯要罚他个倾家荡产，判他个罪有应得，但这样的狠话而今差不多要成为对我们自己的调侃和嘲讽了。人们迫切地期待这样的狠话在"6·20"案上兑现，开一个头！可以想象到，那些躲在阴暗角落里的不法分子也在等待着这个案子的结果！

看来，打盗版还有很长很长的路要走，这不是哪一个人必须走的路，也不是哪一个政府部门必须走的路，也不是哪条战线必须走的路，而是我们的国家和民族必须走的路！

一位曾负责扫黄打非工作的中央领导断言，扫黄打非要搞一百年。广东扫黄打非办公室主任陈家鲲退休后说，十一年前我刚搞这个工作时抱着短跑运动员的心态，现在是马拉松运动员的心态。杨锦燕把长镜头聚焦到自己的脚下，他说，现今广东的地下生产线估计还有三十条到五十条！

8月15日，结束对杨锦燕的采访，已近子夜。过后他没有回家，而是直接去二百公里外的一座城市。因得到地下生产线的新线索，他要刻不容缓地去侦察、踩点。

（载《时代文学》2003 年 2 月号）

赫章，从凹地升起

火炬手的意义

盛大的奥运圣火牵动一阵阵目光的潮汐，经过五大洲和半个中国，6月14日在贵州省红色历史名城遵义市传递。

当火炬传到第七十八棒时，电视镜头恰好推出火炬手的特写：一张普通劳动者的脸。那张沟坎纵横、深深烙着阳光印记和风雨沧桑的脸，刚毅而自信。

此人是谁？负有非常荣誉的火炬手都是精心挑选出来的呀。

陈卫绪！看，"小诸葛"陈卫绪！在赫章县城和乡村，守着电视机的人们爆发出他们预期的兴奋。

农民企业家陈卫绪，是毕节地区赫章县赫赫有名的养殖大户。

7月下旬的一天，陈卫绪在他位于赫章野马川镇新营村的养殖基地，向我讲述了他的创业史。

二十世纪八十年代中期，陈卫绪不甘心被捆在狭小破碎的土地上，想方设法跑起了运输。然而在这经济发展严重滞后的山区腹地，跑得晴天一车灰，雨天一车泥，越跑越亏，最后落到为吃饭犯愁的地步。

一脚踏空，他又摸到了另一块石头。爱琢磨事的陈卫绪想，妻子做豆腐卖，豆渣不是能喂猪吗？那是1993年，陈卫绪拿出家里仅存的钱，花了39.80元买了两头小猪。没想到他的发家史就这么起步了。几个月后，两头猪卖了七百二十元。他又用这七百二十元做资本，廉价买回四头病猪，治好养大，卖了一千四百元。再买八头猪，养大再卖……经营"雪球"越滚越大。

就当陈卫绪干得红火的时候，毕节"开发扶贫、生态建设"试验区的改革试验正如火如荼地推进。这为他提供了广阔的视野和思路。

2000年4月，陈卫绪修建了全县第一口沼气池。用沼气煮猪饲料；用沼液调在饲料里喂母猪，提高了母猪的产崽率，喂肥猪则比传统育肥提前三个月。此外，用沼肥追施水稻和蔬菜能促进增产。他探索着猪—沼—粮（菜）生态农业模式。

2004年，听说用蝇蛆养鸡成本可降低百分之三十，他又决定把养殖扩大到养鸡。他不蛮干，而是先搞小规模蝇蛆养殖试验，并送儿子陈宏伟到四川简阳市学习蝇蛆、蚯蚓养殖技术。他一边准备，一边琢磨。等时机成熟，他又第一个"吃螃蟹"，一举建起了一千五百多平方米的养殖场，形成一条蝇蛆、鸡、猪、蚯蚓生态循环养殖产业链。

陈卫绪一边说，一边把我领进一间养殖房。他从一张大匾的麸糠里抓起一把蛆，说，这是红头苍蝇的蛆，肥大，蛋白含量高，是从简阳引进的。

我们在养殖场转了一圈。养殖场建在一面斜坡上，场内的黑土路被压出很深的车辙印，路两边排列着猪圈鸡舍，散发出畜禽、饲料、粪便和农家富足的气味。

走出养殖场，望着四野密不透风的玉米地，我问，你搞养殖一年的收入有多少？

去年纯收入二万多。性格爽快的他立即又补充说，我的目标是三十万。

这时我联想到作为火炬传递手的陈卫绪。他肯定是赫章的代表。但他代表了赫章的什么呢？

如今在沿海发达地区搞经营是个什么架势？"十万贫困户，百万刚起步，千万不算富。"陈卫绪这个"大户"的坐标在哪里？

赫章的月亮不是发达地区的月亮。在赫章不能跟在沿海发达地区比。

赫章位于云贵高原向黔中山地丘陵过渡的斜坡地带，属喀斯特地貌，岩溶山区，土地被舍虎梁子、结构梁子、三望坪、韭菜坪等大大小小的山峦切割成无数碎块，加上旱灾、雹灾、洪灾和低温频繁，这里曾被联合国视为不适宜人类居住地区。

在经济版图上，贵州是中国的凹地，毕节是贵州的凹地，赫章又是毕节的凹地。

地理决定命运。千百年来，在这块贫瘠、破碎的土地上，积淀着盲目、悲观、自我放逐的历史惰性。"天无三日晴，地无三尺平，人无三分银"，这首民谣生动地描绘出灰暗的精神图像。

赫章人就是在这样的桎梏和重压下，迎着时代大潮和政策阳光，立志冲破晦暗轮回的宿命，向命运发起挑战的。

陈卫绪无疑是他们中间杰出的一个。他的身上聚合着赫章人的历史、地理和时代精神。他靠智慧脱贫致富，也成了全村人的"外脑"。他搞了沼气池，又帮助指导乡亲们建沼气池，在他带动下，新营村 2001 年就建沼气池一百零八口，成为赫章县第一个农村生态家园示范村。他探出循环养殖的路，又组建了"新营村宏伟生态循环养殖专业合作社"，带领更多的村民，向富裕和文明迈出了坚实有力的脚步。

"穷"字变成动态概念

海雀村的山岭沟坎遍植漆树、杉树和华山松，葱郁的绿色蓬勃着一派生机和希望。走进这片林海，你会感到对生活的拥有，心生一种殷实感。

其实这里还算不上殷实，大部分村民的主要生活来源还是靠种植玉米、土豆、荞麦，饲养猪、羊、牛、鸡。村里还可见到黄土墙的茅草房，还有人穿着用自家种的麻纺织的衣服。按照温饱的标准，这个村也许刚够及格。

但如果剪切时空，你是从她二十年前一步迈了进来，你会感到走进了人间天堂！

海雀村曾是全国的极贫村，是经济凹地赫章的凹地。

距县城九十七公里的海雀村，在当地有"小西伯利亚"之称。这个七百多人的苗族、彝族聚居村子，坐落在海拔二千三百米的半山上，坡耕地占了近百分之九十，人均基本农田只有 0.32 亩，是典型的深山区、石山区和少数民族聚居区。

那时村民们只能从这瘦瘠干瘪的土地里刨食。他们向星星点点的植被举起锄头和刀斧，刨出了"种下一坡，只收一箩"的凄暗年景，刨出了连"耗子偷苞谷都得跪着吃"的退化果实，刨出了"林退，水土流失，岩石裸露、石漠化"的恶劣生态。赫章县委宣传部长李文均说，那时海雀灰蒙蒙一片，满眼是丑陋绝望的荒山秃岭。

1985年4月，新华社记者刘子富写道："在海雀村三个村民组察看了三百一十一户农家，家家断炊。苗族老大娘安美珍瘦得只剩枯干的骨架支撑着脑袋，一家四口人，丈夫、两个儿子和她，终年不见食油，一年累计缺三个月的盐，四个人只有三个碗，已经断粮五天了。"他用富于同情心的笔调写道："苗族老大娘安美珍，衣衫破烂掩不住胸肚，一见有人来，赶忙双手屈抱胸前，羞愧地低下了头。"

他写没写穷得大姑娘没裤子穿？李文均告诉我，村民的穷是绝对的，户户家徒四壁，缺吃少穿，甚至靠挖野菜充饥，常年挣扎在生存线上；住荆条或秸秆搭建的陋屋，天点灯，风扫地，夏不遮雨，冬不御寒，且人畜同屋，屋内屋外污水横溢，蚊蝇乱飞。全村适龄儿童入学率为零。

时任中央书记处书记的习仲勋在内参上看到了刘子富的文章。他为少数民族同胞的生活境况痛心，对漠视群众疾苦的官僚主义者提出警告，要求省委采取措施，有计划、有步骤扎扎实实地多做工作，改变这种面貌。

转机在1986年后。这年初，任贵州省委书记不久的胡锦涛同志深入毕节地区考察，在赫章县搞了三天调研，并专程走访了最贫困的海雀村。

不同于沿海发达地区，毕节严重困扰经济社会发展的突出问题有两个，一是贫困，二是生态恶化。毕节和省内贫困地区首要的是改变贫困面貌、解决温饱问题，同时，只有建设、保护好生态环境，才能持续发展。胡锦涛同志经过多次到毕节地区广泛调研和反复论证，提出了在毕节搞"开发扶贫，生态建设"试验区的战略构想。1988年6月9日，国务院批准建立了这个试验区。

在什么山唱什么歌，有什么政策走什么路。海雀人的血燃烧了，沸腾了。

有林就有肥，有肥就有粮。海雀人决心从植树造林改善生态入手，要变"靠山吃山"为"养山吃山"。

这年冬天，全村二百余青壮劳力背着当午饭的洋芋轰轰烈烈上了山，他们横劈竖砍清掉灌木丛，在"和尚坡"上栽下华山松，林业部门给的一百亩苗木不够，自己又培育了三十五亩苗床。大家天不亮就出门，月亮升起进家门，大年除夕，村支书文朝荣把家里仅有的两只大公鸡杀了，煮了一大锅抬到山上慰劳村民。这一年栽树八百亩。接着的三年里，村里原来光秃秃的大小三十几个山头全都栽满了华山松，低洼水沟边和村里房前屋后种下一万多株漆树。1995年，村长抱回了国家绿化委颁发的"全国绿化千佳村"铜牌。

海雀村的森林覆盖率从不到5%上升到现在的67.3%，林地达到一万二千八百亩。按万亩林场二千五百万元估值，人均近四万元。生态恶化的趋势得到扼制，一个生态、经济、社会效益和谐兼顾的森林生态体系正逐步形成。

石上开花，乌蒙飞歌，村民的日子有指望了。现在家家户户都饲养了猪、牛、羊、鸡等牲畜和家禽，养殖二十头（匹）以上大牲畜的有十多户。养殖大户王兴国在山上放养羊、猪、马、牛，一年收入数千元。农业生产有了保障，用地膜种杂交玉米产量翻番，种脱毒土豆、半夏、荞子，既吃又卖。此外，作为在长三角、珠三角上游退耕还林构建绿色生态屏障的回报，每年还得到国家二十余万元的补助。

苗族老汉张正荣高兴地说："现在饭能吃饱了，衣能穿暖了。"过去春节前就没吃的了，现在家家有腊肉，户户杀年猪。

"荒山变青山，收入翻了番，油灯变电灯，吃水不用担，小病不出村，学校大改观。"这首出自海雀村的新民谣就像一幅乐融融的新年画。

去年，全村人均纯收入达到一千三百五十八元。

这个数字的正面写着希望，而背面写着的是沉重的希望。

海雀还贫困。但与二十年前相比，这个贫困已经从绝对的贫困变成了相对的贫困，发展中的贫困。

现实与历史共同呈现时，对现实的认识更接近真理。海雀二十年的发展证明或者说创造了一个事实：海雀不是石化的恐龙蛋，而是一枚鲜活的鸟雀蛋。在春风羽翼的孵化下，新的生命已经破壳而出。

海雀的太阳正隆隆升起。她漫山遍野翠绿丰满的羽翎哗哗振响，就要奋翮而飞了。

艰难的绿色 GDP

"开发扶贫，生态建设"是毕节、是赫章汇入中国发展大潮的最

167

佳选择。二十年风雨泥泞中的前进足迹不断地证明着这一真理。

赫章及毕节地处乌蒙山区腹地，也是全国极贫困区域滇、桂、黔岩溶地貌腹地。"威纳赫去不得"——赫章，还有威宁、纳雍又是贫困区中的凹地。可以想象，当初先民是以怎样的勇气和牺牲开天辟地创立这片家园的。而今，要从这里走出磅礴连绵的崇山峻岭，走向文明和富裕，赫章人乃至毕节人经历着同样的曲折和艰辛。

"五子登科"是在养山吃山、生态致富实践中走出的新路子。所谓"五子登科"，就是山顶植树造林"戴帽子"，山腰退耕还林还草、栽地埂树"系带子"，坡地种牧草和绿肥"铺毯子"，山下建基本农田"收谷子"，发展多种经营"抓票子"。人们挥汗如雨，上下求索，"铺毯子"的绿肥品种白三叶、红三叶就是从太平洋彼岸的美国进口的。然而这条路曾受到不同发展理念的质疑和干扰，比如急功近利要学深圳向中央要五权，比如贪大求洋要搞绿色大区、旅游大区、畜牧大区、矿产大区四大区。这些至少在当时不靠谱的做法最终都遭到实践否定。"五子登科"继续探索和丰富着遏制水土流失，优化生态环境的山区生态建设模式。

搞多种经营，是发挥价值规律、生态致富的另一条路子。如与生态建设并举发展林、果、药、茶，种植烤烟、苦荞、洋芋、漆树等特色产品，推行草地畜牧业、养殖优良猪种可乐猪和古达岩上黑山羊等。在这一片热土上，闯出一批吃苦好学、科学经营的致富能手，如保布嘎村创立"核桃—中药材"立体生态示范基地的蔡定周，财神村核桃种植示范户蔡正朝，磨石村善种优质枇杷、葡萄、樱桃的"翁枇杷"翁洪祥，远近闻名。他们还用自己的聪明才智带领全村人创出了本村的品牌产品，共同走上了希望之路。然而种种灾害始终纠缠着他们的脚步，2008 年年初的冰雪灾害是最近的例子。2005 年，一场猪瘟的死亡风暴突袭了养猪专业户，造成惨重损失。但铁骨铮铮的赫章人没有被击倒。陈卫绪说，他养的三四十头猪全部死光，除了从头再来，他没有选择。多种经营的道路就是这样在大风大浪中顽强地向前延伸。

赫章素称"乌蒙山区聚宝盆"，煤和铁矿石储量巨大，锗储量居亚洲第一，铅锌矿储量居全省第一，矿产开发一直是该县的财力支柱。但如何做到"既要青山绿水，又要金山银山"，如何在资源开发和生态建设之间找到最佳的平衡点，处理好优势和劣势的辩证关系，在赫章的发展道路上更是充斥着困惑、泪水、求索和欣慰。

二十世纪八十年代，群众温饱无着，土法炼锌、土法炼焦一度得以大力倡导。全县粗锌产量 1994 年达六万吨，一度跃居全国前五位，生铁产量一度居全省第一。赫章成了全省乡镇企业明星县。但带着大量有毒重金属的滚滚烟雾遮住了璀璨的星光。传说烟尘引起了西方某国侦察卫星的关注，以为这里发生了大面积的森林火灾。"两土"污染重灾地之一的妈姑镇，许多村子寸草不生，污水横流，弥漫着刺鼻的味道。那时没人穿白衬衣，没有一个合格兵员，百分之三十的人铅中毒，癌症与硅肺病高发。同时，乱开乱采致使山体滑坡，水土流失，大量废渣和有毒物质严重污染了地下水和土壤。先富裕起来的一些人离开了他们曾经的福地。

赫章县从 1996 年开始取缔"两土"。从 1998 年起，赫章的"两土"一度被扼制，而乡镇企业明星县的景气也陷入低迷。但求发展的急切愿望和有暴利可图的诱惑注定了取缔"两土"的艰难和曲折。偷采、偷炼、偷运、偷卖锌矿和铁矿的行为不断被扼制，又不断

169

反弹。

2006 年，全县取缔死灰复燃的土法炼锌炉五百八十九节、土焦炉七十八支、锌罐厂六十五家。

2007 年一年，炸封非法采煤窝点五百六十三口（次）、非法金属矿井六百八十二口（次），开挖并回填土石方五千多立方米，为恢复植被撒播草种七百公斤。

赫章的天空一直在进行着阳光和乌云的争夺战。回头望去，坚持以经济开发支持生态建设，以生态建设促进经济开发，是赫章从凹地突围的唯一正确道路。否则，将陷入恶性轮回的怪圈。

省委书记石宗源说，保住青山绿水也是政绩。为彻底取缔"两土"，赫章县付出了沉重代价，2007 年财政税收就损失 1.45 亿元。然而这是必要的代价。这是在偿还历史欠账。这是在为人民和子孙造福。这是在打造长三角、珠三角上游的生态屏障，让清澈的流水为这两块中国经济最具增长活力的地区送去祝福。

这是在为赫章的可持续发展铺设一条洒满阳光的康庄大道，同时又在这条大道上推动社会经济的进步发展。

在取缔"两土"的同时，赫章经济呈现良性发展的新格局，绿色 GDP 大幅增长，带动了财政收入增加，……2005 年 1.51 亿元，增长 42.18%；2006 年 2.02 亿元，增长 33.78%；2007 年 2.51 亿元，增长 24.03%。

锌、铁、锗等优势矿产业要做大、做优、做强，使之成为环保型、效益型产业。妈姑有色冶金循环经济工业园区、南部钢铁工业园区、北部煤及煤化工工业园区、中部医药食品加工工业园区、东部水电梯级开发体系等新的规划蓝图正在变为现实。西部矿业集团、深圳华能集团、中国长城电器集团、上海亚龙集团、广弘集团等强势企业纷纷来赫章落户。

赫章不再"黑脏"。过去满目疮痍的炼锌区、炼铁区，已被恢复的耕地和植被取代，公路两旁柳杉、木姜、白杨掩荫，庄稼吐绿扬花，与青山绿水相映照，呈现一派人与自然和谐发展的诗意风情。

人是发展的尺度

韭菜坪是乌蒙山主峰，贵州省的屋脊。去韭菜坪的路在斑斓野花、悠闲的骏马和山羊点缀的草海里穿行。到了洛布石林，浮动在绿海之上的洁白多变的石头，会随着你的经验和心情变幻出不同的动物或景致。此时，你本人也早已成了广袤草原放牧的美丽童话了。

上山的途中，李文均讲了一个故事：一个漂亮的小女孩家里非常穷，上学也穿得破破烂烂，老师想了想，给她买了一条花裙子。小女孩穿着花裙子回到家，父母亲似乎忽然发现又脏又乱的家和女儿很不搭配，赶紧把家里打扫干净。随后，家人又觉得破旧的房子和漂亮的女儿还是搭配不上，于是决心辛勤劳动挣钱盖新房。这个家庭从此改变了命运。李文均讲，这个故事是赫章县委书记范元平的版本。

在山上一处被奇石珍木天然盆景环抱的平坦草地上，县夜郎歌舞团的姑娘小伙和当地村民跳起了热烈奔放的铃铛舞。他们脚踩高亢的鼓点，摇响手中的马铃，不断发出激情的呼喊，表达着对新生活的热爱和憧憬。

赫章这块凹地要在贵州最高、最美的山峰上向人们展示什么呢？

当然是赫章人为之骄傲的雄险奇秀风景。但就像花裙子故事一样，其中有更深的寓意。山高人为峰。在整个采访结束后，我认为此深意就是展示一种乐观开放的心态，一种奔向小康的自信。

经过二十年的艰苦探索和实践，赫章像一颗绿色的明珠，从凹地冉冉升起。这其中最重要的成果是发展了人本身。当年刘子富反映海雀穷困时，说"村民们不怨天尤人，只怪自己的日子没过好"。我们在称赞民风朴实的同时，是否还要担忧其沉重的心理淤积和历史惰性？而今赫章人自豪地说，"开发扶贫，生态建设"是科学发展观的雏形和源头，海雀村是科学发展观的发祥地！

而今赫章人的脸上阳光灿烂。这是观念和意识的光芒。这是现代人的光芒。在这光芒的照耀下，山还是那山，山已不是那山；水还是那水，水也已不是那水。赫章的历史、文化、资源，连同她破碎嶙峋的地貌，难得转过身来的自然气候的阴面，都变得明亮，焕发出独特的魅力。

省委宣传部文艺处的同志说，贵州的形象概括应是审美的。2005 年，全省启动了多彩贵州系列文化活动，打响了贵州省形象翻身仗。人是万物的尺度。把历史文化兴县放在发展战略首位的赫章借助这个舞台，要为赫章的天地山水历史人文重新命名了。

赫章的《铃铛舞》原是彝族由悲壮沧桑的历史军事舞蹈演变而成的祭祀歌舞，而今以浓郁的民族风情习俗和凸现憧憬幸福生活的内涵，一举获得第七届中国民族民间舞蹈最高奖"山花奖"，并列入贵州省首批非物质文化遗产保护名录。

赫章的《大迁徙舞》，以舞蹈记叙了大花苗支系艰难迁徙寻找家园的苦难历程，而今强调了苗族人民不畏艰险、英勇善战、历尽艰辛、自主命运的民族精神，加上独特的民族舞蹈气氛，也被列入贵州省首批非物质文化遗产保护名录。

还有讲述彝族先祖创世神话的古老而神秘的"戏剧活化石"《撮泰吉》，还有苗族芦笙悠扬充溢着青春活力的《矮桩舞》，都在舞台上大放异彩。

2006 年，赫章人精心打造的大型歌舞诗《夜郎魂》赴北京演出大获成功。

赫章就这样以生态情景对话的方式加入了百舸争流的现代中国发展大势。

舞台聚光灯打向纵深。赫章山川秀丽，气候宜人，民族风情浓郁。"土少石头多，出门就爬坡"的喀斯特地貌是魅力独具的地质博物馆。不利于稻谷生长的夏无酷暑气候是爽爽的度假地。"五里不同俗，十里不同风"的十四个民族使山地的每个褶皱里都闪烁着文化的异彩。这里土得掉渣的原生态歌舞、器乐、习俗、饮食，农村传统泡制渣辣椒、苦蒜；在自染布上绣着花鸟鱼虫、飞蝶走兽和古歌里千年传唱的生动故事的衣装，穿在身上的瑰丽史诗，等等，无不用文化的绿色点亮你在水泥丛林中黯淡了的目光。

聚光灯甚至照亮了留下"夜郎自大"和"黔驴技穷"两个尴尬遗产的夜郎国，照亮了被历史的幕布遮暗的神秘古国曾经的辉煌和荣光。2001 年，在赫章可乐发现了"西南夷"墓葬群，被称作考古十大新发现之一。这一发现穿越迷雾深锁的千年时空，揭开了古老失踪文明的一角。赫章人有理由说可乐是夜郎青铜文化的殷墟，全县上下拟把县名改为"夜郎县"，并广邀五湖四海来赫章体验夜郎文化神秘气氛和继续探寻夜郎国的神秘历程。

"文化搭台，经贸唱戏。"聚光灯必然要投向赫章丰富的矿产资源和生物资源，投向赫章社会经济蓬勃发展的生动气象，投向赫章霞光万丈的远大前景。

而殊为可贵的是，这一切都覆盖着郁郁葱葱的天然植被和政策植被。

这里的山山水水绿得奢侈，绿得令人窒息，绿得令人生嫉，是我们到毕节、赫章采访的突出感受。这一路我们感受到了当地人身上蹿升着的幸福指数。

在韭菜坪山下，我们与珠市彝族乡上百名彝族群众共进晚餐。甘醇的彝家咂酒和豪放的劝酒歌让人心醉。饭后，人们手拉手围着篝火跳起了《阿西里西》。

这首堪称世界名曲的彝族传统民歌，译成汉语的大意是：咱们来吧，咱们来吧，来游戏（罗的）来游戏，喜鹊（拉的）喜鹊（拉的哦啊哦啊）（啊呀）钻篱笆喽（哦阿是哦）。

在蓝宝石的夜空上，月亮又大又亮。赫章人当然知道，这是沿海发达地区的人们心向往之的原生态月亮。

（载《贵州日报》2009 年 3 月 20 日）

艰难的起飞

绝境中走出的第一支航空队

说起来，中共早在 1938 年就拥有了一支航空队，只不过这支航空队一直处于秘密状态。

1936 年底至 1937 年初，红军西路军在万丈血雾中悲壮西征，两万大军战至两千。3 月 14 日于甘肃石窝分兵。李先念率左支队，在无粮、无盐、无水的死亡境地冲破马步芳骑兵的狂野围袭，杀抵新疆星星峡。陈云和滕代远把他们接到迪化（今乌鲁木齐），编入盛世才的新兵营。

陈云新任中共中央驻新疆代表，当得知盛世才有一个苏联援建的航空队，就打算安排一批红军去学飞行。盛世才是在 1933 年推翻原督办金树仁的政变中乘势上台的。为了坐稳土皇上龙椅，他把马列著作摆上案头，拉住苏联做靠山，同时与中共结成抗日统一战线。

盛世才当然不肯用他的鸡给人家下蛋，就把球踢给陈云，说让你的人学飞行，我有两个条件：一是我的飞机不多，请苏联再援助一些；二是你的人学出来，得先供我使用。陈云答应了。他随后在新兵营挑了三十人备选。

1937 年 11 月下旬，陈云搭乘王明、康生从苏联回国的飞机回到延安，向党中央汇报了派人到盛世才航空队学航空的打算。他说，我们现在没有飞机，可以先培养人才，将来有了飞机，就要人有人，要技术有技术。

陈云的建议很快就获准。毛泽东对陈云说，你为我党办了件大好事呀！我看这事得由你具体负责。人员么，可以分别从新疆新兵营、延安抗大和摩托学校物色。

陈云立即着手办两件事，一是电告接任新疆代表的邓发，让他抓紧落实新兵营学员入学事；二是亲自跑到抗大和摩托学校去挑人。

最后选定十九人，由严振刚率领，于 1 月 8 日乘大卡车离开延安。到兰州时换上了长袍、马褂，戴上瓜皮小帽，扮成流亡学生和盛世才的远房亲戚。经过五十多天辗转跋涉，于 1938 年 3 月 3 日抵达迪化。随后从他们中间和新兵营选出四十三人，二十五人组成飞行班，十八人组成机械班。这是有史以来中共领导的第一支航空队，俗称"新疆航空队"。

严镇刚传达陈云的话说：你们将是第一批红色飞行师，是红色空军第一批骨干，不要怕文化低，我们能凭着两条腿长征到陕北，也一定能驾机飞上天！

红军学员都是苦出身，多数只上过两三年小学，有的参军后才识字摘掉文盲帽子。大家凭着长征精神，一头扎进了知识的时空，一时理解不了的概念和原理，就先啃它二十遍，强咽下去。

1938 年 4 月 4 日，他们终于获得升空训练的资格。训练飞机是诨名叫"双膀子"的乌-2初教机。第一次上天就有新的发现："长征路上，每逢敌机来了，就命令不许说话，说飞机有顺风耳，大家连粗气都不敢喘，现在才知道，你就是喊破嗓子，吹破军号，飞行员都听不到呀。"

1939年8月，周恩来途经迪化，在一片树林里听取了航空队的汇报。当听说大家的成绩都在四分以上，已能操纵、维护飞机时，高兴地说，陈云同志有远见，做了件很好的事，将来建设我们自己的空军，就有骨干，有种子了。

1941年秋，全队以优良成绩完成了所有课目的训练。按原先与盛世才的协议，学员毕业即授中尉军阶，这就意味着每月有一百多元薪金，加上补助，相当于陆军上校的收入，还可以分到住房，可以结婚。但当上飞行官，飞行就要减少，技术就有可能丢失。要想巩固和提高技术，唯一办法是推迟毕业。这些二十多岁的年轻人态度很坚决：要技术，不要官衔！

四年砺剑，飞行班已能握持战机在长空横劈竖砍，划出漂亮凌厉的弧线，机械班也已精艺在身。就当他们等待挥剑出师时，一直在暗中涌动的厄运终于决堤而出。

1942年9月，他们被盛世才软禁起来，继而关进了硬牢。

盛世才变脸了！他枪杀了其反对拥蒋反共的四弟盛世骐，反诬共产党所杀。继而把陈潭秋和毛泽民抓捕杀害。

在臭虫跳蚤滚成团的漆黑牢房里，航空队的同志决心像季米特洛夫和夏明翰那样把牢房当战场。坐老虎凳、站炭火、压大杠……他们仍坚持复习航空理论，进行模拟飞行，他们的心仍在天空翱翔。

经党中央全力营救，新疆航空队终于在1946年7月回到延安。

起义飞机升起了一个信号

1945 年 8 月 20 日下午，一架日式飞机飞到延安上空。它来路不明，又无任何标志，这在非常时期就更显非同寻常。人们疑惑地打量着它，美军观察组更是紧张地盯着这个不速之客。忽然，飞机急速下降，直落新机场的三合土跑道。

机场勤务股股长油江和参谋石蕴玉快步走向飞机。

舱门开了，一个身穿蓝布中山装的人对着他们大声喊："我们是飞来投奔光明的！事前和新四军联系过，昨天晚上还给毛主席和朱总司令打了电报！"

这是一架由六名汪伪起义人员驾乘的飞机。

这架飞机开创了驾机起义的先河。它就像一支巨笔，首次把起义行动从大地写上天空，在汪伪空军和国民党空军营垒中引起巨大震撼。

到了 1945 年，汪伪集团就像风中流沙和污水里的浮藻，风雨飘摇着死亡的败象。少校飞行教官周致和苦思着人生的出路。他想起在航校期间与苏联教官的交往，他从他们身上感受到一种清新高远的气息。他暗中点燃了一个大胆的念头。他对同事何健生说，现在共产党有百余万军队，还没有空军，要是我们飞过去，把空军建立起来，就是一大功劳。他又找到航校同学、曾被共产党俘虏过的吉翔，向他打听共产党的政策。他焦急地寻找着机会。

与此同时，少尉飞行员黄哲夫也在四处寻找机会。这个血气方刚的青年整天牢骚满腹骂骂咧咧，又不甘心为卖国贼卖命，因与副总队长彭鹏吵了一架，被关禁闭、停飞，以"思想不良"罪名开除了军籍。

1945 年 3 月，周致和与黄哲夫在南京相遇。汪精卫卖国，蒋介石暴政，个人和国家何去何从？经过短暂的试探，秘密一剑挑明：驾机到延安去！由于不知驾机飞到延安会不会被高射炮打掉，又因航校的飞机续航时间短飞不到延安，他们商定，由黄哲夫去找共产党，周致和设法搞到汪伪国府的专机。

几经周折，黄哲夫终于找到了中共宣城县委书记彭海涛，接着在浙江长兴县天目山见到了粟裕司令员。粟裕说："欢迎你们起义！这是件大事，我马上报告给军部和延安党中央。"

三天后，粟裕告诉黄哲夫，中央已经复电，要他们"待机而动，配合反攻"。粟裕说延安有一个机场，给美军观察组送给养的飞机就在那里起降。他要黄哲夫用化名跟他联系，黄哲夫于是给自己起了个"于飞"的化名。粟裕最后说："大反攻即将到来，希望你们起义成功。"

黄哲夫回到南京，和周致和加紧运筹起义的事。他们探虎穴履薄冰，冒着杀头的危险，四处活动，秘密串联，策动更多的人起义，并及时向粟裕和扬州军分区政委程明报告，求得支持。汪伪空军愁云压顶，黑雾弥天，向往光明之心在人与人之间只隔着一层纸，一点即破。飞行教官吉翔、上校参赞何健生等人先后聚义旗下。当征得航空处少将主任白景丰加盟，周致和信心大增地说："这回要大干了！"

7 月底的一天，周致和、黄哲夫、秦传家、白景丰、何健生、吉翔等齐聚南京珠江饭店二楼的一间客房。黄哲夫传达了中央复电和粟裕的指示意见，研究起义计划。首先是夺取飞机。汪伪国府有"建国"号、"淮海"号与"和平"号三架"九九"式双发运输机，停放在明故宫机场，由日本航空公司代管，这种飞机续航时间长，能直飞延安。周致和打算用黄金收买日本飞行员，假称飞往西安做生意劫机，如不成，就说飞机出了故障，趁日本飞行员上机检查时下手夺机。由于参加行动人员多，决定两路行动，白景丰、何健生、吉翔、陈静山和秦传家等带领家眷由陆路投奔解放区。

机会终于来了！1945 年 8 月 15 日，日本天皇宣布投降，蒋介石为了攫取胜利果实，忙不迭地"电谕"包括大汉奸陈公博、周佛海在内的汉奸特务，委以各种头衔"维持治安"，时任湖北省伪省长的叶蓬也在一夜之间当上了第七路先遣军总司令。叶蓬急于从南京飞回武汉，又要保密，就选中对他猛灌迷魂汤的周致和这位湖北同乡送他。

19 日，周致和、赵乃强驾驶"建国"号把叶蓬送到武汉，立即飞往扬州。黄哲夫和何健生已在扬州等候，黄哲夫按周致和的要求拟了"日内有机来延安，万勿误为敌机"的电报，请粟裕发给毛主席、朱总司令。

1945 年 8 月 20 日上午 8 时，"建国"号启动了。周致和掏出左轮对着柳树林上空打了三枪。当飞机滑行到起飞线时，隐伏在草丛中的黄哲夫猛跑过来，飞身攀上了机舱。

经过紧张、焦心的六个小时飞行，他们终于顺利降落在宝塔山下、延河水旁。

第二天，常乾坤、王弼、刘风和王琏等看望他们来了。晚上，朱德总司令、叶剑英参谋长在王家坪设宴欢迎他们。同席的有罗瑞卿、杨尚昆、胡耀邦等。此时他们都已改了名字，换上了八路军的土布军装。周致和改名蔡云翔。

朱总司令热情洋溢地代表党中央和总部欢迎他们起义来延安。他说，我们也要搞空军的，但是人才太少了，你们来得正好。叶剑英参谋长说，毛主席知道你们到了延安，很高兴，头一天晚上接到电报，没想到你们第二天就到了。并告诉他们，考虑到他们的家庭和从陆路起义人员的安全，新华社取消了公开报道的计划。

"建国"号按起义日期改为"820"号。这架历史性的飞机不但把义旗举上了天空，也为中共实现飞天梦带来了宝贵的技术资源。

长翅膀的人向往辽阔的天空

抗战大幕刚落，蒋介石就磨刀霍霍，内战火山直飙沸点。他同时又玩起惯用的黑白两手，三次电邀毛泽东去重庆谈判。毛泽东大智大勇，反手欣赴"鸿门宴"。

毛泽东行前特意接见了蔡云翔起义机组人员。8月20日，汪伪空军教官蔡云翔等人，从扬州驾驶一架运输机直飞延安，首次把起义行动举上天空，也为中共实现飞天梦带来了宝贵的技术资源。

两天后，主持中央工作的刘少奇把王弼叫去。刘少奇说，东北是日本侵华战争的主要基地，估计那里航空器材很多，这是我党举办航空事业的一个有利条件。中央决定派你们去，摸清情况，接收器材和人员，为创办航校做准备。

东北对创建人民空军是一个重大机遇。战争期间，日寇把东北营造成它的后方航空训练基地，单是1945年举迁到东北进行训练的航空士官学校第五十九期就有四千五百人，各种飞机近七百架。日寇溃败后，遗弃了大批航空设施、器材和人员，机场不下一百六十座。

1945年9月2日，王弼即带领刘风、蔡云翔等人乘起义飞机直飞东北。他们此行并不顺利，在张家口机场着陆加油时，飞机不慎撞到了石头上，右起落架折断，不能再飞。此时晋察冀军区正在张家口组建航空站，就把王弼留下当站长。刘风、蔡云翔等人改由陆路继续向东北趱行。

9月中旬，中央政治局在杨家岭窑洞彻夜开会，正式形成"向北发展，向南防御"的战略方针。决定由彭真、陈云、程子华、伍修权、林枫组成中共中央东北局。9月16日，彭真、陈云、伍修权等乘坐苏联飞机飞往东北。在无数条公路和乡间土路上，十万军队和二万干部继续向东北疾进，一双双脚底板与国民党的车轮展开了竞赛。

在这浩浩荡荡挺进东北的大潮中，10月2日，第二批办航校的二十多人在魏坚、林征的带领下也启程了。魏坚曾受党派遣到国民党航校学飞行，原是要作为王若飞的秘书跟着去重庆的，但事到临头被换了下来，没想到王若飞和叶挺飞回延安时撞到黑茶山上殉难，正如他自己说的，为建航校他捡了一条命。

第一批王弼走后，常乾坤已是箭在弦上，第二批出发后，那绷紧的弦就愈加紧得发颤，多年的理想在他身上奔突翻滚，搅得他茶饭不思。但他的命运指向是确定的。一天清晨，叶剑英打电话要他去枣园。

任弼时在窑洞口迎住常乾坤，一把握住他的手，说："你们的愿望就要实现了！中央要你们马上赶到东北去，设法创办一所航空学校。"

常乾坤语速急快地说："我们早就盼望这一天。请党中央放心，我们坚决完成这个重要任务！"

"我很了解你们的心情，长翅膀的人是坐不住的，你们需要辽阔的天空。"任弼时扬起笑眉，语气却格外严肃，"赤手空拳办航校，会有许多意想不到的困难，遇到问题要随时请示东北局和民主联盟总部。"

吃中午饭的时候，刘少奇来了。他也强调了"意想不到的困难"。他在列举了各种可能会遇到的困难后说，"最后还有一种困难，叫作意想不到的困难"。一再叮咛：这次到东北去创办航校，是党和中国人民创建航空事业的一个开端。要有不屈不挠、百折不回的勇气和克服困难的精神，一定要把航校办起来，而且要把它办好。

回到住处，常乾坤正在做行前的准备，刘玉堤突然闯了进来，杠头杠脑就一句话："我要跟你一起走！"

1945年10月15日，常乾坤率领第三批十余人加入了向东北的进军。周恩来送行时以惜爱的感情再次叮嘱："你们是放出去的鹰，遇到事要多动脑筋。"

王弼、魏坚、常乾坤分率三路人马，开始了向天空的进军。

其实，这种进军早就开始了。早在1924年，中共就派骨干进入刚创办的国民党航校学习，后又多批次派送人员到苏联航校深造，抗战期间安排进步青年考入国民党航校，还有前文所述新疆航空队和延安的"影子机构"，等等。

而今，他们中的一部分人带着他们所有人的梦想、轨迹、热血乃至生命，在延安汇成新的源头出发了。

日军飞行队的出现像一个灵感

从延安出发的东北局领导是 9 月 18 日到沈阳的，他们乘坐的苏军飞机在山海关机场降落时意外地撞到一个小土包上，除陈云外，其余人都负了伤，彭真被撞成脑震荡。刘风带领蔡云翔等人比他们稍晚赶到沈阳。陈云、伍修权、吕正操等接见了刘风一行。陈云说，你们现在的主要任务是寻找搜集敌伪遗弃的飞机、器材、设备和油料等物资。

所有的人都还不知道，一个绝好的机遇正在不知不觉中向他们走来。

此时，一支离开本溪奉集堡驻地的日军飞行大队正在往南面的摩天岭山区逃窜。该队有三百多人，隶属日本关东军第二航空军羽飞行团。苏联对日宣战后，关东军立马被红军的万钧雷霆击得粉碎。接着，日本政府宣布投降。这一系列闪电般的变化，使得他们成了惊弓之鸟。9 月 9 日，由大队长林弥一郎带领，抛弃机场和四十多架飞机，在苏联红军、八路军和国民党军的夹缝里南逃，企图混作难民寻机回国。

9 月底，当他们来到距凤凰城大约五公里的小山村上汤时，曾克林部二十一旅发现了他们。"东总"司令员林彪得到情报，意识到这是一笔财富，即上报党中央。中央非常重视，指示要把这支队伍全部争取过来。二十一旅十二团十二连指导员聂遵善奉命上山劝降。

聂遵善对林弥一郎说，你们在中国境内参加了战争，这不是你

184

们的意愿。是日本军国主义分子发动了这场战争。我们成为敌人是迫不得已，现在做敌人还是做朋友，你我有了选择的自由。

过去，林弥一郎对八路军一无所知，甚至对中国人也从无接触，皇国中心的毒化教育，使他把低劣、愚蛮、羸弱这些词全扔进对中国人的印象中。聂遵善有情有理的一番话和从容儒雅的绅士风度，让他暗自吃惊。也许这一刻对他改变对中国人的印象是决定性的。

林弥一郎表示答应交出武器。他强调说，我只是希望得到人道的待遇，我的部队中哪怕有一个士兵被杀，都是我无法承受的罪过。

林弥一郎并非贪生怕死之辈。日本空军史是这样吹嘘他的："林弥一郎是以勇猛果敢而闻名的战斗机驾驶员。1944 年 6 月，他在桂林上空与美国空军 P－40 式战斗机编队的空战中，他驾驶的'九七'式战斗机连中三十四弹，发动机被打坏失灵，他仍驾驶飞机指挥中队继续作战，正如林弥一郎自己所说的那样：'九死一生，忘我战斗。'最后他竟然驾驶这架伤痕累累的飞机奇迹般地飞回了基地。"

但他服从了良知、命运和真理。在真理面前，武士道精神只不过是一只风干的蝉壳。而选择投降恰恰证明了他的胆识和勇气。当然，事情不可能那么简单，人是复杂的，时事的复杂使人更加复杂，但林弥一郎此时的表现及他后半生的历史似乎都支持前述判断。

几天之后，曾克林和政委唐凯在本溪搞了一个欢迎宴会。面对丰盛的酒菜，林弥一郎等十名代表迟迟不动筷子，担心这是"送行酒"。曾克林见状就先下筷子，边吃边重申八路军优待俘虏的政策。三杯酒下肚，话就多了。林弥一郎对身边的唐凯说，我们不知何时才能回日本，能不能找点适当的工作给我们做，修路也行，下井挖煤也行，我们可以自食其力。唐凯故意问道，你们到底是什么部队呢？林弥一郎说，是飞行部队，有飞行员、机械员和其他技术人员。曾克林说，好，你们要尽快回到奉集堡机场，看管和维护好飞机，随时等待处置。

饭后，曾克林对他说，这次没有请大家都来吃饭，所以给你们准备了一点肉，带回去给大家分享。

当林弥一郎看到"一点肉"的时候，简直要惊呆了：这"一点肉"竟是五头牛和五十只羊！看着八路军官兵诚恳的笑脸和朴素的衣装，林弥一郎流下了热泪。他们缴械后，当地军民即送来了一袋袋稻米，还有蔬菜和鸡，而在日军统治下，老百姓吃大米是要按"经济犯"论处，重则要杀头的。

10月中旬的一天，根据中央指示，"东总"和东北局把林弥一郎请到沈阳。东北局书记彭真、"东总"司令员林彪和参谋长伍修权与林弥一郎进行了交谈。

彭真说，听说你们想找事做，今天请你们来，就是想和你们商量，请你们协助我们建立航空学校。

建航校？林弥一郎对此毫无准备。

是的，过去我们没有空军，在战争中吃了很大的亏。现在有了条件，我们决定建立自己的空军，马上就着手去做。彭真说，如能得到你们协助，我们的信心就更足了。

你们不要有顾虑。伍修权说，我们一贯认为，日本侵华罪行应由少数军国主义分子承担。我们要求你们留下来，协助我们建航校，一定保证你们的生命和财产安全。

贵军承诺保证生命安全，我们深信不疑。林弥一郎说，这些天同贵军的接触已证明了这一点。

见林彪、彭真点头赞同，林弥一郎接着说，关于建航校，这是很复杂的事情，需要时间，还需要飞机、燃料、器材。这要具体谈，否则我无法说服我的同事们。我实际上已无权指挥他们了，只能靠说服，靠条件。

你说得很有道理。彭真接过去说，关于飞机、燃料、器材等，相信在你们的协助下，在这么大的东北地区是会找到的。你所讲的条件是指什么呢？

林弥一郎低头思索一番后，提出了三个条件：第一，我们需要得到应有的尊重，学飞行生命攸关，没有正常的师生关系是不行的；第二，必须保证身心健康，飞行体力消耗大，希望能考虑到营养和日本人的生活习惯；第三，飞行教学周期长，因此要解决好生活中的种种问题，有家属的须保证家属的生活，独身青年具备了条件就得允许他们结婚。

听了翻译，彭真与林彪、伍修权交换了一下眼神，坦诚地说，你所提的要求是合情合理的，飞行教员就得享受飞行教员的待遇；年轻人结婚也没问题，八路军干部也是有家属的；至于你们喜欢吃大米，我们会尽量保证供应，不过在东北土地上搞大米比较困难，如果出现断顿，只好请大家委屈一下了。

就在林弥一郎起身告辞时，又发生了戏剧性的一幕。

林弥一郎突然对伍修权说，将军阁下，我还有个请求。他指着伍修权腰间的柯尔特式小手枪：您能不能把这支手枪送给我？

伍修权大步走到他面前，拔出枪递到他手里，说，这支枪从长征到现在，我一直带在身边，今日送给你作为幸会的纪念吧。这支漂亮的白色手枪是第三次反"围剿"时从张辉瓒的一副官手中缴获的。伍修权毫不犹豫，是"军格"赋予他的本能。

哪有刚交枪就索枪的道理？林弥一郎为八路军将领雄阔的气魄和富于人情味的举止所震惊、折服。林弥一郎大队接受了协助建航校的要求。

首批学员的谜面和谜底

1945 年冬，办航校的各路人马向吉林通化开进。黄乃一、刘风等人和林保毅大队组成的东北民主联军航空队走在最前面。林弥一郎已改名林保毅。

这支队伍的成员身穿中日杂拌军装，用牛、马拉的大车倒拖着卸了翅膀的飞机，浩浩荡荡地在雪原上行进。上坡时，牛马的四蹄蹬塌了土石；在破败不堪的道路上，大车辘轳陷到坑里，这时大家就蜂拥而上，手推肩扛车帮、机头和牛马的屁股，发着喊向前推进。后来的四次大搬家都出现过这种奇特的场面。它带着强大的精神光芒、火红激情和苦涩的滋味，深深烙印在历史记忆中。

11 月 16 日，国民党军队攻占山海关，25 日占领锦州，直逼沈阳，东北局和"东总"11 月下旬从沈阳迁至本溪。航空队奉命由辽阳、本溪转场通化。转场时，能飞的飞机分批飞往通化，不能飞的二十多架飞机，由陆路转运。

航空队刚落脚，与蔡云翔一道起义的白景丰、何健生、吉翔、陈静山、秦传家等人也辗转来到通化。

随着环境相对稳定，人员、物资逐步到位，筹办航校的工作正式启动。

黄乃一调航空队任政委前，彭真和伍修权曾找他谈话，要求到通化后迅速选调学员，至于招生条件，可多听听起义人员和收编日本人员的意见。并指出，东北被日伪统治了十几年，不宜就地招收学员，应从部队选调。

招收学员究竟应注重哪些条件？起义人员首先强调文化要高，同时要身体好、年轻、聪明等。而林保毅把政治条件放在首位。他说，你们现在要选的飞行学员，是将来建设空军的骨干。飞行员飞上天，他就是飞机的主宰，空中虽然有空域的划分，但那只是假设，听不听你指挥是飞行员头脑里的事。因此，你们选飞行学员，首先和最重要的条件，是你们认为绝对忠于你们的人。而后他才提出须具备的文化水平、身体、年龄等条件及理由。

经过激烈争论，最后确定四个条件：一是出身好，来历清楚，有较高阶级觉悟；二是体检合格；三是年轻；四是有一定文化水平。前提条件是从部队选调。

但部队都在前方打仗，到哪儿去招收学员呢？

其实不用着急。罗荣桓司令员正率山东军区主力向东北进发，抗大山东一分校的一批年轻人将不期而至。

从临沂出发的一千多名学生跟着大部队，趁黑夜穿过敌人的封锁线，走山野绕过敌人的炮楼，日夜兼程，紧赶慢赶。到了龙口，梁必业站到一个石碾子上，说，我们这是到哪儿去呀？我们是要到东北去，去长白山上大会餐，鸭绿江边洗个澡，那里的大米白菜炖猪肉，堆满仓库的枪炮子弹等着我们呢！抗大学生这才知道要去东北。他们把枪留给当地军民，换穿里外三层新的黑色柞蚕丝棉衣棉袍和三片瓦毡帽，脖子上还挂了十几个用麻绳串起的火烧。

从龙口登上小船，在风浪颠簸的大海上折腾了三天三夜，在辽宁庄河上岸再步行到丹东，挤在没有帮的光板车上到沈阳，再到煤城抚顺转北上。1945 年 12 月下旬，一千多名学生到达通化。

这真是个神奇的年代，一方面你两手空空，另一方面仿佛想要就有，说来就来。抗大山东分校的不期而至，解了航空队的燃眉之急。经东北局批准，决定从抗大分校选调学员。

本来想选调一百二十人，"十里挑一"还挑不出来吗？可结果却并非如此。

脑体测验倒是难不住这些小伙子。日本人用的是原始方法：在你面前的黑板上翻动一本挂历式地写着算术题的题本，如"3 + 7 = ?"，每翻一页你要迅速报出答案，这同时还有两人各执锣鼓站在黑板两侧，左边敲锣你得迅即伸出左手左脚，右边敲鼓伸右手右脚，虽然弄得你手忙脚乱，但嘻嘻哈哈连滚带爬的都还能过关。

体格检查的关就不好过了。史沫特莱曾记录过新四军某部体格检查的情况：在"一百八十五名学员中，百分之百有沙眼，百分之二十有疝气，百分之三十有疟疾，百分之二十有骨疡，百分之五十有疥癣。闹肠胃病的人数很多，浸润性肺炎患者有八个。没有梅毒病人"。并说这个统计数字同各连队的统计报表相近。抗大学生类同，营养不良以至患有常见病也属自然。

经体检和测验，最后勉强有一百零五人合格，其中有林虎、张积慧、侯书军、孟进、王洪智等人。即使是他们，身体也不见得就很棒，比如林虎就曾在战斗中负伤造成严重脱肛，还患有慢性肠炎。他是因没有专门体检设备蒙混过的关。后又从炮兵学校挑选了五名学员。

190

这一百多名学员的命运仿佛还没有写出谜面，就翻出了谜底。他们的生命沸腾了。然而，就如同人民空军的建设还处于冬季板结泥土下的蛰伏萌动期，他们未来的路曲折而漫长。

随着队伍的扩大，奉"东总"命令，航空队扩编为航空总队。

1946 年元旦，四百余人集合在通化第二中学的操场上，举行航空总队成立大会。朱瑞兼任总队长，吴溉之兼任政委，常乾坤、白起、林保毅任副总队长，黄乃一、顾磊任副政委，白平任政治部主任。林保毅、蔡云翔、刘风均任职。

航空总队面临的主要任务是搜集航空器材，完善训练和生活设施，为建立航校打基础。

像"破烂王"一样满世界找器材

从延安赴东北的三批人马历经千辛万苦，在辽宁的朝阳不期而遇，一道前行吉林通化。常乾坤、王弼一行到达铁岭时，东北局已迁至抚顺。常、王二人即往抚顺请示工作。

彭真告诉他们，"东总"已在通化成立了航空总队，下一步还要办航校，到时准备让他俩担任校长和政委。他的中心话题是搜集飞机和航材，他说就像农民不能没有土地，办航校不能没有物质条件，现在迫在眉睫的任务是抓紧搜集飞机和航材。

对于航校的创业者来说，搜集飞机和航材，是一次艰苦卓绝的远征，是一次悬念迭出的历险，是一次举重若轻的战役。

常乾坤、王弼回到铁岭，在附近的平顶堡发现一个日军遗弃的发动机翻修厂，还有地下油库和隐蔽在山洞里的弹药库。常乾坤让尹才升、王琏、林征、欧阳翼、龙定燎等人负责把这批物资运往通化。

尹才升、王琏等人来到平顶堡，当跟着向导进入库区时，差点没把他们乐疯了。这简直就是一座宝库！活塞式汽油发动机、航空仪表，还有修理用的设备、仪表及各种零配件、消防、五金器材等，比比皆是。就像流浪汉一下走进了王宫，看得他们眼花缭乱，欣喜若狂。

在当地和沿途政府、驻军的帮助下，大车转火车，火车转大车，经过四五百公里艰难辗转，把这批航材运到了通化，计有活塞式汽油发动机二百多台、崭新的航空仪表一百余箱、汽油数百桶，此外还有一批修理用的设备等。

常乾坤、王弼继续往前搜寻。沿途的机场都曾遭到日军、国民党特务的破坏和土匪的洗劫。有些飞机和航材被苏军拉到乌拉尔炼钢铁去了。老百姓认为是敌产，把飞机轮胎卸下当大车轮胎，或割成块做鞋底，在机翼下砍了许多窟窿找汽油。飞机被肢解得缺胳膊少腿，内脏能扒的都给扒走了。

东丰机场趴卧着三十多架飞机，浩浩荡荡让人为之一震，可走近一看，这还叫飞机吗？这叫一堆废铁。常乾坤把机壳拍得雪块震落，话锋一转又说，但又叫飞机，这堆废铁准能拼凑出几架飞机来。

王弼、常乾坤等到海龙后，又兵分两路，王弼带领魏坚、顾光旭等人前往吉林，调查东满、北满的机场设施情况，搜集航空器材；常乾坤等直奔通化。

王弼、顾光旭等人乘卡车在寒气砭骨的风雪天地间边走边查，辗转到了哈尔滨。听说平房区有一个日本人遗弃的地下仓库，顾光旭便带人前去搜检。进入阴冷阴冷的地下仓库，见墙边摆着许多大大小小的罐子，就一个罐子一个罐子打开来看，这一下几乎让他们全部送命。原来这里是臭名昭著的日军731部队的一个细菌试验场，这些罐子都是用作试验的器具。他们在搜寻时，嗓子里像被塞进了炭块，火辣辣令人窒息，回驻地不久就出现发烧、昏迷的症状。经医院全力抢救，同去的五人有两个中国人和一个日本人大难不死，而另有一个日本人和一个朝鲜族人献出了年轻的生命。顾光旭是幸存者之一，这位在延安因设计纺织机而闻名的小伙子虽然捡回了一条命，但却受到严重的摧残，说话急时就犯口吃，原本英俊的脸上落下了满脸麻子。

他们以生命的代价，在哈尔滨平房附近的孙家机场和双榆村机场等处发现了不少日军遗弃的飞机。

魏坚、路夫等人往东满搜寻。东满"胡子"猖獗，一路上险象环生。"办航空"在自己人中间是块响亮的牌子，可"胡子"不认你这个。从牡丹江过五林河时，大股"胡子"摆出拦截的架势，牡丹江军区首长方强、李精璞派装甲车护送他们硬是冲了过去。到了倭肯，盘踞在这里的七股"胡子"也设障刁难。晚上，他们同土匪头子谈判，酒越喝越高，气氛越来越冷。一个土匪头子假装喝醉躺下掏枪，路夫机警地用胳膊碰碰魏坚，同时猛扑过去，一把抓住了他的手枪。经过机智勇敢的斗争和晓以大义的劝说，土匪才放行。

东满一线是日军进攻苏联的主要基地，但几乎全被苏军炸烂烧毁。他们此行的最大收获是保住了牡丹江的海浪机场。

航校成立后，常乾坤抢在国民党军进占一些城市之前，先后派出十几批人员，抓住时机搜集和搬运航空物资。

张开帙奉命率一路中日人员杀到南满。他们先在抚顺搞了二十多车皮从油页岩里提炼的航空汽油。甩头杀到东丰，冒着敌机的袭扰，将三十架"九九"高级教练机全都拆卸装上火车运走。随后又在公主岭机场的土质机库里，发现一批发动机、螺旋桨。上火车也不好办，火车正在紧急运送部队，一列列车皮刚靠站就呼啦上满了人，航材只能见缝插针搭车，这里塞一台发动机，那里塞一个螺旋桨，不知装了多少趟列车才把器材运出去。其间敌机来扫射，打死了骑兵部队的几匹高头大马，噗噗地淌了一地黏稠的马血。

离开公主岭，张开帙又率队和航校续派人员会合，北抵哈尔滨附近的孙家机场。偌大机库里的设备和器材基本上都被苏军弄走了，但也许是技术系统不一样，苏军拉回去也是废铜烂铁吧，机场上的飞机还在，计有大小各式飞机近二十架。苏联人不要的东西，对一穷二白的航校却是宝贝，他们把剩下的东西统统吃进，连顶铁、铁量规、形状各异的铁块，还有几个重至几吨的平台，拉了个一干二净。

这次火车运输更是费尽周折。当时东北局已决定放弃哈尔滨，负责铁路运输的吕正操坐镇车站。车皮供不应求，但对张开帙的要求，再困难也要尽力满足，结果凑了二十多个平板车和敞口煤车。但临出发前，司机和司炉却扔下火车头跑了。张开帙赶紧到机务段要司机，军代表答应解决，但要等待。虽说国民党怕中"空城计"，学司马懿终未敢跨过松花江一步，但当时的火药味越来越浓，这二十多车皮物资危在旦夕。他们心急如焚，死缠着面孔黝黑的军代表。熙熙攘攘的军代表室里两部电话响个不停，弥漫着用碎烟梗卷的"马哈洛"烟呛人的烟雾。有人急得大声争吵，有人拍着桌子。时近午夜，他们终于领到了条子。这次他们学乖了，一面用马肠和面包款待司机和司炉，一面派人持枪守着火车头，面带微笑陪着他俩。

火车喷吐着浓烟出发了。听说山上有"胡子"，一百多人的长短枪在火车的前前后后布置了火力网。火车吭哧吭哧地爬山了，越爬越慢，最后像耗尽了力气的汉子，吭吭地喘着粗气，挪不动脚步。大家就跳下车，有的帮助递木柴，有的推车皮，车轮又一圈一圈吃力地转动了，一圈一圈，艰难地爬上了顶峰。回到航校，张开帙竟还在睡梦中猛推妻子的下巴，口中喊着"快！快推火车！"

从1945年10月到1946年5月，航校的创业者们冒着狂风大雪、炮火硝烟不分昼夜地在东北大地上梳篦，有人累坏了身体，有人被细菌武器染上慢性疾病，有人在抢运时被火车轧断手脚落下残疾，有人在敌机袭击中牺牲。

这一切换来的成果是：各种飞机一百二十多架，航空发动机二百多台，酒精二百多桶，航空仪表二百多箱，各种机床设备等物资二千八百多辆马车。这就是航校以至人民空军最初的家底和基石。

刘亚楼后来说，贺龙靠两把菜刀创建红军，我们是靠破铜烂铁创建空军。

靠搜集敌方的飞机和航材起家，在世界空军史上绝无仅有，它透出窘迫和无奈，也透出一种强大的精神。落后的历史境遇造就了我军的革命理想主义和英雄主义精神，而正是这种精神的力量推动着我军在逆境中不断成长壮大。

航校甫一成立就遇上了"老爷岭"

1946年3月1日。通化。在这个时空的交叉点上，中国航空史上一座划时代的里程碑拔地而起。

初春的通化乍暖还寒，阳光闪动着清冷的暖意。通化市第二中学被常青松柏和人工纸绢所装饰，透出冬天里的愿望。五百余名学员和日籍留用人员集中在不大的校园里。

上午10时，何长工、朱瑞、吴溉之、常乾坤、黄乃一、白起、林保毅等走上设在校舍回廊下的主席台。何长工头戴苏联红军的羊皮直筒帽，也许是受过伤，看起来行动不太方便。

一个不起眼然而意义深远的庆典开始了。

何长工宣告：东北民主联军航空学校正式成立了！

建立自己的航校，是萦绕在共产党人心头的一个梦，一个坚定的信念。从大革命时期，到内战时期、抗战时期，中共抓住一切时机，把自己的优秀分子一批批送到国民党航校、苏联航校和盛世才的航校培训学习。如果自己有航校该多好！而今这不再是梦。航校，在战争的废墟上呱呱落地！

鞭炮锣鼓一片喧腾。官兵们击掌庆贺。他们是在代表历史和未来庆贺。

接着，何长工代表党中央、东北局和"东总"，宣读了航校领导的任职命令：校长常乾坤，政委吴溉之，副校长白起，副政委黄乃一、顾磊，教育长蔡云翔，副教育长蒋天然，校参议兼飞行主任教官林保毅，政治部主任白平，训练处长何健生，校务处长李连富，供应处长蒋金廷，学生大队大队长刘风、政委陈乃康，机务处长田杰，修理厂长陈静山。

这是个奇特的组合，其中有革命军人，有汪伪起义军人，有留用日本军人。

念完命令，何长工发表了即兴演讲。他问学员当中有谁吃过敌机轰炸的苦头。队伍举臂如林。他说，是呀，空军的巨大威力在第一次世界大战中就显露无遗，我党从创立之初就看到了这一点，就为建立空军做努力，但条件不具备，我军吃够了挨炸挨打的苦头。抗战胜利了，我们有一点条件了，我们急需建立自己的空军，急需建立自己的航校！现在，这个伟大使命就落在了你们的肩上！

这是人民军队有史以来第一所真正意义上的航校，代号"三一部队"。

新生的航校艰难起步。航校成立前后，先有国民党特务孙耕晓勾结拒降日军少将藤田实彦发动震惊全国的大暴动，航空队的小赤参为骨干，事情败露后又诬陷林保毅，在航空队造成剧烈动荡。后有国民党飞机频袭通化机场，欲将航校扼杀于摇篮中而后快。土匪"座山雕"也率匪众包围航校，企图趁火打劫捞一把。

不久，国民党军队攻占了沈阳、辽阳、铁岭等地，通化日趋吃紧。3月中旬，"东总"决定航校立即到北满选址，另起锅灶。

航校成立才一个半月，就为战局所迫向牡丹江迁徙。

长长的列车在崇山峻岭间艰难地蠕动。上老爷岭山坡，一个车头拉不动，必须另有一个车头在后面推，但无法找到另一个车头。就像张开帙他们搜集航材时一样，坐车的人都跳下来推车，远远看去如同一群蚂蚁在搬运一截长长的树枝。有人说："咳！人推火车，说怪不怪，咱还要举着飞机上天呢。"列车就像一个决心，穿过闪闪火光、滚滚硝烟，坚定地驰往目的地。

能飞的飞机分批由空中转移。这个任务全部交给了日本人，林保毅和领受任务的飞行员感动得流下了热泪。士为知己者死，他们没有辜负这份信任。但也出现了意外，大冢等四人驾驭一架双发运输机不幸坠毁在市内的一家发电厂，机毁人亡。此外，十五架敌轰炸机4月21日突至通化机场，盘旋投弹半小时之久，炸坏了最后七架能飞的飞机，造成重伤一人，轻伤五人。

通化的物资还没全部转移出来，梅河口就失守，铁路彻底中断。航校指派欧阳翼率领包括十七名日籍技术人员在内的小分队，设法把滞留在通化的二十八架破飞机等剩余物资弄过来。欧阳翼在抢收器材时被毒气和细菌所伤，患上"回归热"。他在病床上接到任务，即率小分队直下南满。

欧阳翼这一路有三大困难，一是拆卸二十八架破飞机没有工具，二是敌机不断来袭，三是火车运输须绕道朝鲜走国际线。前两个问题，他们依靠地方政府和驻军，跟敌人斗智斗勇解决了，最难的是后一条，因为按国际交通线条文，军用物资不得通行。

火车在朝鲜又卡了壳，要想通过，除非金日成批准。欧阳翼去朝鲜军事委员会求见金日成。值班大尉说，要持单位介绍信申请，并排队等一个星期。欧阳翼又去实为驻朝鲜办事机构的黎明公司，相当于大使、副大使的正、副总经理朱理智和李士敬听说运航空物资，态度非常热情。李士敬当即给金日成打电话。金日成答应马上接见，时间定在7点半。此时是凌晨5点。欧阳翼激动得热泪盈眶。当他们如期来到军事委员会，金日成已在门口等候。那位大尉军官惊讶得张大嘴，指着欧阳翼对身边的人说，这个人真是了不起，几个小时就见到了金日成元帅！

金日成在国宴厅招待他们。金日成说，在国际线上运军用物资会造成误会，我方工作很困难，不然就把这些物资暂留朝鲜，由朝鲜航校代管，这样安全些。欧阳翼说，听说刘风与金元帅并肩在长白山的原始森林里打过游击，我代表他请求金元帅给予支持。金日成说，刘风现在做什么？当年我们在一个连，他当连长，我当指导员。

当谈完"刘风"这个话题，金日成拍了板：你们把物资伪装好，晚上行驶还是可以的。

这批物资终于在5月底全部运抵牡丹江。

用辩证法破解三个"死穴"

一个伟大的事业必然要走一条伟大的道路，这条道路之所以伟大，不仅在于它宽广、明亮，更在于它充满艰难和曲折。航校开课伊始就迎头撞上刘少奇和任弼时说的"意想不到的困难"：没有初级教练机，没有航空汽油，文化低学不懂理论……

问题如山，怎么解决？校务会开得像炒爆豆。校长常乾坤和政委王弼时常争得面红耳赤、拍桌子打板凳，吵到激烈处怕影响下属就改用俄语。常乾坤的四方脸历来宽厚随和，王弼瘦削的下巴透出精明灵活，但他们对航空事业的执着是一样的，否则王弼不会绕开通化到哈尔滨坚持要办机械学校，后来刘亚楼也不会因意见分歧对部下抱怨常乾坤太固执，刘亚楼说他这个人太难说服，我们开会摔茶杯摔了一地。常乾坤学领航，王弼学工程，这也会造成思维的差异。坚持自己的角度，其底色是忠诚和责任。

争论是民主的体现，是党和军队的法宝。一个人聪明，是当他形成一个想法时，又能从反面试图推翻这个想法。一个集体也同样，搞一言堂或当和事佬搞折中，会导致集体愚昧。他们争论，也发动大家争论，激烈的争论激活了思维和智慧，其本身就体现为深刻有力的辩证方法。最终，他们握住了开山斧和金钥匙。

化解教学的"死穴"是在以什么方法教学的争论中进行的。

当时教员全是日本人，他们都受过正规训练，他们主张按常规先学理论、原理，再逐步接触实际。在国民党航校学习过的一些同志和汪伪起义人员支持这个意见。但事实摆在那儿，这个办法难以行得通。从山东抗大来的学员，都是苦孩子，多数连四则运算都不会，硬叫他们马上去啃理论，弄得他们晕头转向，他们把这比作"老牛拉破车"，还编顺口溜说"枪炮一响，手就痒痒，学不懂，憋得慌，飞不上，等得慌，不如打起背包上前线去打仗"。

另一种意见是以实物教学、直观教学为主，先要求学员知其然，不必知其所以然，跨过书本尽早学会飞机的操纵、修理技能和简单构造。这就好比先学会开枪放炮，而后再学枪炮的构造和弹道原理。

常乾坤、王弼赞同后一种方法。打破常规，开拓创新，一切从实际出发，走自己的路。实际上，人民军队从创建以来，武器装备就一直处于逆势，一直是实行"拿来主义"，由敌人这个供应大队长提供，拿过来就用，弄懂原理是下一步的事。此法不是没有缺陷，如同盖房子不先打地基，不合规律。但什么是规律？淮南为橘，淮北为枳，树与泥土、气候的结合才是规律。

两种同意见达成妥协：用实物教学为主的方法试行一段，边走边看。

飞机仪表、机件等器材搬进了教室。台上放个实物，教员边拆边讲它的构造、性能、功用，学员果然一看就懂，成效大增。

气压高度表并不复杂，冢本在黑板上画了好几天，学员还是满头雾水。这次，他把气压高度表带到课堂，一堂课就讲清楚了。汽化器里面的油路看不见，摸不着，冢本吸一口马哈洛香烟，从一个孔吹入，同时堵住其他孔，让烟从预定的油孔冒出来，学员们脑子里的油路也通了。

御前喜久三上飞机构造和飞行动作课，先领着大家参观飞机，然后，他张开双臂当机翼，翻转手掌比作飞机倾斜、转弯，撅着屁股低头推杆算是飞机下降，简直像是在跳舞。

八－13甲发动机的九个气缸怎么协调工作呢？冢本给五个学员从一至五编上号，让他们按一、三、五、二、四号围成圈，伸出右手同握一根木棒，然后按一至五号的顺序，分别口念进气、压缩、工作、排气，推着木棒转磨圈，只转了几圈，他们就大致领会了气缸的对应关系和工作原理。

由于对专业技术不熟悉，有时翻译人员也少不了杜撰，如把操纵杆译成"驾驶管"，把飞机座舱译成"飞机座篓"，座舱内的活动照明灯叫"小老鼠"，螺旋桨叫"大扇子"，起落架叫"飞机腿"，整流罩叫"帽子"，不一而足，过去这样翻就把学员带进了绕人的迷宫，而今成了无意的小幽默。

学员都是十里挑一百里挑一的人精，缺的是知识，而不是智慧。实物教学搭起了通往天空和像天空一样的抽象理论的桥梁。

攻克没有初教机的"死穴"也是在争论中形成统一意志和力量的。

常乾坤提出：没有初、中级教练机是一下子改变不了的现实，能不能越过初、中两级，直接上"九九"高级教练机训练？

不能。林保毅说，世界各国都采用循序渐进的三级训练法。在日本，培养飞行员通常要先飞两三年的初、中级教练机呢。

能不能在地面多练，上天由教员多带飞呢？

学开飞机不像学走路，倒像是学游泳，飞机是不能在空中停下来的，直上高教风险太大。

学员们说，不入虎穴，焉得虎子？我们甘冒风险！

反对意见似乎更有道理：这违反科学，想一步登天，只怕飞得高，摔得惨。

常乾坤犹豫了，主张直上高教的人犹豫了。"九九"高教比木质的英格曼初教机快了近一倍，直上高教的风险系数不言而喻。

东北局和"东总"支持直上高教。我们从来就是在战争中学习战争，从来就是在激流中学习游泳的。

曾在血与火中冲锋陷阵的学员的勇敢精神遇到了挑战。他们被激得嗷嗷叫。闯！否则是死路一条！

没下过水就学游泳，没学会走就跑！常乾坤一掌劈在会议桌上。做第一个吃螃蟹的人，三步并作一步走，突破常规，直上高教。

校领导每天都蹲在机场，与教员一道把握各个环节，严格要求，一丝不苟；他们又站在学员的角度细心学习和体验每个动作要领，像学员那样提出问题，勤学苦练。

7月下旬的一天，一架"九九"高教的尾翼拴上了红布条。这是新飞行员放单飞的标志。

第一个放单飞的是吴元任。他刻苦勤奋，加上在延安工程学校和新疆航空训练班学习过，有点基础，训练进度神速。常乾坤说，你这一飞，事关航校的生死存亡，不能有半点差池。吴元任双脚一靠，说："我有十分的信心！"

有把握吗？常乾坤看着吴元任坐进机舱，又一次问林保毅，要不要再带飞几个飞行日？

林保毅说，我看没问题，他飞得很棒！林保毅体察到常乾坤的心情就像天平：一边是盼着学员能早点放单飞，另一边替他们的安全担心。

常乾坤一声令下，吴元任驾机飞上了天空。

当飞机返回，安全着陆在跑道上时，机场上的人群欢呼着一拥而上，像迎接英雄一样，还有人往他脖子上套了一只用野花野草编的花环。

直上高教成功了！虽然只飞了一个起落，但却是了不起的一步。吴元任的成功迅速扩及全班。甲班十二名学员平均只由教员带飞了十五小时，就驾驶"九九"高教实现了"一步登天"的梦想。

燃料荒这个危及航校生存的"死穴"不破，航校就如同初生儿断了奶。航校领导万分焦急，一方面进一步搜索日军秘密油库，一方面通过"东总"向苏联求援，结果两头落空。

"东总"决定："航空学校有飞行粮食（航空汽油）就办，没有飞行粮食就不办，就停。"

没有退路，难道也没有进路，就此陷入绝境了吗？

据林保毅说，太平洋战争后期，日本与中东的海上运输线被美国海军切断，汽油来源断绝，日本空军做过用酒精代替航空汽油的试验，不知是否成功。白起副校长也说，二十年代他在法国留学时，也曾听到过用酒精做飞机燃料的传说。

张开帙也提供了一个启示性线索，说他在搜集航材时，曾在朝阳意外发现日本人从木材中提炼的两桶用作汽车燃料的"松根油"。他还说，在国统区，长途汽车的驾驶室旁都有一个烧木材的炉子，启动发动机前，司机助手都要呼呼地摇风扇扇火，用烟雾作为汽车发动机需要的燃料。

飞机上装个炉子烧木材显然不如烧酒精更具实验性。但酒精的发热量远小于汽油，能不能行呢？

就当此时，"东总"发来一份材料表明，在 1945 年初，美国第三舰队在菲律宾以西的南海击溃日本北运石油的船队和护航舰队，致使产于东南亚的石油无法北运，驻中国东北的部分日本航校只得用抚顺生产的无水酒精代替汽油进行训练。

同时发来的另一份日军材料与上述相悖：日军在用酒精代替汽油的飞行试验中摔死三十一人，关东军司令部下令停止研究、试飞。

这时，航校机务人员发现有的高教机上的汽化器喷油嘴有两种尺寸，这会不会是一个用于汽油，一个用于酒精呢？

不管日本人是否试验成功，这些信息起码是一个启示：酒精代替汽油有某种可能。航校决定进行试验，成立了由白起牵头的攻关小组。

时任东北局书记、财委会主任的陈云拨专款用于试验，他说：

为了航校建设，准备把一百万东北币扔到大海里去。

攻关小组把一天掰成几天地干了起来。他们对酒精与汽油的燃点、燃速和能量等进行分析和比较，发现酒精的热效率虽低，但通过提高酒精纯度，改造汽化器喷油嘴增大喷出的酒精量，是可以产生很大马力的。于是，从汽化器入手研究改装燃料系统，同时抓紧研制高纯度酒精。

经历了无数次失败和改进，用高纯度酒精代替汽油试验成功。同时酒精厂也研制生产出了高纯度酒精。这期间还抓获了国民党派到酒精厂搞破坏的特务。"东总"后勤部长叶季壮笑着对陈云说，咱这一百万是扔到金库里了。

空中试飞是最关键的一步。本来就是"老爷飞机"，又是用没有成功经验的高粱米蒸煮出来的酒精去试飞，这无疑要冒极大的风险。谁上？我上！大家把执行这个任务视为光荣，请缨的手臂举如笋林。航校领导把任务交给了飞行经验丰富的白起和日籍飞行教官黑田。

1946年9月初的一天，牡丹江畔的海浪机场上汇集着紧张、疑虑，预期的欣悦、激昂，初凉的小秋风和灿烂阳光。

白起和黑田登上了飞机。试车后，飞机滑出对正跑道，黑田举手示意要求起飞。信号员扬起了放飞的白旗，老"九九"一声咆哮，犹如一匹烈马拖着浓浓的黑烟狂奔起来。不一会儿，奔马变成了飞马，腾上百米的空中。它绕着机场飞了小小的一圈，稳稳地滑落到跑道上。

在当时条件下，用酒精代汽油是个了不起的创举。对中共航校用酒精做燃料进行飞行训练，国民党空军作为重要情报送到了蒋介石那里，美国航空杂志也做了专门报道。

航校在绝境中起死回生了。困难是一把镢头，航校借助激活三个"死穴"创造了奇迹，发掘出创造奇迹的能力。

他们的到来将为天空增辉

这段时间，在人民空军的历史中灿若星辰的人物和群体先后亮相航校。

1946 年 8 月，时任"东总"参谋长的刘亚楼首次来航校视察。自 1932 年缴获漳州守敌张贞的"摩斯"飞机，这是他第二次见到属于自己的飞机。在这中间，他的人生命运经历了极富传奇色彩的转捩与演进。

1932 年初夏，刘亚楼率部从漳州回师赣南，跨过于都河桥撤离苏区西进，突破乌江，智取遵义。1934 年 10 月，随中央红军西进北上，于 1935 年 10 月完成英勇悲壮的两万五千里长征。其间，刘亚楼率部充当先锋师，浴血百战，功绩显赫。

1936 年 6 月，刘亚楼到瓦窑堡红军大学学习，半年后毕业留校，1938 年 1 月任抗大教育长。同年 4 月，被派往苏联伏龙芝军事学院深造，三年苦读，学识锐长。1942 年，由于新疆军阀盛世才公开反共，从苏联回延安的通道被切断，学成的刘亚楼被分配到苏军远东军区实习，化名"撒莎"，少校军衔。1945 年 8 月，他随苏军进入祖国的东北。

刘亚楼随苏军进驻大连，化名"王松"，充当了驻大连苏军司令部与中共大连地委的联络人。1946 年 2 月，他找到来大连养病的罗荣桓，要求归队工作。林彪赏识这位老部下。苏德大战前夕，林彪在苏养伤，他俩都参与了第三国际将领关于对德作战的讨论，各国多数将领认为战争将从苏联的粮仓乌克兰打响，刘亚楼的判断与林彪不谋而合：战争将在白俄罗斯爆发，因为希特勒的摩托化部队和闪电战术注定要选择那里。但最高决策者认为希特勒不会再步拿破仑后尘。后来的事实应验了刘、林的判断。5 月，经罗荣桓、林彪推荐，中央军委批准刘亚楼为东北民主联军参谋长。

刘亚楼察看了机场、飞机、宿舍和教室，详细了解了人员、训练等情况。

在全体党员干部会上，刘亚楼说，你们知道肩上的担子有多重吗？毛主席、党中央很早就想建立自己的空军，1932 年打漳州时缴获了一架敌机，毛主席看了这架飞机，说只要我们脚踏实地打下去，我们也会有自己的空军。当时我坐在那架飞机里，心早飞到天上去了，心想我们要是有自己的空军该多好啊！但那时没有条件，那架飞机开到瑞金，没有油料和器材，只得扔了。1930 年在湖北也弄到过一架，还打过仗，后来拆散埋藏在大别山山沟里了，争取过来的飞行员也被国民党捉去杀了。

没有空军不行哟同志哥！刘亚楼放慢语速说，1933 年藤田整编后，我当二师五团政委，在第五次反"围剿"的大雄关战斗中，我率团攻木嵊鱼附近的制高点久攻不下，师政委胡阿林亲临火线指挥，被敌机扔的炸弹击中，壮烈牺牲……

他眼圈潮红，抓起茶缸把满满一缸水一气喝干，说，现在我们办航校，将来还要办空军，同志们，你们肩上的担子重哇！

9 月 20 日，新疆航空队和刘善本机组自延安王家坪踏上了奔赴

207

航校的征程。前一日中央军委和中央办公厅在杨家岭设宴饯行，彭德怀、杨尚昆发表了热情洋溢的讲话。

新疆航空队是7月11日到达延安的。

抗战后期，中共多次要求释放政治犯。毛主席到重庆谈判，此要求写入了国共两党的《双十协定》。周恩来曾登门拜访国民党谈判代表张治中，要求释放新疆在押中共人员。1946年3月底，张治中出任西北行营主任兼新疆省主席。到任后他给蒋介石连发三份电报，力陈释放中共在押人员的利害。蒋介石拖延不决，直到5月中旬，才在多方压力下勉强同意。张治中深恐延时生变，经与狱中人员商谈，迅速做出三个动作：一是由新疆警备司令部少将交通处长刘亚哲护送，否掉军统特务机构提出的"押送"计划，降低了途中遭暗算的危险；二是电令甘肃省主席谷正纲，陕西第一战区长官胡宗南、省主席祝绍周等，强调中共人员是经蒋介石同意释放，沿途军警应妥为接待；三是将被释放人员的简历和动身日期电告周恩来。

6月10日，新疆航空队的同志结束了四年的黑牢生涯，同包括加起来只有八只眼睛五条腿的五个残疾人在内的百名中共人员及老弱妇孺登上了十辆大卡车，向延安进发。

他们经过一个月三千余公里的艰难行程到达延安，朱德亲迎入城。回到延安的有方子翼、方华等三十一人。原队中的另一些人有的牺牲、病逝，有的改行，还有的当了逃兵或叛徒。

毛泽东、朱德、刘少奇看望和宴请了大家。朱德深情地对航空队的同志们说，我这个总司令现在有飞机，有机场，就是缺你们这样的驾驶员呀。我们已在东北建立了一所航校，你们是党花了很大心血培养的第一支航空队，你们要去当骨干，去培养更多的航空种子。

与新疆航空队同行的刘善本机组是国民党空军首批起义人员。

刘善本原系国民党空军第八飞行大队上尉飞行参谋。这位农民的儿子怀着满腔"航空救国"之志考入航校，1943年赴美学习驾驶B－24轰炸机，1945年5月学成回国，不想却被当局羁留在印度的卡拉奇，抗战结束后才得以回上海。回国后的所见所闻让他对国民党统治感到绝望。他相信只有共产党能够救中国，决心投奔到延安。

6月26日，他利用到昆明运无线电器材的机会开始了行动。飞轰炸机需多人配合，他本想秘密联络几个人一块儿干，但特务密探大行其道，时间又紧迫，思索再三，他决定独胆走一着险棋，把命运押给了自己的智谋和胆识。

刘善本驾机穿云升空。对正昆明航向，调好自动驾驶仪后，他来到后舱，用极冷峻的口气对搭机的几个人说，我们前面几个人要飞到延安去反对内战，你们要多加小心。然后回到前舱，闩上门就大呼："糟了，糟了！"他说后舱全是八路，带着手枪和集束手榴弹，要求送他们去延安，否则就拉响手榴弹和我们同归于尽。驾驶舱顿时像发生了地震。炮筒子脾气的张受益想摸枪，但枪已被刘善本踢到座椅底下。刘善本见他们信以为真，就暗示说，我的朋友老陈也是共产党，你们看怎么办？张受益说要跟他们讲理去。刘善本一把拉住他，说，你不能去，免得你毛里毛糙闯了祸，让大家跟着遭殃。大家也都帮腔。刘善本就势说："反正延安也不是外国。我们抗战八年没死，这要死了多冤，送就送他们一趟吧。"

刘善本大智大勇，就这么无中生有两头借枪把两拨人整熨帖了，任由他把飞机开到了延安。

这一天是全面内战爆发的当天，刘善本在黑云翻滚的天空举起炽烈义旗，给发动内战的蒋介石集团以沉重的一击。它"点燃了一盏明灯"，此后起义飞机一架接着一架，至 1949 年 6 月，共有五十四人携二十架飞机飞上这条光明的航线。与他同机组的张受益、唐世耀、唐玉文也加入了起义。

6 月 26 日当晚，延安举行欢迎大会。当刘善本等人到达礼堂门口时，等在那里的一群人中走出一人，他微笑着握住刘善本的手："毛泽东。欢迎你们到延安来。"

新疆航空队和刘善本机组于 1947 年 2 月初到达航校。

王海和刘玉堤，这两位在未来朝鲜战争中威震长空的英雄，也于这一年夏天来到航校。

1946 年 6 月，在临沂人民革命大学学习了半年的王海北上到了丹东。他面临三个选择：留地方工作，到航校或坦克学校学习。留地方工作颇具诱惑力，当地干部奇缺，凡是来自关内、经过战争考验的，就是伙夫、马夫，大小也能当个营长。但王海与同行的邹炎等六人毫不犹豫地选择了航校。

他有一个童年梦。他的家乡威海曾是英殖民地，在威海与刘公岛之间的海面上常有英国的水上飞机起落。小时候，他看到一架飞机在空中拖着长长的布袋，另一架飞机跟着它"咚、咚、咚"地开炮，他不知这是打空靶，十分好奇。有一次，飞机翅膀一斜栽了跟头，头冲下摇摇晃晃坠到地面，他跑过去一看，翅膀原来是木头的，糊着油布，里面还有钢索、滑轮。这东西怎么能飞上天呢？他富于挑战的天性死死抓住这个神秘的疑团，以至决定了他的一生。

刘玉堤是6月初从张家口出发的，卡车刚到赤峰，就说前面战事吃紧，让他们返回。前一年，他随常乾坤从张家口出发，常乾坤等乘卡车走，刘玉堤一批人步行到平泉被战火挡回，留在张家口航空站学习和工作。这回说什么也不退了，他搭上一辆做买卖的大车直奔开鲁，又步行走过科尔沁草原。鞋子磨穿了，脚磨出血泡，把内衣撕成布条包住脚继续往前走。到了通辽，当地的党政领导乌兰夫见他穿得破破烂烂，又黑又瘦，让伙夫为他炖了一锅羊肉，还送给他一双布鞋、两块银圆。随后乘火车到达齐齐哈尔，当地驻军的后勤部长试图说服他留下当参谋，并配给他一杆大枪，但他仍然执拗地往前走。搭大车、扒火车，步行，当乌兰夫送给他的鞋子也露出脚指头时，他终于抵达牡丹江。

这一年秋天，又有徐怀堂、王中笑等从战斗部队、机关学校选送的一百多名年轻人在赖传珠率领下从临沂新四军军部开赴航校。此后，又有大连汽车学校和东北军大、华东军区、冀东军区、晋察冀军区等选送的人员陆续到达。

历史的潮流滚滚向前。这其中的每一朵浪花、每一股激流都在从历史大势中汲取力量的同时推动着历史大势前进。

带着自尊跟日本人学飞行

航校又搬到了东安（今密山）。冬季天寒地冻，无法组织飞行，航校决定集中精力补习文化。半年后学完三门基础课时，新课本同步编就，每本都有两指多厚，他们自己翻着都咋舌。

在那个新与旧大搏斗大裂变的时代，航校从领导到学员都是理想主义者。当墓盖一样沉重窒息着他们的悲惨宿命猛地被掀开时，清澈阔大的阳光和青草的气息一下子打开了他们的生命。渴望自由和获得自由的幸福冲动使每个人都变成了一眼高压油井，喷发出在历史深处积郁了几千年的能量。这种类似狂热的激情不能说是盲目的。人的思想、意志和个性有时是在个人身上，而有的时候是在历史身上。当个体的价值实现与集体的阶级的理想实践相一致时，他的思想行为越是集体的阶级的，就越是个体的。人在由必然王国向自由王国的漫长跋涉中，个体有时消失在群体中，恰恰是为了更有效地开发出个体。

当残雪融化时，航校涌动着求飞的激情。飞行教员队、一期甲班和机务保障队即分赴五道岗机场和桦南的千振机场。一期乙班和新成立的领航班不久也进入机场。教员是清一色的日本人。

教员队队员一大早就来到机场。吕黎平由主任教员林保毅带飞。他抑制不住地激动。五年啦，总算盼到了这一天！4月4日这一天与他在1938年第一次升空的日子巧合。吕黎平自信即使闭上眼睛也能按程序准确无误地开车。"但我还是不敢大意，因为有这样一个潜在的意识：要干得漂亮点，不能让林保毅看轻了我们中国共产党的飞行员！"

红军学员在学习中保持着积极进取的精神。他们不懂日语，日籍教员多数也听不懂几句中国话，这使他们遇到不少麻烦，需反复磨合，许多动作需要自己勤观察、细体会、反复练、多总结。由日籍教员带了十几个起落，吕黎平、方子翼、夏伯勋首批放了单飞。其他人也陆续跟上。林保毅的评价是：你们坐了四年牢还能做出如此标准的操纵动作，这么快就能放单飞，真是出乎意料。千振的一期甲班的训练也较顺利，不到一个月就完成了预定科目。

　　红军学员认为，飞行你是我的老师，在政治上我是你的老师，人与人的关系首先是政治关系。在日本航校，教官永远是老大，纪律、斥骂和拳脚并用，法西斯式的训练没商量。但如今林保毅们却是谦卑的，他们教的是老资格的红军干部，且坐过四年大牢，而自己是什么身份？在人屋檐下的悲哀挥之不去。然而日籍教员对这样的关系并不舒服，往往以消沉表示出不满，但又不能不去适应。

　　一期甲班完成科目后即转往汤原机场，乙班跟脚进驻千振机场。日本教员对乙班学员就不像对红军学员那么客气了。在空中，语言不通只得用手势比画，转弯坡度该是多少，日本教员在后舱拍拍前舱学员的头，然后伸出左手，一个手指头表示转弯坡度为十五度，两个手指头三十度。有的飞行动作要领光靠比画仍难以领会，动作总不到位，日本教员就通过塑料管子发火骂人了，法西斯式的教学方法就冒出来了，脾气大的甚至用连动杆撞击学员的腿部，撞得瘀血，一片青紫。

　　语言不通、作风迥异、文化背景不同，尤其是当年的敌对留在心头的阴影是那么坚硬。遇到指责斥骂、变相体罚，很容易让人联想到日本侵略军杀人放火时的凶悍面孔，联想到他们现在是战败者。这样的师生关系是复杂的。他们是好心，是想叫我们尽早掌握飞行技术。他以为他是老几？我自从参军后还没受过这样的窝囊气呢。要什么威风？这不是在法西斯军队，这里是人民军队，这里人与人的关系是平等的。不满情绪越积越深。

　　这天有位学员动作没做好，日本教员下了飞机就劈头盖脸地大声责骂，光骂还不解气，又叫这位学员绕机场三角地段跑两圈。这不还是把我们当亡国奴对待吗！学员们压抑着的愤怒一下子爆发了。大家七嘴八舌地说，你小鬼子八年侵华，蹂躏东北十四年，在中国大地上烧杀抢掠，欠下的血海深仇还没跟你清算呢，你反倒还想骑在我们头上逞威，天下哪有这样的理？不听他的，不要跑，我们宁可不飞，也不能忍受如此奇耻大辱！学员们集体罢飞了。

中日两国人员的矛盾不时以各种形式表现出来。1946 年 6 月 7 日，飞行开训第二天，起义过来的吉翔驾机刚起飞，就因发动机熄火坠地牺牲。一周之后，蔡云翔奉"东总"之命驾机接运钞票途中失事牺牲。当时大家都怀疑是日本人搞的鬼，因维护飞机的全都是日本人。后经慎密调查和艰苦的思想工作平息了风波。

中日人员之间的冲撞、对立是积极的，他们在冲撞中慢慢走近，在对立中渐渐融合，在相互怀疑中一步步建立起信任和友谊。

比如下级向上级敬礼，学员向教员敬礼，这本是加强军人意识、凝聚战斗力的形式，学员们过去在部队也早已形成了习惯，但要向日本人敬礼，大家就受不了，还因此打起了官司。还有，日本教员每天第一次看到飞机时都要立正敬礼，无论在地面或汽车上都是这样，这本是表达对天空和职业的敬意，中国学员从中嗅到的是法西斯味道，也看不惯。这些虽是一捅就破的隔阂，有时只用一句"你给人家敬个礼，人家也还你一个，也不吃亏嘛"就能化解芥蒂，但就因为缠绕心头的敌对情结曾惹起纠纷和麻烦。

航校对学员们的感情和行动表示理解，同时指出，日本教员是我们的朋友，与当年杀人放火的日本人有本质区别。退一步讲，哪怕他昨天犯下过罪行，今天能诚心实意帮助我们学习飞行本领，就不能揪住老账不放。科学技术无国界，没有阶级性，谁掌握了它，它就为谁服务。我们需要飞行技术，他们愿意教我们，我们何乐不为？前方战友抛头颅、洒热血为我们争得这难得的学习机会，我们只有万分珍惜，有什么资格为区区小事就停练？航校勉励大家要有心胸，要有眼光，要有建立自己的空军的大志向。

航校对日本教员的敬业精神予以肯定，对他们自觉不自觉地沿袭日军的教学方式进行了严肃批评。

林保毅后来写道："起初，我们对什么都不满意，原因是意识形态不同。在日本军队里，士兵如果敬礼不规范，就要遭毒打。可他们不一样，无论上级下级，在政治上完全平等，教员有缺点也要受批评，校长做错了事也同样会受到批评，这在我们来说是无法想象的。刚开始时，我们按照日本人的习惯，要求他们先敬礼报告：'我飞科目，要上飞机'，然后再上飞机，如果敬礼不规范，我们就命令他们下来重新做一遍。他们明知道这是日本人的习惯，却表现了高度的忍耐性，非常尊重我们的习惯。"

共产党人在向日本人拜师学习的同时，也用真诚、理性和仁厚大度感化着他们。在最艰苦时期，校方想法供他们吃大米、白面，而包括校领导和飞行学员在内的中国人却顿顿吃高粱米饭喝苞谷楂粥；再就是婚姻大事，由于政策不允许中日通婚，航校就满世界找来日本女青年，安排当护士、翻译、保姆，为他们的恋爱婚姻垫石铺路。在政治上给予充分信任，每遇通化暴动、返乡风潮、教学纠纷和民族情感冲突等危机之时，都用理性、人性的尺度去化解，继后仍委以重任。处处着眼大局，将心比心。杉本一夫牵头的日本人工作科也做了大量工作。

渐渐地，林保毅感到学员同共产党之间有一重神秘的关系。中国学员多是苦出身，他的日本部下大多也是农民、渔夫、矿工和石匠等苦出身，凭他观察，两国青年参军无非是为摆脱贫困境地，无非是想为国效力，这似乎没什么不同。但为什么中国学员的心中都有一种幸福感，有一种浪漫的期待，而他的日本部下只有铁的纪律和冰冷的行动呢？在苦苦的思索和体察中，他似乎触到了中国学员与共产党的关系和日本军人与天皇的关系之间的差异，他感到前者的关系犹如骨血，拥有共同的大地和太阳，相比之下，后者的关系像是一层薄冰，它折射的光环是虚幻可怕的。林保毅深感震动。这不是智力所致，而是感情和观念蜕变的疼痛。

在思想和情感的互动中，日籍人员渐渐对"信任"建立起了信任。他们原是出于无奈，为求生存、为混口饭吃留下来的，出工出力是机械的，并不无怀疑和抵触，但时隔不久，他们发现了工作的意义，发现了自身的价值。他们的生活态度也变得明亮起来，在工作中不仅付出技能和智慧，也投入了感情，担起了责任。"打倒蒋介石，解放全中国"也成了他们的口号。

1986 年四十年校庆，当年的学员们，包括名声赫赫的战斗英雄、身居要职的将军，他们以当年的身份向自己的老师倾吐情愫，以历史的眼光极赞日本老师的不朽功绩。他们说，在当时情况下，东北老航校能办学成功，培养出人民空军的飞行骨干，为人民空军的创建积累经验，你们功不可没。你们为此付出了辛劳、智慧，甚至是生命。

你们才是老师，是中国老师把我由鬼变成了人——日本老师对当年的学员竟也以老师相称。

这几乎是日本人的集体情结。他们说，当年我们教的是技术，而你们教给我们的是人生。我们原本是不能有尊严、不能有思想的一支枪、一把刺刀，我们中间有的是神风突击队员，被迫当"肉弹"去送死，死亡本能激发了我们身上的恶魔般的破坏激情，是你们，是中国老师用同志式的感情和一言一行唤醒了我们身上几近泯灭的人性，重获思考生活和人生的能力。"你们在解放自己的时候也解放了我本人"。中国老师给了我们第二次生命，中国给了我们第二个故乡。

中日同志的内心都珍藏着在艰苦火红的峥嵘岁月中结下的疼痛而真挚的情感。

组建人民空军进入快车道

中共中央政治局在《目前形势和党在一九四九年的任务》中指出："1949 年及 1950 年，我们应当争取组成一支能够使用的空军。"建立空军成为党的正式任务。3 月 8 日，在西柏坡召开七届二中全会期间，毛主席和与会中央领导召见常乾坤和王弼。

这是毛泽东第二次专事召见他俩。弹指八年，乾坤大变。

毛泽东语调亲切地说，我们多年不见了，1941 年在延安我们讨论过办空军的事，那时是纸上谈兵，今年中央提出要组建空军，你们是种子，也是培育种子的，你们准备得怎么样了呀？

刘少奇、朱德、周恩来、任弼时、陈云、彭德怀、贺龙、陈毅、邓小平、聂荣臻等在座，他们把土屋泥墙烤得暖烘烘的。

建立空军箭在弦上。1947 年 12 月 5 日，中央军委即指出："建立空军已经成为我党的迫切任务。"

常乾坤、王弼汇报了航校走过的艰苦历程和取得的成绩。

当谈到教学情况时，常乾坤说，首批学员已于去年毕业，计有飞行一期甲、乙班四十三人，领航班二十四人，机械一、二期九十七人。今年决定扩大训练规模，培养出十六名飞"九九"高教技术过硬的飞行员，三十五至四十名基本掌握高教驾驶技术的飞行员；机械员培养一百二十至二百名，高级机械员七名；另外要成立混合中队，负责训练出场站员三十名，气象员十二名，二十五至三十名无线电员，六名仪表员。

毛泽东站起来，连声赞道：了不起！了不起！过去在延安办不到的事，今日办到了。

陈云问：目前航校有多少人？

王弼说，有三千五百人，但还是缺人。今年航校党委的工作重心是为建空军做准备，需要大量人手，我们已向东北军区请调八百名学生和五百名干部。

陈云点头，说，你们不是要调油江、石蕴玉、邱一适、林钊等六个人吗？中央同意调。

周恩来笑着说，不光你们要，还有送上门的。从杨培光开始，这半年国民党的飞机接二连三往解放区飞，昨天还来了两起，一起是王玉珂等三人驾蚊式飞机从上海飞到石家庄；另一起是一架C-47运输机。我算了一下，这半年共有四十一人、十六架飞机起义。今后还会来。这是一笔财富，能用的人要用起来。

贺龙说，对起义人员要给奖励。

王弼说，是的，我们决定给起义的飞行员每人五十万元优待费，在三个月的优待期内，物质上享受师级待遇。我们用广播电台宣传，效果明显。

常乾坤接着汇报：在接收的敌产中有一些美式战斗机、轰炸机和运输机，加上起义过来的，我们准备组织美式飞机训练，尽快形成战斗力。

毛泽东点头，边落座边点上一根烟，问道：东野说要在6月初出动十五架战斗机参战，此事能否实现？

这是个已酝酿数月的重大问题。1月20日，中央提出组建一支能使用的空军仅十余天，刘亚楼即致电军委提出出动飞机参战，认为"三个月内，航校能有二十六人可驾驶战斗机，如果从现在起即做充分准备，估计三四个月后，即我军夏季长江战役时，可以出动一个大队的战斗航空队"。2月19日，经刘亚楼提议，林彪、罗荣桓又就出动战机致电军委，称6月初可出动十五至十八架飞机助战，强调此举对打击敌士气、锻炼我航空人员有益。

但常乾坤和王弼认为不妥。这次他们从东北赴西柏坡途中，在北平听方华说起此事，即到北京饭店刘亚楼下榻处陈述看法。刘亚楼拿出方华等人的报告，说征求了南下接收组的意见。报告上说，航校现有能作战飞机四十余架，能参战飞行员五十余人，经突击改装、训练，可组建两个战斗机中队和一个轰炸机中队。常乾坤和王弼分析了出动飞机的利弊和敌我空军力量消长趋势，对刘亚楼说，6月参战于我不利，如推迟到10月恐要好些。

听到毛泽东问起此事，常乾坤和王弼如实谈了自己的想法。

毛泽东点头沉吟，说，参加渡江作战恐怕是来不及喽。

接着又说，现在你们的任务，是搞好新解放区机场、航空设备与国民党空军人员的接收，多培训人员，积蓄力量，为创建空军做准备。

热血和意志必须服从理性，必须服从实事求是的原则。在几十年的战争中一直被天空压迫着的共产党人多想早一天直起腰来呀！人民空军的诞生有节制地加快了步伐。

两个多月后的一天傍晚，刘亚楼突然接到军委通知，让他去毛主席住处领受新任务。此时，中央机关已进驻北平，毛泽东住在香山双清别墅。

毛泽东见面就说，刘亚楼，你仗打得不错，又在苏联吃了几年面包，要你从陆地上天，负责组建空军怎么样？

刘亚楼的表情是没有思想准备的样子，回答也显有意外之感：主席，我在苏联是学陆军的，怕做不了。

毛泽东点着刘亚楼的脑袋说，好嘛，我就是要你这个自认为做不了的人去做。

刘亚楼于是语气谨慎地说，那我就只有边干边学，边学边干了。其实他于1947年9月被"东总"任命兼任航校校长，对航空初有介入。

毛泽东笑着拉起刘亚楼的手握了握，让他坐在身旁，然后点燃一支香烟，漫谈起来。

毛泽东在谈话中，说到从南昌起义、秋收起义起，就同蒋介石打仗，同日本人打仗，经过长期的艰苦战争，现在就要打出一个新中国来了，靠的都是小米加步枪、都是陆军打地面战争，由于没有空军，吃了无数的苦头，付出了巨大牺牲，想建空军，但没有条件。

他的谈话形意交融，穿插着许多具体、形象的画面和故事，如在漳州缴获的飞机、长征途中挨敌机轰炸、修延安机场，还提到

1933 年苏区儿童为购买飞机捐款的事。

毛泽东生动的语言，使得刘亚楼热血翻涌，浮想联翩。是啊，建立自己的空军，是多少共产党人凝血的梦呀！对苏区儿童捐款的事他也记忆犹新。那一年的《红色中华》上有一条报道，说中央儿童局号召江西儿童购买"共产儿号"飞机送给常胜的红军，好让红军用"红色飞机"去同帝国主义、国民党的"白色飞机"战斗，江西的儿童积极响应，计有十数个县捐款数百元。刘亚楼时任红二师政治部主任，还曾让机关宣传这件事。

话题拉到眼前。毛泽东说，那时没有条件，我说过延安只有碗口那么大，现在我们的天地有多大？明天我们的天地有中国那么大。"二战"期间，西方交战各方就投入了万架以上的飞机作战，可见空军在现代战争中的作用。将来我们一个大国的军队没有空军怎么行啊？你肩上的担子不轻呢！

毛泽东的谈话对刘亚楼的命运是决定性的，也许对人民空军最初的命运也是决定性的。

林虎将军满怀深情地说："后来的历史证明，毛主席不仅用兵如神，点将用人也堪称出神入化。在新中国处于风起云涌、百废待举之时，任用曾是中国工农红军的师政委、师长，并在苏联伏龙芝军事学院学习毕业，又在苏联卫国战争时期当了五年苏联红军校官的刘亚楼做首任人民空军司令员，是知人善任的杰作。刘亚楼没有辜负领袖的期望，他为人民空军的建立和在战斗中成长壮大，做出了重大的、不朽的贡献！"

事隔几天，刘亚楼就去看将来的空军机关办公地址。接收组预选的地址有两处，一是东交民巷的奥国府，早先曾是奥地利使馆，后为国民党空军华北司令部驻地,其司令王叔铭办公室墙上的大老虎画像还在;另一处是灯市口同福夹道 7 号院。刘亚楼看过两处,并非幽默地一语定音:"人民空军怎么能步王老虎的后尘呢!"

建空军已进入快车道。在毛泽东找刘亚楼谈话之前,中央军委于 3 月 17 日决定成立航空局,30 日任命常乾坤为军委航空局局长,王弼为政治委员。

购买苏联飞机叫"花钱买经验"

1949 年 7 月 31 日下午 5 时半,刘亚楼、王弼、吕黎平来到毛泽东的办公室。毛泽东从藤椅上起身,微笑着同他们一一握手。

大陆盘局已定,毛泽东已盯住下一盘棋。7 月 10 日,毛泽东给周恩来写信:"我们必须准备攻台湾的条件,除陆军外,主要靠内因及空军,二者有一,即可成功,二者俱全,则把握更大。我空军要压倒敌人空军短期内(例如一年)是不可能的,但似可考虑选派三四百人去远方学习六个月至八个月,同时购买飞机一百架左右,连同现在的空军,组成一个攻击部队,掩护渡海,准备明年夏季夺取台湾。"

随后,中央军委批准了刘亚楼等提交的建空军方案。7 月 26 日电示四野:必须以建立空军为当前首要任务。调四野第十四兵团组建空军司令部。同日,专电在莫斯科访问的刘少奇,要他向斯大林提交请求援助的计划。

西方战场用无数生命培育出新的战争样式。中国共产党人通过办航校已积蓄了种子和经验,这是一个重要的基础,但要用于大战,仅靠日军和蒋军遗留下的破烂远远不够。

毛泽东说，找你们来，是同你们研究去苏联谈判建立空军的事。

他说，过去我们自力更生战胜了蒋介石，大陆解放之后，还要解放台湾，要保卫祖国的安全，维护世界和平。现代战争的样式是地面、空中、海上的立体战争，单靠陆军是不够了，我们必须建立自己的空军和海军。我们过去没有向苏联提过援助建空军，提了也不一定能给，我们穷嘛。

大概是想起王弼和常乾坤去年 8 月写信要求买飞机的事，毛泽东的目光落到了王弼身上：中央认为，现在请苏联援助建立空军的条件已经具备。取得了全国政权，能做生意了，有偿还能力了嘛。我们让在莫斯科的少奇同志试探了一下，他们答应了。前几天向苏共中央发了个电报，得到斯大林的赞同。往来电报的内容，恩来同志已告诉你们了，现在我想听听你们的具体意见。

由刘少奇提交苏联的计划是：1. 订购战斗机一百至二百架，轰炸机四十至八十架，并配备份机件及日式或德式重磅炸弹；2. 拟请苏联航空学校代我训练空军人员一千七百名，其中飞行人员一千二百名，机械人员五百名；3. 拟请苏联派出高级空军顾问三至五人，于 9 月来华参加中国空军司令部及航空学校工作。斯大林基本同意，但认为培训人员可在中国进行。

刘亚楼对这个计划提出了意见。

他摆出了敌方空军的实力：逃到台湾的敌空军现有 4.5 万人，作战飞机三百三十余架，据此认为渡海解放台湾需要飞机三百至三百五十架。而已方可参战的战斗机仅二十多架，轰炸机七架。至于培训人员，认为一千二百名飞行员与五百名机械员的比例不切实际，应是飞行人员少，地勤人员多，比例1∶2较为合适。

毛泽东问道：你们是说中央的设想是飞行员太多，地面机械人员太少，飞机数量不够，不能夺取制空权。是不是这个意思？

刘亚楼点头称是。吕黎平插言汇报了苏联、美国空军的基本编制及构成。

毛泽东一边仔细地听，一边往纸上记下要点和数字。

刘亚楼又说，一名飞行员要飞一百五十至二百小时可达到作战水平，一所航校能培训六十名飞行员。因此除现有一所航校外，还需组建六所新航校。

听刘亚楼说完，毛泽东沉思了片刻，说，你们谈的意见，比较符合实际，修正了中央方案中的一些问题，就以你们的意见作为正式方案。我看建军方针可以归纳为两条：第一，以一年为限建立一支歼击、轰炸部队，协助陆军渡海作战，解放台湾；第二，我们的经济很困难，苏联又不能无偿援助，因此你们去谈判，请专家、买飞机、购器材，都要精打细算。现在是贷款建空军，花钱买经验。

8月1日，刘亚楼、王弼、吕黎平等登上了去苏联的列车。

到了莫斯科，刘少奇对他们说已与斯大林谈妥，斯大林还认为我们现在建立空军已晚，如早一年，就可用于解放中国南部的战役。

斯大林是真诚的。但此前他对毛泽东一再提出的访苏要求推诿延宕，也是真诚的。他要静观中国局势，要看美国的眼色。他要对他的国家负责。

8月13日，刘亚楼、王弼和吕黎平跟随刘少奇、王稼祥来到苏联武装力量部办公大楼华西列夫斯基元帅的会议室。苏方人员还有空军总司令维尔希宁元帅，一位空军上将副司令，一位空军中将训

224

练部长。

刘亚楼介绍了建空军的设想、现有的家底情况。刘亚楼说，无论是渡海作战、解放台湾的直接需要，还是从国防战略考虑，我们都想在一年之内建立一支由三百至三百五十架飞机组成的空军部队。请苏联同志帮助拟出一个开办航校、聘请专家、购买飞机和相应设备的具体方案，以便商定。

这次会谈之后，刘亚楼等又与苏方举行了两轮会谈。前一轮对双方的基本情况，包括苏联的空军体制、航校教程、飞机种类和性能等做了深入的交流、探讨。后一轮苏方拿出了援助计划：组建六所航校，其中四所歼击机航校、两所轰炸机航校，在一年内训练出三百五十名飞行员。双方订了一个协议：苏联卖给中国四百三十四架飞机、12.9万吨汽油、1.29万吨润滑油；派八百七十八名专家顾问赴华，帮助中国建立六所航校、一个飞机修理总厂和六个小型修理厂等。

至于定价付款，刘亚楼表示可按世界通常价格计算，先用记账的方式由我国政府核实结算，将来偿还。实际上当时并无国际标准价格，纯由苏联单方面定价，吃亏是难免的。1954年接收苏军在旅顺地区一个军的飞机装备时，苏方以旧折新，连机场塔台用的旧桌子也统统折价，可为佐证。但账又不能这么算。苏联对中国创建空军的巨大支援是毋庸置疑的。

五十多天后，即中苏建交后的10月5日，斯大林批准了这个协议。

开国大典受阅和屡创第一

1949 年 9 月 23 日，数百名政协代表聚在中南海怀仁堂共商国是。突然，人们绷紧了耳神经。是机群的啸声，声音很近，贴着地面。人们警觉地站起，几位穿大襟衫的老者面面相觑离开了座位，气氛有些惊慌。

请各位不要紧张！周恩来走上台，张开双臂笑道：这是我们自己的飞机，正在为开国大典进行演练！

我们自己的飞机？许多人未及反应，就跟着热烈地鼓起掌来。腿快的跑出礼堂翘首仰望。几位辛亥革命时期的代表也挪到外面，手搭凉棚虚眼高撩。飞机早飞得没影儿了。

掠过天空的是人民空军第一支作战中队。

自 5 月 4 日蒋军的六架 B - 24 突袭南苑机场后，军委航空局就按中央要求筹建空中作战部队。8 月 15 日，这个中队正式成立。飞机是从各处凑的十多架 P - 51，三架蚊式战斗轰炸机。队中有多名起义归来的飞行员。这是共产党人的胸怀和本质使然，但用不用杨培光却有过激烈争议。

杨培光原为蒋空军第四大队上尉分队长，前一年 9 月驾机起义。6 月 28 日，他驾驶的飞机在地面滑行时螺旋桨击中方华头部，致其当场牺牲。方华是新疆航空队的骨干，是老资格的红军干部，陶勇、王必成都曾是他的部下。他牺牲后，不少人断言是杨培光蓄意谋杀，强烈要求将他处决。

是蓄意还是意外？通过缜密调查，常乾坤认为这是偶然误伤致死。从现场来看，既不能怪方华，同时也不能怪杨培光，但纪律不严是肯定的；还可以肯定的是，这对方华是个意外，对杨培光也是个意外，就是说他们都存在被动性。杨培光的起义有没有问题呢？据了解，他对国民党的腐败没落早有抱怨，驾机起义时曾有两架敌机追击。至于到航校后的表现，他积极肯干，甘担风险，而且技术高超，应该有目共睹。常乾坤据理力争，党委最终达成了共识。

9月5日，这个作战中队急切地担负起北平的防空任务。几架战斗机就像利箭，昼夜都紧绷着警惕的弓弦。

又是一个第一！艰难的开拓中一个又一个第一被创造出来，所有的第一仿佛都在这一个第一开花。这个第一连同曾经的所有的第一，又在孕育着新的第一。

作战中队是人民军队的第一，也是唯一，集先进的战力、威仪与光荣于一身。成立伊始，它就作为一个象征，被赋予了又一项重大任务。

8月下旬的一天，聂荣臻代总参谋长召集驻北平军事将领开会，传达和研究开国大典的事。当问及能否组织机群飞经天安门受阅，常乾坤做了肯定的回答。聂荣臻于次日又同常乾坤讨论了具体问题。再过两天，常乾坤等来到聂总办公室，在座的还有一位苏联的空军中将。

讨论中大家最担心的是两个问题，一是通过天安门的高度，一是政治安全。第一个问题，苏联空军中将应聂总要求解答说，十月革命节阅兵时通过红场的高度，依据的是飞机下滑的安全系数，飞机万一在天安门上空停车，能靠滑行远离天安门和居民区。第二个问题，为防止重大政治事故，人选要绝对可靠，此外，提出除了战斗值班飞机装实弹外，其他均装哑弹，不许携带任何可抛出机外的物件。聂总批准按此实施。

人选的确定事关重大，因此反复多次。用不用杨培光又成了焦点。经常乾坤坚持，周恩来亲批，杨培光幸获殊荣，他的人生轨迹也就此彻底摆脱了沉重的阴影。

飞行中队接到命令，离受阅只有不到一个月时间了。大家感受到包含在受阅训练中的宏大和精微，宏大到它将创造一个历史的天空，精微到它的每条轨迹、每个瞬间都如同一部精密机器上的零件，不容有丝毫误差。他们要展示人民空军和新中国的天空。

10月1日下午3时，一个伟大而神圣的时刻来临了。

站立在天安门城楼上的毛泽东按动电钮，新中国的第一面五星红旗在雄壮的国歌声中冉冉升起。当升至旗杆的顶端时，毛泽东激情难抑地大呼一声："升得好！"

随之，惊天动地的二十八响礼炮响彻云天。

中华人民共和国诞生了！中国人民掀翻了黑暗如磐的三座大山扬眉吐气地站立起来了！

当时，在几十公里外的南苑机场上，站在飞机旁正准备出动的飞行员们从无线电波中获悉了这一切，激动得泪流满面。

4时，阅兵式开始。步兵、骑兵、坦克、大炮、汽车……钢铁洪流滚滚向前。人山人海的天安门广场屏息无声。只有眼睛在狂欢。只有《人民解放军进行曲》伴随着热血的波涛。

突然，天安门广场爆发出暴风雨般的欢呼声，千万杆红旗沸腾起汹涌的潮汐。

空中编队飞临广场上空了！三架一组成"品"字形轰隆隆驰过。

那风驰电掣的银色机群被人们的眼睛放大得无比神奇而雄武,那雷霆万钧的轰鸣被人们的耳朵修饰得无比威严而美妙。天地大音融汇一体,豪情万丈,地动山摇。整个北平都热泪盈眶!

空中的飞行员是一个奇异的组合。飞在最前面的邢海帆原是国民党飞行教官,抗战时曾击伤日机,1947年秘密加入中国共产党,几度化险为夷进入人民军队的阵营。飞在后面的赵大海与他的经历相似。邢海帆的左右僚机孟进和林虎,还有后面的姚峻、王洪智,都是吃着土豆白菜,在日本人撂下的废墟上勤练苦励,由光着黑脚杆的苦孩子一飞冲天叱咤云空的。队尾压阵的安志敏和方槐是身经百战的红军干部,在新疆险恶诡谲的气氛中投师学艺,以顽强的意志踏上了通天之路,并为此付出了坐牢四年的代价。其余的人均为拎着脑袋弃暗投明的义士。其中,刘善本和杨培光的经历最为典型。刘善本为反内战毅然起义后,为航校建设和策反国民党空军人员做出了殊异贡献,多次得到毛泽东、朱德、周恩来的鼓励,参加了第一届政协会议,并当选为政协委员。

过去与今日猛烈碰撞,他们怎能不百感交集!发动机的轰鸣恰当地表达出他们内心的奔涌。

这里有个有趣的问题,就是受阅飞机共有多少架?目击者亲眼所见是二十六架,外国媒体也做了如是报道。事实是受阅飞机总共为十七架。原来,飞在前面的九架P-51通过广场上空后,即以大速度在复兴门上空做右后方转弯,转了一圈到达东单上空时,正好赶上飞在最后的教练机,随之再次通过广场上空。这其实是周恩来的点子,他觉得受阅飞机少了点,就提出这个建议。

在呼啸的天空下,一个四百人的空军方队走过天安门广场。他们身穿使人感到陌生而又一望便知的空军军服，因天空的相衬而显得格外的有气势。

在当晚的盛大宴会上，朱德总司令兴奋地说，今天我成了真正的三军总司令了！

直上米格 – 15 力拼生死竞速

人民空军起飞的翅膀始终是由巨大压力推动的。惨痛的历史记忆是动力，对未来天空的憧憬是动力。而最迫人的动力，是国民党空军编织的血火天空，是它对东南沿海肆无忌惮的狂轰滥炸。

就好像针对同一个目标展开了一场竞跑。不同的是一个要摧毁它，一个要保卫它。

1949 年 11 月，人民空军的开拓者们用一个月的时间新建了六所航校。教室新抹的石灰水泥还没干，七所航校就开课了。一千多名飞行学员开始了理论学习。航校是苏联的模式，飞机装备是苏联造，教员是苏联人。

老航校的飞行学员成了新航校的"先头学员"。八十九名飞行学员和二十名领航学员组成速成班，要在半年之内完成苏制作战飞机的改装训练。

王海、林虎等十六人来到沈阳北陵机场。1 月 15 日，他们在冰天雪地中登上了雅克 – 18 型初教机跟飞。

他们飞过日式"九九"高教，有的还飞过隼式和 P – 51，飞操纵灵便、稳定性能好的雅克初教机是小菜一碟。苏联教员直跷大拇指："哈拉索！""好！"第三天，全部放单飞。接着是飞特技、编队、航线和仪表等课目。他们的接受能力、敏捷程度和心理素质令苏联教员惊叹。"哈拉索!"苏联教员跷大拇指。"哈拉索!哈拉索!"跷起两个大拇指。

训练急风赶火。速成班全体跳过雅克－11中级教练机,直上乌拉－9高教机。3月,又翻身跃上拉－9战斗机这匹战马。

但生死竞赛的气氛似乎更加逼人。

3月初的一天,正在中南海菊香书屋吃饭的毛泽东隐约听到爆炸声。他问怎么回事?卫士说国民党又往北京扔炸弹呢。毛泽东夹起一只干红辣椒搁到嘴里,边嚼边思。

蒋军空袭沿海大城市的消息就没断过。2月6日,十七架B－24、B－25轰炸机和P－51、P－38战斗机轮番袭炸上海电力公司、闸北水电公司等目标,造成二千多间房屋毁坏,一千四百多居民死伤。3月1日蒋介石重披"总统"龙袍,轰炸更是变本加厉,目标直击北京中南海和南苑机场。

毛泽东找来刘亚楼,指示:空军力量必须迅速加强!

刘亚楼说,我们正按主席的指示加紧工作,航校训练连上台阶。

毛泽东说,还须快些!国土防空和解放台湾,都非常需要早一点有自己的空军。

他亲与海军将领萧劲光商议,将准备购买舰艇的外汇转而先购买有燃眉之需的飞机。

在几日后的空军政治工作会议上,朱德的心情溢于言表。他说,我们的任务是很紧迫的。人民实在等得焦急了。他们渴盼我们尽快学会飞行,学会了就打。

周恩来也紧着催促:要很快地把航校办好,越快越好,快一个月也好。

训练提速，高潮迭起。一架架飞机跃升、俯冲、横滚、盘旋。中午第一班退出机场，第二班进场，朝暮相接。学员们抱住天空这面巨鼓猛擂。大强度，超强度，强挟训练进度。

大强度训练的每个瞬间都掖着困难。什么困难？刘亚楼斩钉截铁地说，困难即使像高山，我们也要横下一条心把它搬走；困难即使像海一样深，我们也要迎着风浪把它填平。铮铮硬骨的共产党人，应该有勇气有魄力，创造世界空军建军史上第一流的速度。

4月11日，刘亚楼向中央军委递交报告，建议组建第一支航空兵部队。很快获批。

刘亚楼把这支部队的番号拟为"空军第四混成旅"。这支部队的政委候选人李世安不解地问：为什么不叫第一旅？刘亚楼说，我考虑了好久，还是叫第四旅好。如叫第一，容易产生老子天下第一的思想。我们要学习毛主席，他在井冈山创建第一支中国工农红军部队时，开始就叫红四军，没有叫红一军嘛。这第一的番号，我要留给战功卓著的部队。

1950年6月19日，空军第四混成旅在南京成立。这是人民空军的第一支航空兵部队。飞行骨干均为速成班成员。

就当此时，6月25日，朝鲜内战爆发。朝鲜人民军一举把敌军压到洛东江以东一万平方公里的釜山地区，占领百分之九十的国土。9月15日，美军七万人在五百多架飞机和三百多艘军舰的掩护支援下，突然在朝鲜西海岸的仁川登陆，将人民军腰斩，大举北进。

与此同时，杜鲁门命美国第七舰队侵入台湾海峡。麦克阿瑟后来说，鸭绿江并不是中朝两国截然划分的不可逾越的障碍。美国不顾中国的强烈谴责，猛烈摇撼中国大门。

中国空军将士简直是被形势逼得透不过气来。他们死憋着这口气。

这是年轻的中国空军的又一次发展机遇。混四旅第十、第十一两个歼击团迅速投入改装米格－15战机。这是当时最先进的喷气式战机之一。

没有教练机。苏联顾问耸肩摊手：怎么办？

直上米格－15！再来个"一步登天"！就像当年直上日式"九九"高级教练机那样果断坚决。

苦钻理论。强背数据。死啃飞机构造、性能、操作要领。冒着烈日酷暑，蜷在蒸笼般的座舱里练习开车、关车，熟记仪表。老航校的气氛被复制。老航校的经验本质上是一种精神。

上机飞行的关键时刻到了。这能行吗？苏联顾问和教员揪着心、捏着汗，比中国勇士还紧张。

这家伙真叫来劲，比起这家伙，什么P－51，什么拉－9，都像笨牛。第一个飞的邹炎毫无悬念地成功了。他的成功象征着中国空军飞进的速度赶上了超音速。

一个个飞天勇士追星逐月，犹如神军。整个十团全都上去了。十一团也上去了。

时兼上海市市长的陈毅来到机场，他的诗人情怀伴着飞机发动机轰鸣鼓荡。他拉住一只驾驭天空的手说，怎么没戴手表？常乾坤说，我们的飞行员大多没有手表，在老航校时曾把闹钟绑在腿上计时呢。陈毅操着浓重的四川乡音说，那怎么行，飞行员没得手表，哪个打仗哟！他代表全市人民赠给每个飞行员一块表，瑞士产的

"欧米茄"。飞行员的手腕一下变牛气了。

原定半年的改装任务只用两个多月就完成了。原属上海防空苏军巴基斯坦部队的飞机装备移交给中国空军。验收飞行表演于1950年10月17日在虹桥机场举行。

十团团长夏伯勋率领阮济舟、邹炎、刘玉堤登上米格－15战机。

云层堆满了天空。四架短匕般寒光闪闪的战机呼啸而起。

这是常人体会不到的时空关系，分秒之差就是上千米，加上一进云层就像突然熄了灯一样，一片幽冥混沌，等他们钻到云上，队形已经乱了套。于是在云上重新集合编队。

陈老总担心地问：飞机怎么还不见回来？

话音未落，就听到霹雳之声破云而下。四架战机齐刷刷低空通过指挥台，掠过陈老总头顶，干净利落地降落。

飞得好！飞得好！陈老总腾地站了起来，拍着巴掌大声喝彩：我们的飞行员了不得哟！说着以小跑步下了主席台，向夏伯勋等人迎过去。

朝鲜空战见证中国空军利剑出鞘

自1950年10月志愿军出兵朝鲜后，空军上下就翻滚着火呛呛的求战气氛。同年12月，志愿军空军出剑。

1951年1月29日，这个日期仿佛是刻在闪着暗光的钢板上的。

那天上午，李汉奉命升空，率领他的二十八大队截击轰炸安州火车站和清川江桥的美军飞机。

他们很快发现了俗称油挑子的F－84，上下各八架飞成两层。好你个美国佬儿！李汉古铜色的脸和硕大的鼻子顿时猛悍无比。他一声暴喊：二中队掩护，一中队攻击！随即跃上八千米高空，又一个鹞子翻身垂直捣向敌阵。

求战心切的李汉极为兴奋，是带着快感的兴奋。他说他当时什么都没想。其实，这种状态就来自所有的记忆。他在陆军的时候，敌机在头上扔炸弹，别人忙着躲藏，他不，他怒目金刚瞪着飞机示强，炸弹在离他几步的地方爆炸，他捡了块弹片诅咒道：奶奶的，这个账早晚要跟你算！两个月前开出征大会，朱德和刘亚楼亲来送行。他在代表飞行员激情发言后走到讲台边高门大嗓地问：有决心没有？坐在第一排的二十八大队声如雷吼：有！他又问：有孬种没有？底下想都没想就回答：有！礼堂轰地爆发出笑声。全大队唰地弹立起来：有好汉，没有孬种！

李汉带着三架米格就像一束闪电飞刀直攮敌阵。遭到突袭的敌机扔掉副油箱和炸弹就爬高，也想抢占有利高度。李汉势如下山猛虎当头迎击。这叫什么战术？一名美国佬一惊把嚼着的口香糖吞下了肚。这叫打对头，叫刺刀见红，脑瓜子别在裤腰带上拼命。"一人拼命，十人难当。"敌机急忙右转，李汉智勇地往左一转，从敌机内侧截了过去。敌机见来势凶猛，准备脱离战区。李汉死死咬住一架，贴近再贴近，猛地一按炮钮，咚咚咚三炮，打得敌机凌空开花，飞迸的碎片险些击伤李汉的飞机。

此时，一中队的另三架战机和二中队的四架战机以猛烈的炮火驱散企图反扑的敌机。李汉追到海上，见一架敌机正准备转弯，一带机头，对准其尾部猛然喷火吐焰，打得它拖着黑烟妖遁而去。

29 日的战斗，加上 21 日的战斗，李汉共击落、击伤敌机三架。

两次战斗是年轻的中国空军第一次真正意义上的空战，而且是驾着当时最先进的喷气式飞机作战，而且是同世界上最强大的美国空军作战，而且奇迹般地以三比一完胜。这使得年轻的中国空军揭开了空战之谜，使一个从诞生起一直像农民种田般佝伏着身子冲杀的军队猛然直立起来，出首云端，有了现代化军队的感觉和视野。

毛泽东说，空军的首战胜利，政治意义远远超出了军事意义。

中国空军参战意在"在战斗中成长"。此后只几个月，就从开始时的试探性、象征性的战斗，迅速发展为以整师出动的大规模空战了。

当时的情形是，中朝军队经过五次战役，把骄横不可一世的美军压到"三八线"附近。美方被迫停火谈判。它是边谈边打，"让炸弹、大炮和机关枪去辩论吧"！8月初施行"绞杀战"，美军飞机在铁路沿线狂轰滥炸，企图卡死志愿军的运输线。其气焰烛天，一次一架"野马"式逞威似的从高压线底下钻过，以致尾巴被高压线挂掉坠毁。

志愿军空军作为粉碎"绞杀战"的生力军杀上了第一线。

第一次大规模激战是9月25日。四师出动飞机三十二架。十二团十二架米格机与二十余架美机遭遇。刘涌新独自与六架美机激战，击落 F-86 型飞机一架。后在五架敌机的围攻下被击中，因跳伞高度低而光荣牺牲。大队长李永泰与敌激战，飞机中弹三十余发伤五十六处仍沉着冷静地飞回基地。

这一仗虽然只击落敌机一架，而己方损失两架，重伤一架，牺牲一人，但这是第一次参加双方共二百多架飞机的空战，且打得有声有色，且首次击落美军最先进的"佩刀"式 F-86，从边练边打

236

的角度看，仍不失为一次非凡的胜利。

空军首长激励大家要"越打越有劲，越打眼越红"。四师又连续出动，协同苏军与美军大规模对决，在被战火烧红熏黑的天空打出了一个"米格走廊"。美军大惊，指令其战斗轰炸机不得在"米格走廊"内实施"绞杀战"。

毛泽东在战报上批示：空四师奋勇作战，甚好甚慰。年轻姑娘夹着玉照的求爱信雪片般飞到四师。

李汉听到毛泽东的批示，身上潮汐奔涌，抱住身边的人就摔了一跤。过后一看，被摔的人是空军机关来的一位副部长。

在此后的实战中，四师又六次与美军大规模空战。从 9 月 12 日至 10 月 19 日，单独或协同苏军战斗出动二十九次五百零八架次，击落美机二十架，击伤十架。己方失机十四架，伤四架，牺牲四人。

当然不能据此就肯定说"打破了美国空军不可战胜的神话"，因为即使是局部战斗也是各有上下，但这样的战绩绝对是奇迹，绝对可作为胜利来看待。中国飞行员都是才飞了二十个小时的新手，就像李汉讲的，中国空军就像一个刚学迈步的小孩，一只刚出壳的幼鹰，而对手却是参加过"二战"、人均飞行二千小时的空军巨人，据说飞行员吸纯氧过多，把脑门都飞秃了。"幼鹰"斗"老秃鹰"，能做对手就是胜利。

打了一月有余，空四师回到二线休整，空三师顶上火线。

三师上去后，首战击落、击伤美机三架，次战又击落、击伤五架。经过几次试锋，迅速进入大机群作战，以至在双方三百架飞机描绘的战火天空英武杀敌。血战中斩获丰硕，11 月 18 日、23 日两战尤其漂亮。

18 日 14 时，九团副团长林虎率领十六机与苏军八十八机协同，向轰炸铁路的一百八十四架美机发起了攻击。林虎率队像垂直的闪电从八千米高度俯冲美机群，把敌阵冲散，自己由于动作过剧也形成了各大队各自为战局面。一直扎到一千五百米的王海和他的僚机焦景文陷入了敌机的圆阵。几十架敌机一架跟着一架像推磨般地转圈。王海大吼一声：破阵！他拉起机头，急速跃升，又一个跟斗大速度下冲，如此几下就把圆阵冲了个七零八落。王海乘乱左冲右杀，一举斩杀美机两架。焦景文也击落两架。四号机孙生禄也把一架敌机打得凌空开花。这一仗九团共击落敌机六架，打了个6：0。

23 日的战斗是由七团副团长孟进率领的。在双方二百余架战机的混战中，刘玉堤率二中队咬上了两架 F－84。敌机猛降高度，刘玉堤咬死不放，乘敌机拉起时一炮夺命。此时敌僚机恰好从他的鼻尖急转掠过，他反应奇快，一个连发将其击落大海。由海上回到陆地上空后又咬上一架，狡猾的敌机钻进山沟逃窜，刘玉堤死死揪住它的尾巴，当它为避开迎面的山头左转时，刘玉堤立即切半径攻击，将其击落。上升高度后，又见清川江口有五十余架敌机，他全然不顾敌机数十倍于己，在敌机群后下方隐蔽接近。当近至二百米时，最后两架敌机察觉后左右分开脱离，刘玉堤急速右转将敌僚机报销。刘玉堤创造了一次空战击落美机四架的纪录。七团打了个8：1。

在这一轮的搏杀中，空三师共出动飞机二千三百九十一架次，作战二十三次，击落美机五十四架，击伤九架。

毛泽东在三师的战报上欣然命笔："向空军第三师致祝贺。"

志愿军空军战果不菲，其更大的战果体现在地面战场上。中美军队交手初期，就似"二十世纪军队对中世纪军队的屠杀"。志愿军

238

的地盘上满目疮痍，铁路、公路和桥梁烟火滚滚，彭德怀的住房被燃烧弹炸平，毛泽东儿子毛岸英被炸牺牲。志愿军入朝第一周运输车即损失六分之一，其中八成以上毁于飞机轰炸，百分之三四十的物资也在运途中被炸毁。

这种状况在志愿军空军参战后有了改变，敌机活动空域被逼至清川江以南，前线供给大为改善，地面作战不再被堆满火焰和钢铁的天空压得抬不起头来。当米格机击落美军战机时，战士们纵情地从山洞和掩体里钻出来欢呼助威。对天空仇视了几十年的人民军队忽然发现自己对天空有了亲近感。

这些都还是局限于这场战争的战果。志愿军空军的战果远远超出了朝鲜战场，它借助于抗美援朝战争这根杠杆，促成了中国空军的跨越式大发展。自 1950 年 10 月之后，几乎每月都有一至几个新的航空兵师诞生。至 1951 年 5 月，十七个航空兵师闪电般地横空出世，其中歼击机师十二个，强击机师两个，轰炸机师两个和运输机师一个。

更重要的是积累了实战经验，经过战火历练和铸造的军队才可能强大勇猛。继四师和三师之后，各航空兵师甫一出世就轮番开赴前线亮剑厮杀。

就像创世纪，年轻的中国空军在滚滚天火中创造出一个又一个属于自己的纪录：空二师率先击落美轰炸机。空三、空十二和空十五师协同反击美大机群一次出动飞机达九十六架。空八师轰炸大和岛配合陆军登岛成功。空十师对敌军舰首施夜间轰炸。空二师创造了用老式拉－11 飞机击落 F－16 喷气式战斗机的奇迹。空八师用活塞式轰炸机击落喷气式歼击机。空十二师鲁珉与僚机董长仁一举击落美长僚机。空十五师李世英、阎清水同时击落美机。空四师侯书军首创夜战击落敌机。

韩德彩一个近距长连射把美军"双料王牌"费席尔击落。费席尔非等闲之辈，在侵朝战争中曾出动一百七十五次，击落飞机十架。被俘后他心存不服，要求见见击落他的对手。当鼻子下刚冒出绒毛胡子带着一脸顽皮相的韩德彩站到他面前时，他仍然拒绝接受这个事实，说，对不起，长官先生，我不愿开这种玩笑。

然而这是事实，而且也非偶然。在韩德彩之前，张积慧曾击毙美军的另一个空中"王牌"戴维斯。戴维斯是美国空军"特别勇敢善战"的"空中英雄"。美国远东空军司令哀叹：这是"对远东空军的一大打击"。为此引起美国国会议员对侵朝战争的激烈争吵。

在抗美援朝战争全程，志愿军空军共战斗出动二千四百五十七批二万六千四百九十一架次，实战三百六十六批四千八百七十二架次，击落美机三百三十架，击伤九十五架。创造出了中国空军的王牌英雄，创造出了中国空军的英雄部队。

新中国的空军是 1949 年 11 月 11 日成立的。国际社会起初根本就没有正眼瞧这个日子。现在人们看到了这个日子的重要性。美军惊呼："共产党中国几乎一夜之间就变成了世界上主要空军强国之一。"

（载《报告文学》2006 年 9 月号）

又见上甘岭

一

　　1998 年 8 月 7 日零时 35 分，国务院副总理、全国防汛总指挥温家宝在湖北监利荆江大堤上临水而立。

　　史志上说，长江之险险在荆江，荆江之险险在监利、洪湖。这两处大堤挺了四十多天，已经伤痕累累。洪湖还属沙质堤。在新一轮的洪峰冲击下，这两段还能否顶得住？是否需要用分洪来减轻大堤的压力？但分洪将给当地五十万群众带来巨大的损失，而一旦垮了堤，江汉平原八百万群众和大片沃土，乃至武汉三镇，都将被淹进一片汪洋。

　　必须在进退维谷中做出决策！温家宝冷峻的神情里透出深深的焦虑。他转向站在身边的马殿圣少将，问道：你们部队驻守在什么地方？

　　空降兵某军军长马殿圣回答：监利至洪湖。

　　又问：这两段堤长多少？

又答：全长二百五十公里左右。

湖北省军区廖副司令员插话：驻守在这二百五十公里堤段上的是马军长的空降兵部队。湖北省蒋省长补充道：这是最困难的地段。

是啊。温家宝加重了语气：马军长，你们守卫的是最危险的两个地段，一个监利段，一个洪湖段。现在湖北省之所以要下分洪的决心，就是沙市的水位还在提高，今天晚上已到了44.71米。沙市水位提高，荆江大堤可能出问题的就是监利地段。中央因此下最大的决心守这两段大堤。如果这两段守不住，整个江汉平原不堪设想。

马军长，我就问你能不能守得住？温家宝接着问道。假如这两个地方你能守住，我就向中央报告，我说监利、洪湖能守住。

马殿圣知道他的判断举足轻重，牵动全局。他的回答经过了深思熟虑：如果现有水位、天气不发生突变，没有多大问题。

温家宝强调说，如果需要，可以增补人员和物资。

最后，温家宝一字一顿地说：刚才我在大堤上，总书记、总理打来电话，我是用手机接的。我说我在监利大堤上。他们问了我这个地方的情况。马军长，中央就委托你们了。要严防死守，严防死守！这样我们就可以减少群众的损失。

马殿圣咬钉嚼铁地表示：我们坚决完成任务！

8月7日晚，江泽民总书记在中共中央政治局常务会议上发出命令：死保长江大堤。

泥沙筑的堤坝经洪水几十天的浸泡和冲击，已是千疮百孔，一些险段更有累卵之危。沿江那些镇水的铁牛非但没镇住水，也没能保住自己不被淹。第四次洪峰将至，这将是入夏以来最大的一次洪峰。为了在无奈中占据主动，少受损失，荆江分洪区前线指挥部一手布置死保死守长江干堤,一手实施分洪方案。埠河北闸大堤上已埋下了炸药,以便在迫不得已时斩臂保身,丢卒保车。

炸药就像埋在人们的身子里。分洪区公安县城笼罩着大转移的悲情气氛,拖家带口的人群、载着生猪和粮食的手扶拖拉机、农用小卡车、摩托车充斥着街道。大堤上像雨后蘑菇一样冒出一串串用防浪布撑起的灾民棚。至第四次洪峰抵达前的 8 月 7 日,撤离者三十三万。当然,也有人就是不肯走,棒打不走,骂八辈子祖宗也不走。也不一定是心存侥幸,就为恋土,不管不顾。

公安县下游的公路也如一根绷紧的弦。运载空降兵将士的军车和运送土木石料的卡车在疾驰,急促的车鸣声中偶尔响起刺耳的警笛。驻守大堤关键点位的部队都已到位,以迎接大战的姿态严阵以待。

作为保车之卒的公安县能否避过水淹大劫,米粮仓江汉平原和大武汉能否安然渡险,全看位于公安县下游二百多公里的荆江大堤能否固守。

第四次洪峰如期而至,监利水位暴涨至 38.08 米,超过 1954 年最高水位 1.51 米。

这次洪峰果然来势凶猛。黄浊的连天大水像一整块黄土陆地直压下来,前峰刚到,就对大堤发起了强势进攻。短兵相接处,吼声如雷,水柱冲天。

8 月 8 日 8 时许,监利上车湾镇堤段出现长达四百米的大面积散浸,严重处发生十五米内脱坡!渗漏点迸着泥浆,像插入堤身的手指摇撼着大堤。堤身仍在唰唰地剥蚀着土块。

接到通报,军长马殿圣率前线指挥所人员直抵大堤,命令驻监

243

利防汛部队火速赶到。他与地方水利专家紧急查看险情，研究抢险方案。他从水利专家那里了解到，此处干堤恰是1954年分洪口，且1954年分洪也在8月8日。常年有新洲围垸的民堤做屏障，此处自1983年以来就没有挡过水。这次由于新洲围垸扒口行洪和连日来持续猛涨的洪水浸泡，导致干渴的堤身出现大面积散浸和内脱坡，如不及时扼制，散浸将迅速扩大，随时有决堤的危险。

某师一千多名官兵在后勤部部长李明龙、炮兵团政委余白云及某团副团长戴清风的带领下驰达大堤。执旗手争先恐后地冲上堤坡。"党员突击队""上甘岭特功八连""红军九连"红底金字的旗帜在堤顶飞展。

马军长和水利专家研究决定：地方群众在内堤坡散浸处开沟导滤，部队和民兵在堤外湍急的江水中填土，进行外帮截浸。脸上和身上挂着连续作战痕迹的官兵们举起右手庄严宣誓，铿锵的声音压住了洪水的喧嚣。军民并肩与洪魔展开了一场生死之战。

二

这是一支具有光荣传统的英雄部队。这支部队在抗美援朝战争中曾浴血上甘岭，哺育出黄继光、邱少云、"上甘岭特功八连"这样的英雄个人与集体。官兵们发誓要以保卫上甘岭的精神保卫长江干堤！

洪水还在涨，随时都有可能撕开堤坝。火一样的日头蒸着江堤，使湿闷的高温中飞舞着细密的金属毛刺。死的威胁和体肤之苦仿佛没有被感受到，官兵们只想着战胜洪魔。也许该想的早想过了，此刻什么也不想，只是一个劲地干，干！干部始终冲在前面。伞训主任赵西友、三营营长文东与战士们一起背土袋运土，指挥员与战斗员一肩二任。"上甘岭特功八连"指导员李俊才、一连指导员帅元新带领的"党员突击队"和七连连长邓心锦带领的"猛虎突击队"大汗淋漓地一直在奔跑，仿佛在进行"铁人三项竞赛"。年轻气盛的小伙子们更是激动得嗷嗷叫。二连战士毛胜膀大腰圆，把两袋土往肩上一抢，快步如飞，没有察觉到他患有"烧裆"的胯部放射出一阵阵刺痛。十八岁的城市兵周雷明不甘示弱，背着四五十斤重的土袋一次次往堤上冲，第二十五次冲锋时眼前一黑晕倒在地，醒来后连长硬逼着他休息，他死磨硬缠，又争得了装袋挖土的活儿。

"快，快往这倒！"炮兵团参谋长黎纲要站在浪涛边嘶哑着嗓子一个劲儿地吆喝。浪涛冲击堤岸爆炸的水光和轰响，让人联想到当年敌人在进攻上甘岭时拼命地投掷炸弹和燃烧弹。外帮平台抗击着洪涛在黎纲要脚下一寸寸延伸。

十九个小时在激战中不知不觉过去了。大堤外帮加固起宽五米、高三至五米、长一百米的平台。洪峰的强袭遭到了迎头痛击。

站在大堤上，面对堤内一望无际的绿色稻田，七十六岁的水利专家张佑清感慨万端地说："四十四年前的今天，二百九十一亿立方米洪水就是从这里长驱直入，使监利和洪湖百万人民无家可归——今天我们终于守住了命堤！"这场激战的胜利给当地群众吃了一颗定心丸。低于江面八米的堤内，人们在平静的气氛中为抗洪和生产忙碌着。入夜，灯火杂驳，鸡犬相闻。晚 10 时 30 分，烟墩村村民郑从仁将早上搬运出去的家当又搬回距发生脱坡仅五十米的家中。距分洪口八公里的县城，轻松祥和，霓虹闪烁。小吃大排档摊主周桂云又准时掂起了炒勺。

洪水往下游而去。它并未告败，而是像一支强大的军队，退却是为了迂回、调整，蓄势再攻。大战间隙的平静因掩藏着防不胜防的未知危险而更加可怕。滔滔而下的洪峰冲撞撕扯摇撼着落满补丁的大堤，在急切地寻找大堤的薄弱环节，寻找新的战机和突破口。9日，洪峰进入洪湖，螺山水位 34.62 米，超过 1954 年最高水位 1.45 米。

早上，洪湖燕窝镇红光村一村民发觉自家门前叫作八八潭的水潭异样。水潭往上翻着水泡，且越来越急。

不好，是管涌！未几，几百斤沙石抛下立即像爆米花般地翻起，管涌直径达 1.8 米。征兆表明，这是入汛以来长江干堤最大、最恶劣的管涌险情，不过三五个小时，就会导致溃堤，簰洲湾的惨剧将重演！

无汛之季，老鼠、蛇和白蚁在漫漫长堤上掘穴栖身，到了汛期，无孔不入的洪水顺着这些细小隐秘的洞穴渗入堤内，洪水的高压使得水流裹带着泥沙源源不绝地泵出，一旦堤身的泥沙被掏空，就会发生令人惊心动魄的溃堤。这就是管涌，这就是深受其害的老祖宗所谓"千里之堤，溃于蚁穴"的出处。管涌，如同暗伏的威力巨大的地雷。

八八潭特大管涌惊动了湖北省和国家防总的领导。王铁生副省长抄起电话，让空降兵部队立即出动，无论如何也要把这段命堤守住。

此段大堤是通向武汉门户的命堤！

副军长李家洪命令驻燕窝、洪湖部队火速驰援。正从洪湖向监利开进的军长马殿圣、军副政委樊友义掉转车头直奔险地。湖北省副省长张洪祥也以最快速度赶往现场。温家宝副总理传来指示：要不惜一切代价排除险情，确保长江大堤！

师长许龙发、团长王进朴率领以"红三连"为主体的二百人突击队摩托开进，仅用七分钟就赶到八八潭。

险情进一步恶化，滚沸的黄沙泥水喷出两米多高，二十公斤重的狗头石抛下即被水柱抠起扔到一边。水利专家、水手和民工面露惧色。有人大呼：解放军同志，来不及了，快跑吧！惊慌的人群向堤顶上奔散。

官兵们没有退，而是往上冲。三连连长王长江和侦察连连长朱振海大喊一声"跟我上"，率先跳入涌水。二十名突击队员紧跟着跳入齐脖深的水中。地下水寒，激灵得牙齿打战，全身抽缩得紧绷绷的。他们以黄继光堵枪眼的勇气，强行把一块块狗头石踩到洞口，并潜入脏浊泥水下塞堵石块。

马军长手持电声喇叭，在水利专家协助下，指挥部队运用"围堰注水反压，抛填沙石导滤"的战术抢险。这个战术就是把管涌围起来注上水与江水对压，并填堵沙石滤水不让泥沙流失。

王团长迅速将人员分成六个突击组，三个组往人体堰内投扔沙石袋，另三个组在外围垒筑固定围堰。某师师长姚恒斌带五百援兵驰达。官兵们士气大振，斗志更旺。备料用尽，官兵们疯跑着到停泊在江边的驳船上背运沙石料。鞋子掉了光脚跑，脚扭伤了拐着跑。疯跑的人流如同一条高速运转的传送带，把成吨的卵石、瓜米石和细沙往潭中猛填。三连排长张建成见铁锹不够，索性趴在地上用手使劲往袋里扒石块。双手磨破了皮，指甲掀掉了三个，鲜血染红了石块，他似乎毫无感觉。激战中有十名官兵中暑晕倒，醒来后还分不出东南西北，抓起铁锹就往帐篷外冲。四小时后，这个罕见的管涌被克制。

然而，这就像打仗，当敌人败退后，你不知道他什么时候又会冲上来。官兵们正在大堤边吃饭，距原险点八至十五米的地段又出现三个大型管涌群！

马军长刻不容缓地命令部队中止进餐，投入抢险。许师长站到一个沙袋上挥舞着手臂实施指挥。又有五百援兵赶到。千余名官兵喊声震天，拼力搏杀。

三

十九岁战士刘振扛着沙袋倒在地上。许师长把他抱进民房。一位大娘扯着许师长的衣服大声哭泣道：当官的，快救救这孩子，他还小啊！许师长眼睛一热。几分钟后刘振醒来，许师长用威严的口吻说：我命令你休息待命，否则我处分你。然而几小时后，他看见这位小战士又累倒在扛沙袋的队伍里。

二十四小时后，管涌群周围筑起了面积达一千平方米的超大围堰，死死地锁住了管涌群。

第四次洪峰的进攻被粉碎。黄土荒原般的江面上，洪水从上游裹挟来的树木、草束等战利品，此刻却如同它丢弃的盔甲。

荆江大堤保卫战早在7月3日就已打响。而早在汛期到来之前的5月4日，马军长和王维山参谋长就上了荆江大堤。老军长秦基伟当年常说不打无准备之战，不打无把握之战。每打恶战之前，他必要剧团演《失空斩》。他要提醒自己告诫部下，打仗不能搞教条主义，而是要从实际出发，否则就会像马谡那样损兵折将，陷城失地。领导干部深入一线，深入实际，也是这支英雄部队的传统。

荆江大堤位于长江中游荆江河段北岸，已有一千六百多年历史。由于上游和当地降水丰沛，洪水频仍，历史上这里曾多次溃口。百姓建镇水塔也不抵洪魔法力。据荆州地区志记载：从明朝初到1949年，荆东大堤溃决九十一次，平均每六年一次；而民国时期连年皆溃，甚至一年三溃。1931年的溃决淹没农田三百八十六万亩，灾民一百六十五万人，倒塌房屋3.5万栋。新中国成立后，党和政府率领人民群众兴修水利，在兴建分蓄洪工程的同时，投巨资加固荆江大堤。至去年为止，共投资荆江大堤5.48亿元，完成土石方1.3亿立方米，提高了大堤的安全系数。然而，这毕竟是一道历经沧桑的老堤，每一次大洪峰的袭击都对它形成严峻的考验。而受上游洪水垂直冲击的监利段和堤身多为沙质的洪湖段，又是险中之险。

马军长及机关随行人员经六天的实地勘察，立足抗大洪、抢大险，拟制出不同规模、不同方向的出动预案和各种抢险方案，抓紧物资器材准备，组织部队搞紧急出动演练。万事俱备，只等一声令下。

7月3日凌晨，军指挥所接到了灾情通报。长江第一次洪峰直逼监利。

军党委紧急召开常委会，由副军长李家洪为指挥长的军前指组成。二十分钟后，汽车马达轰鸣，首批出动的一千七百名官兵在李家洪带领下顶风冒雨向监利全速开进。

风尘仆仆三百公里，到监利后行装未卸，李家洪和副参谋长侯鹤庚就到县长江防汛指挥部请战。狼烟四起，部队分赴八个险段，甫一到位战事即发。

7月3日晚8时，新洲围堤十五丈段洪水漫溢，"上甘岭特功八连"和"红九连"拼杀十小时，同三千民工一道，抢筑子堤八千二百米，把二千多米危险堤段加高一米，挡住了洪水。

同一时间，某部七连在新集窑段抢筑子堤三千米。

7月4日凌晨，新洲子闸段一个水泵和一个废弃的水闸出现泄洪，某部机炮连激战四小时，筑起一条长二百米、高一米的堤坝和一个直径四米、高五米的反压围井，克服了险情。

同一时间，孙良洲段出现管涌险情，六百官兵抛沙填石，压制了涌水。

首轮战事告捷！

当黄继光以血伤累累的身体扑向敌人喷吐着毒焰的地堡枪眼时，他奋力高呼了一声："同志们冲呀！"

这一声呼唤穿透时空一直持续到今天。它在呼唤抗洪将士。

7月26日凌晨，经受了一个多月高水位浸泡的洪湖周家嘴险段，承受不住洪水的巨大压力，七十米长的段面出现了十一处十六个清水漏洞，像枪眼一样喷射出一股股水柱。滔滔洪水仍在上涨，一旦此处决堤，江汉平原将沦为一片泽国。

省防总命令：在险堤外速筑一道长一百五十米、宽十米、高出水面0.5米的外帮。

已连续在公安县奋战了两昼夜的七百五十名官兵不顾一切迅即赶到周家嘴。8时，"黄继光连"班长马良友第一个冲上大堤，将"黄继光连"连旗插上了险段堤顶。连长周来学不由分说纵身跳入汹涌咆哮的洪水中勘查险情。师长姚恒斌果断决定在险段的上方构筑一道控洪坝，减轻洪水对险段的直接冲击。组成"党员突击队""班长突击队"和"青年突击队"的七百五十名官兵争分夺秒地投入紧张的抢险战斗中。

"黄继光连"二十名党员骨干为主组成的"猛虎队"以跳伞的姿势扑通扑通跃入水中，臂挽着臂，用血肉之躯筑起一道人墙。他们集体高喊"请党组织在洪水中考验我们"的口号，任凭搅拌着泥沙的洪水冲击他们的身体，灌入他们的口鼻和耳朵。蒸晒的烈日下，官兵们赤脚光背，奔跑着将离堤脚百米的泥土一袋一袋运到堤上，投入水中。泥袋刚入水就被滚滚而下的洪水卷走了。见此情况，又一批突击队员跳入水中，手挽手像篱桩一样牢牢地护住泥袋。坚实的外帮就这样在血肉之躯的围护下一寸一寸、一米一米地向江中延伸。

此刻，洪水中的人墙和不断在人墙上爆炸的浪涛，构成了一群雕像。它让人感到了力量和精神。它是一个缩影，透过它我们看到黄继光一次又一次地冲向敌堡。

透过它我们看到：某团团长李德民在庙岭堤上举手一挥："党员突击队站在前两排，不怕死的跟我下水！"率先跳入江中。某侦察连连长朱振海在石家堤上抓过一根粗绳系在腰上："我第一个下去，水性好的党员突击队员用腰带连在一起跟着下，岸上由一排长指挥！"转身跳入江中。某团团长牛七伟在关桥头堤上喊着号子与官兵一起背土，营长崔建伟、教导员段志刚带领突击队跳入江中。某连连长季东斌在老湾堤上带领党员突击队，手挽着手跳入湍急的洪流。某排排长张建成在田家口堤上瞒着自己是个"旱鸭子"："我水性好，

251

让我下!"把绳子系在腰上跳入洪水。某连连长朱波扬、指导员俞国强在七家垸堤率先跳入水中,做阑尾手术拆线才七天的排长刘志伟也跳了下去。"红九连"班长戴红侠在何王庙堤上扛着两只装满的沙袋往堤外冲,强大的惯性将他摔倒后推滚十几米,他爬起来又扛上两袋。"上甘岭特功八连"班长王栋因胆囊绞痛而弓着腰往前冲,一个趔趄重重摔倒,爬起来背起沙袋又往前冲。军参谋长侯鹤庚在新洲垸血防堤上,面对溃口不断扩大的危险,沉着冷静地指挥部队抢险。8月5日,监利国家粮食储备库的堤坝溃口,军长马殿圣、军副政委樊友义、军政治部副主任姚修聚和四百名官兵不顾随时都有被洪水冲走的危险,在齐腰深的激流中搏斗了五个多小时,堵住决口,保住了粮食……

四

在这支英雄部队中,将士们内心深处都有一种英雄情结。他们都知晓上甘岭战史和黄继光传奇。都知晓老军长秦基伟坐镇前线道德洞,挽狂澜于既倒的胆略。都知晓眼睛被敌人炮弹炸瞎的王合良背着左腿被炸断的薛志高坚守阵地,拐子指挥瞎子向敌人扔手榴弹的壮举。他们都熟悉这些英雄故事,从他们来到英雄部队的第一天起,这些人物和故事就在他们的心里和梦中播下了种子,并在这适合英雄种子生长的环境土壤中生长,长进他们的血肉和精神之中。英雄历史是他们的自豪,也是他们的责任。

平常,"黄继光连"全连集合时,连长都要先点黄继光的名字,全连总是同声回答:"到!"在抗洪斗争的关键时刻,全连,全营,全团，全师，全军，似乎每一个人都听到了黄继光的呼唤和对黄继光的呼唤，每一个人都用实际行动响亮地回答："到!"

我采访"黄继光连"连长周学来、某团团长王进朴、某团政委戴义佳等人时，他们都说，在抢险现场分不出谁是兵、谁是官，谁是好兵、谁是"孬兵"，也辨不出谁是城市兵、谁是独生子。他们还特别强调，有的兵是带着三万块钱入伍的，有的兵一直被视为连队的绊脚石，而这些兵在抗洪中的表现却令人感动，这将促使他们思考今后应怎样认识"孬兵"和"大款兵"的本质，应该用怎样的方法管理他们。我注意到，这些被采访者的肤色都是又黑又糙，肩章因扛包背土和日晒雨淋而磨损得几乎辨不出军衔。

周家嘴的激战持续到下午 1 时，洪水突然欢呼起来。洪水的援兵到了，如注的暴雨劈头盖脸地砸下来，大堤上泥水飞溅。江面上密密扫过的暴雨一层一层，像撕着巨大的白布。

突至的恶劣天气给抢险官兵增添了三倍的艰难，但冷雨打在热血上也激发出超过三倍的斗志。四十五度的堤坡像抹了油似的滑腻，官兵们背着沉重的土袋爬到半坡连人带土滚了下来，站起来再爬。"黄继光班"班长马良友的中指指甲盖被掀掉照样往上爬。

姚师长一边指挥，一边援手背袋填土的官兵。通信员知道他正发着高烧，是拔掉输液的针头来前线的，就默默为他撑起雨伞。姚师长面带愠色地说："把伞收起来! 大家都拼命了，我还能搞这个!"他支撑着虚弱的身体挺立在滂沱大雨中。

仿佛听到了冲锋的号角，看到了飞舞的旗帜，官兵们越战越勇。战士付飞健往外帮堤脚送土时又一次摔倒，竟然背着土袋像坐滑梯似的一下出溜到位。这个意外使大家受到了启发。官兵们背土上了堤顶，往外堤沿一坐，收曲起两腿，一溜烟就下到外帮，省力又省时。"你们创造了一个下堤的奇迹"，在场的水利部副部长张基尧戏称这是空降兵的专利。

排险的速度加快了。官兵们都成了"泥俑"，都只有两只眼睛是白的。脚扎破了，手抠烂了，肩脱了皮，背上磨出了血泡，仍在拼命地干。战士钟名斌右脚被玻璃瓶划破一道五厘米长的口子，血流如注，简单包扎一下又投入战斗。战士马国恩去年训练时弄伤了脚腕，至今还带着钢针和螺钉的脚腕肿得像茶缸那么粗，可这双脚跑得并不比别人慢。班长蒋云建因水土不服，臀部长了两个黑疮，刚开刀挤出脓血，不顾卧床休息的医嘱，也在带伤奔跑。教导员周苍池因发高烧说不出话，就装土背袋，他刚拔去吊针的手臂还是青肿的。战士雷荣升下身患烧裆，激烈的奔跑加重了病情，血水渗透了裤子，连长劝他把患处处理一下，他反问一句："如果少了我一袋土江堤决口了呢？"

还有一位战士，叫林黎生，在风雨中他跑得比别人吃力，但他不声不响地跟在队伍里踉踉跄跄地跑着，生怕被别人拉下一步。他1.65米的个头，身体又单薄，有个"小姑娘"的绰号，而且高烧还未退。前几天在一次抢险中，战友为了照顾他，硬是每次只给他装半袋土。他不依不饶，在别人休息的时候，一个人仍不吭不哈地扛上袋，要把比别人少干的补回来。凌晨1点半战斗结束后，他一头栽倒晕了过去，额头热得烫手，一量竟是39.6摄氏度的高烧，打了两瓶点滴烧也没退。醒来时，他抓起一把锹就往外跑，守着他的连干部问他要干啥，他说："我要去装土。"

七百五十名官兵连续苦战十八个小时，终于彻底排除了周家嘴的重大险情。这中间他们只吃了一餐盒饭。

战斗刚一结束，战士范玉龙就两腿一软摔倒在大堤上。他脸色发青，嘴唇泛白，经洪湖市人民医院诊断，这是因严重腰肌劳损加之身体极度疲劳造成的，如不及时抢救，轻则下身瘫痪，重则有生命危险。见习排长孙斌刚因日晒水浸脚气溃烂奇痒难耐，就抓一把沙砾塞在鞋子里"蹭痒"，当脱下鞋子时，双脚已血肉模糊，甚至被沙砾磨去皮肉露出了趾骨。战斗结束后，极度疲劳的官兵有的倚着一棵树就睡着了，有的嘴里嚼着馒头就进入了梦乡。

这就是上甘岭英勇顽强、连续作战的战斗作风，这就是黄继光不怕牺牲、勇于献身的奉献精神。

8月中旬，正值抗洪斗争决战决胜的紧要关头，军委主席江泽民走上了洪湖大堤，来到了空降兵抗洪官兵中间。望着官兵一张张被烈日暴晒得脱了皮的黝黑面孔和一面面迎风飞展的英雄部队军旗，江主席手持话筒十分动情地说："你们当中有'上甘岭特功八连'，上甘岭的精神永远活在全军指战员心中。你们当中还有黄继光生前所在部队，黄继光英勇献身的精神也永远铭刻在广大军民的心中。"

江主席的话里，既有肯定与褒奖，更有激励与希望。

"不要管我，救群众要紧。"这是副军长李家洪在抢险救灾中的一句口头禅。这句朴实无华的话，也是我军宗旨的实质性内容。

7月15日21时10分，石首大心洲垸溃堤，一千八百多名群众被洪水围困。李家洪立即带领五十七名官兵，乘十艘冲锋舟前往营救。夜色沉沉，急雨打得人睁不开眼，微弱的手电光下只见滚滚洪水与在水中挣扎的树木和屋顶。在距岸两公里的地方，李家洪冷不防被横斜的树枝碰得一头栽倒在冲锋舟里，险些落水。冲锋舟迅即一百八十度旋转打横。

政工组长于汝文抢上去扶起李家洪："太危险了，不能让副军长去了，返回。"

李家洪捂住腰疼得说不出话来，缓了缓，他又是那么一句："不要管我，救群众要紧。"

李家洪高大的身影又站到了冲锋舟上。他一直坚持指挥了十二个小时，与官兵一同从深水中救出四百五十二名体弱老人和妇女儿童。接着，三天只睡了四个小时的李家洪又带领官兵查看大堤险情。疲困一阵阵袭来，抹清凉油不济事，他就一瓣一瓣地生嚼紫皮大蒜。在场的群众目睹此情此景，一个个心疼得泪流满面。

五

这仅是李家洪在抗洪抢险中的一幕。从 7 月 3 日起，风吹雨打日晒暑蒸的几十个日日夜夜，他一直坚持在大堤上，哪里最紧急、最危险他就出现在哪里，几乎所有险点险段都留下过他的体温和足迹。他既劳力又劳心，凭着近十年中曾七次带队抗洪积累的经验，把军事指挥艺术与防汛科学知识融为一体，指挥抢险方法得当，效果显著，素有"抗洪将军"的美称。

李家洪也只是千万名抗洪抢险勇士中的一员。但他是一面旗帜，这面旗帜上用赤诚写着"全心全意为人民服务"，这面旗帜辉映着像黄继光一样的"最可爱的人"。

有一位叫季东斌的连长，在原定举行婚礼的这天突然失踪了。装扮得漂漂亮亮的新娘夏阿丽遇上了人生最大的尴尬事，又急又恼。

为办酒席忙活了一天的丈母娘也顾不上什么面子不面子，当着兴冲冲赶来喝喜酒的亲朋好友只管噘嘴生闷气。

有一位叫王涛的干事，家住灾区仙桃市，四过家门而不入，比大禹还多一次。距家门最近的一次，汽车正行至他家阳台下。他看见母亲和妹妹正在阳台上收晾晒的衣服，刚张嘴叫“妈”，油门一响车子就开了过去。

有一位叫丁家学的科长，让费尽折腾赶到部队看儿子的老父亲空欢喜了一场。八十岁的老父老母挂念着四年多没见面的儿子，老母身体不适，就让老父做代表到部队探望。儿子前脚走，老父后脚到，只能站街口手搭凉棚透过老泪往远处张望。

有一位叫周新洪的班长，生病住院溜了病号。他像是很有体会地说，“在医院里待一天比在月球上待一年还难受”。他缠着医生要出院，医生板着一副公事公办的面孔，他就被“逼”得走了下策。

有一位叫陈玉成的战士，千里迢迢追赶部队，屡经扑空终于遂愿。正在探家的他陪着父母边看新闻边聊天的时候，在电视上看到了自己的战友，便说服双亲提前归队。由于部队频频转战，他从老家广东赶到湖北后，一股劲从武汉追到公安，从公安追到新滩，又从新滩追到螺山，终于见到了从电视上看到的战友。

他们都来到了抗洪的大堤上，来吃苦，冒着生命危险抗洪。那天午夜，被晾在一边的新娘突然接到季东斌从抗洪前线打来的电话，余怒未消的新娘真想痛痛快快地骂他几句。可当电话里传来季东斌急切而沙哑的声音时，她心软了，一串串泪珠滚落下来。这对新郎新娘在电话中商定，从他们办婚宴的钱中拿出一千元，送到洪湖市民政局，捐献给灾区人民。

这类故事太多了。上述事例每件都起码有两至三个故事与其完全雷同。还有许多别的雷同的故事。比如，不分昼夜苦战累得晕倒在大堤上；临到军事高等学府报到期限的最后一刻才脱下淌着泥水的迷彩服离开大堤；不顾自己因劳累而身体虚弱为灾区产妇输血；归队途中打了一百多元钱的电话四处寻找部队；比如家里遭灾不归，父母病重不归，子女面临考大学不归，有亲属自海外来不归。有一个共同的想法在他们的心里占了上风，这就是"黄继光连"班长黎春辉咬破手指用血写的一句话："我坚决参加抗洪!"小黎在江西九江的家受灾，父母在山腰搭棚而居，妹妹失散，指导员替他写了一份探家报告，被他一把给撕了。某部班长张伟在抗洪抢险的紧张时刻，接到了父亲病故速归奔丧的电报，他做出了选择后，把电报悄悄收起来，跑到电话亭，通过电话说服了家人，然后朝着家乡的方向深深地鞠了三个躬，痛哭流涕地说："爸爸，请原谅儿子，不能为你送行。"

"抗洪将军""抗洪团长""拼命三郎""当代大禹""镇洪铁汉"，这每一个雅号中也都蕴含着动人的故事。

朱镕基总理在视察洪湖汛情时，对空降兵某部领导和当地党政领导说：我们的子弟兵在关键时刻，不怕一切牺牲，哪里有险情就到哪里去，起到了关键的作用。我们的人民群众要大力支持我们的解放军。解放军是来保护人民的，是来保卫大堤的，是来保护大家的生命安全的，同志们一定要全心全意，全力以赴地支持他们。军民团结合作，一起来死守大堤。

在与这场百年不遇的世纪洪水的大搏斗中，不但处处可见军民挽手并肩、肝胆相照、共赴国难、共御洪水的壮烈场景，而且处处可以感受到地方政府和人民群众像当年在战争中支前那样真挚的感情。

部队在抗洪斗争中，受到了当地政府和人民群众的极大关怀。省、地、市政府和党政机关多次到大堤上看望慰问部队，为部队派技术人员，调运抗洪物资，组织民工与部队协同作战，精心搞好生活保障，为了部队通信方便还把电话直接架上了大堤，尽其所能支持和帮助部队。

历史上发生过的一幕幕感人的镜头带着时代的特征又出现在现实中。

当军车在一条狭窄的路上被一辆满载稻草的板车阻滞时，车主人毫不犹豫地把车草一下掀进了道旁的沟里。当军车因发动机掉螺丝在途中抛锚时，群众就把自己车子上的螺丝拆下来换上。当部队需要筑坝用的木桩时，老乡不大工夫从各家各户筹集了一大堆准备盖房子用的木材，还执意不收钱。当在大堤上晕倒的战士因缺水导致了便秘时，医院的护士长就用手一点一点替他把大便抠出来。哪怕是军车上掉下一顶军帽，一位姑娘也要骑着车一路打听追出十多里路，把军帽交给部队。

居委会的老大妈自发组织起来带着搓衣板和洗衣粉到部队驻地为官兵洗衣服。抢险间隙官兵们坐在大堤上休息，他们的身后站着一排老大妈为他们摇着扇子。他们一次次给部队送来猪肉、西瓜、馒头、稀饭、矿泉水、绿豆汤、药品。有一位大妈，她把积攒着给媳妇坐月子的一百多个鸡蛋全部煮熟，一个一个剥好了送到战士们的嘴里。尤其令人感动的，是下岗职工自发捐款慰问官兵。洪湖市棉纺厂女工大院六十户居民中，有一半女主人是下岗职工，百分之四十的家庭靠一个人拿工资过日子，人均月生活水平不到一百元。

但她们无一人不欣然解囊挤出家中的生活费，捐集资金购买了近千元的牙膏、洗衣粉等生活用品，慰问子弟兵。正在上中学的戴丽还将自己的压岁钱和储蓄罐倾囊捐出。

六

群众甚至容不得战士蒙受哪怕一点委屈。有个猪贩子以高出市场价的价格把肉卖给部队，周围的群众发现了，硬是将他拉到工商所令他将多收的钱退还给部队。一次，一辆地方面包车插入运行中的军车车队，面包车里的一名青年冲战士喊："你们辛苦了，送一包烟给你们抽。"说着向军车扔了一只"红塔山"空烟盒。这种行为被一位叫李波涛的市民看在眼里，他记下了面包车的车号，投书当地报纸进行谴责。报社不但刊出了短文，还联系交警大队查实了当事人，并责成有关单位认真处理。

抗洪斗争中人民的支持，尤其是无处不在地发生着的这样一些琐细平凡的小事，构成了一个血浓于水的氛围，使官兵实实在在地感受到了军队的力量源泉所在，军队宗旨的意义，在为人民服务的过程中深化着对为人民服务的理解。

洪水考验了军人的灵魂，进而净化了军人的灵魂。

8月22日，埋于公安县埠北闸大堤上的炸药全部排除，当地移民有二十万人回到家中。

9月7日，长江监利到武汉段通航，至此长江全流域恢复通航。

9月18日，空降兵某部抗洪一线官兵开始撤离荆江大堤，胜利班师。

在长达两个多月荡气回肠、艰苦卓绝的抗洪斗争中，该部队万余名官兵分守监利、洪湖、石首、嘉鱼、仙桃等地，先后出动四百八十七批十五万二千五百八十六人次，车辆二万五千五百一十八台次，冲锋舟七百三十四舟次，以严防死守、人在堤在的坚定信念，恶战"庙岭堤"，激杀"八八潭"，固守"周家嘴"，勇降"燕窝管涌"，力克"乌林大滑坡"，扼制"永合垸崩岸"……排除了漫堤、散浸、脱坡、管涌、塌方、崩岸等各种险情二百九十三起，打退了八次洪峰旷日持久的轮番进攻，为保护荆江大堤和人民生命财产安全做出了重大贡献。

指战员们说：我们打胜了第二次上甘岭战役！

四十六年前，在那场举世震惊的残酷搏杀中，敌人共向这支部队的阵地倾泻炮弹一百九十余万发，山头标高被削低两米，岩石被炸成一尺多厚炙烫的粉末。在长达四十三天的搏斗中，这个部队击溃敌排以上进攻九百余次，毙伤敌二万五千余人，击落敌机七十架，摧毁敌坦克十四辆和大口径火炮六十一门，使敌所谓"一年来最大的攻势"遭到彻底失败。美国新闻界哀叹：这次战役实际上变成了朝鲜战争中的"凡尔登"。

把死守大堤比作上甘岭保卫战，主要是一种精神上的联系，而形似是次要的。把洪水想象成攻打上甘岭的敌人，我总感到牵强而别扭，因为这无论如何也会损及长江在我心目中的形象。长江是中华民族的母亲河，她丰美的水资源养育着千百代的中华儿女，她给人们带来的灾难越来越是人为造成的。然而，洪水毕竟带来了类似于战争的残酷和恐怖，与洪水的搏斗，比起真枪实弹的军事演习来说更像是一场真正意义上的战争，因而也就能比任何军事演习更为真切地调动和检验军队的精神品质和军事素质。也许把其称为"准战争"是有道理的。把"准战争"当作战争来打，把滔滔洪水当作一面镜子，照照我们当年这支浴血上甘岭的英雄部队今天是个什么样子，这是指战员们刻意把握住的一个天赐良机。

8月12日，总政治部主任于永波带四总部工作组看望空降兵将士后，对副总长隗福临说："这个军过去打仗有名气，平时搞演习也好，这次抢险救灾也好，表现都非常好。"

在这场抢险救灾斗争中，部队的指挥能力经受了考验。指挥机构始终坚持靠前指挥，军、师、团各级野战指挥部均能在十分钟之内开设完毕，及时判明险情，与地方领导和水利专家一起研究抢险方案，实施科学决策，快速部署部队投入战斗。马军长指出，排兵布阵要合理，战术问题也很重要，要把定点与机动结合起来，把全程布防与重点用兵结合起来。运用在抗洪中，往往是一个点出现重大险情，先由驻守部队控制住，左右临近驻守部队及预备部队迅速增援，通力合作打歼灭战。努力掌握有关水利知识也是一环，什么开沟导滤、锥探灌浆等专业术语，在他们嘴里都浸染上了战争意味。身先士卒更是他们指挥艺术中的一个法宝，哪里有险情，指挥员就在哪里，不管是白天还是深夜。紧张的时候，军长马殿圣、政委赵金奎甚至连续几十个小时不睡觉，布满血丝的眼睛依然灼灼放光，嘶哑的嗓门儿照样刚硬有力。在激战八八潭时，马军长一直站在现场指挥，同时关注着各处的险情，站累了就找一根树枝挂着。政治鼓动、后勤保障也都按战时要求做到烈日和大雨中的堤坝上，使指挥机构的运转得以灵敏、高效。

这场斗争也极为严苛地考验了部队的战斗力。两个月的频繁转战就像负重马拉松，时间长，强度大，困难多，官兵们的生理承受力几乎达到了极限。尤其到了后期，官兵们在极度疲乏的情况下，由于泥水长期浸泡，又受到感冒发烧、皮肤过敏、肠胃疾病、眼疾、烂脚、烂裆、肩背肿烂等新老伤病的困扰。但官兵们坚决服从命令，听从指挥，坚持轻伤不下火线，以在平时训练中养成的坚强意志和强健体魄，顶住巨大的困难冲向一个个抢险现场，与洪水顽强搏斗，连续奋战二十多个小时是常有的事。沙包扛不动了，就用手抱用头顶，烂裆痒痛难熬，就撩起冰冷的江水"麻醉"一下，只有在冲锋中倒下的，而没有一个人退却。他们就这样经受住了洪水的一次次冲击，经受住了烈日、暴雨和疲劳、伤病的反复摔打锤炼，证明自己不愧是一块块纯钢，证明自己的部队不愧为拖不垮、打不烂的英雄部队。

而无论是令人称道的指挥方略，还是非同寻常的作战能力，我们从中无不强烈地感受到一种巨大的精神力量——上甘岭战斗作风和黄继光献身精神。

在 8 月 7 日向温家宝副总理做出坚决完成任务的保证后，马军长曾说："因为我坚信江主席关于'三个确保'和'严防死守'的决策是经过深思熟虑的；因为我坚信党中央的决策是英明正确的；因为我坚信有地方各级政府、部队各级指挥员的科学指挥；因为我坚信有强大的人民军队，有不屈不挠的人民群众。中华民族是不可战胜的！"

如同上甘岭战役一样，这次抗洪经历也将作为这支部队的光荣战史，成为推动部队建设从辉煌走向新的辉煌的强大精神动力。

（载《解放军文艺》1998 年 11 月号）

图书在版编目（CIP）数据

美丽的蝴蝶／郭晓晔著. — 北京：中国文史出版
社，2019.2

（中国专业作家纪实文学典藏文库·郭晓晔卷）

ISBN 978 – 7 – 5205 – 0860 – 5

Ⅰ．①美… Ⅱ．①郭… Ⅲ．①纪实文学 – 中国 – 当代
Ⅳ．①I25

中国版本图书馆 CIP 数据核字（2018）第 266600 号

责任编辑：马合省　薛未未

出版发行：**中国文史出版社**

社　　　址：北京市海淀区西八里庄 69 号院　邮编：100142
电　　　话：010 – 81136606　81136602　81136603（发行部）
传　　　真：010 – 81136655
印　　　装：廊坊市海涛印刷有限公司
经　　　销：全国新华书店
开　　　本：720×1020　1/16
印　　　张：17　　　　字数：197 千字
版　　　次：2019 年 2 月第 1 版
印　　　次：2019 年 2 月第 1 次印刷
定　　　价：58.00 元